寻羊冒险记

[日]村上春树 ——— 著
赖明珠 ——— 译

上海译文出版社

HITSUJI O MEGURU BOKEN
by Haruki Murakami
Copyright © 1982 Harukimurakami Archival Labyrinth
All rights reserved.
Originally published in Japan by Kodansha Ltd., Tokyo.
Chinese (in simplified character only) translation rights arranged with
Harukimurakami Archival Labyrinth, Japan
through THE SAKAI AGENCY and BARDON CHINESE CRATIVE AGENCY LIMITED.

本书中译本由时报文化出版企业股份有限公司委任英商安德鲁纳伯格联合国际有限公司代理授权

图字：09-2022-0985号

图书在版编目（CIP）数据

寻羊冒险记/（日）村上春树著；赖明珠译. — 上海：上海译文出版社，2023.10
ISBN 978-7-5327-9361-7

Ⅰ.①寻… Ⅱ.①村…②赖… Ⅲ.①长篇小说－日本－现代 Ⅳ.①I313.45

中国国家版本馆CIP数据核字（2023）第160362号

寻羊冒险记
[日]村上春树/著　赖明珠/译
总策划/冯涛　责任编辑/吴洁静　装帧设计/柴昊洲　封面插画/Cici Suen

上海译文出版社有限公司出版、发行
网址：www.yiwen.com.cn
201101　上海市闵行区号景路159弄B座
山东韵杰文化科技有限公司印刷

开本 890×1240　1/32　印张 11　插页 5　字数 157,000
2023年11月第1版　2023年11月第1次印刷
印数：00,001 — 20,000册

ISBN 978-7-5327-9361-7/I·5844
定价：78.00元

本书中文简体字专有出版权归本社独家所有，非经本社同意不得转载、摘编或复制
如有质量问题，请与承印厂质量科联系。T：0533-8510898

目　录

第一章　1970/11/25　　　　　　　　　　　　　　1
　　　　星期三下午的野餐　　　　　　　　　　　1

第二章　1978/7　　　　　　　　　　　　　　　　12
　　　1　步行十六步　　　　　　　　　　　　　12
　　　2　她的消失・相片的消失・衬裙的消失　　20

第三章　1978/9　　　　　　　　　　　　　　　　25
　　　1　鲸鱼的阴茎・拥有三个职业的女人　　　25
　　　2　关于耳朵的开放　　　　　　　　　　　43
　　　3　续・关于耳朵的开放　　　　　　　　　44

第四章　寻羊冒险记 I　　　　　　　　　　　　　49
　　　1　奇怪的男人・序　　　　　　　　　　　49
　　　2　奇怪的男人　　　　　　　　　　　　　56
　　　3　有关"先生"的事　　　　　　　　　　62
　　　4　数羊　　　　　　　　　　　　　　　　67
　　　5　汽车和司机(1)　　　　　　　　　　　71

　　　　6　何谓丝蚯蚓宇宙？　　　　　　　　　74

　第五章　老鼠的来信和那后日谭　　　　　80

　　　　1　老鼠第一封来信
　　　　　　邮戳一九七七年十二月二十一日　　80

　　　　2　老鼠第二封来信
　　　　　　邮戳一九七八年五月？日　　　　　86

　　　　3　歌唱完了　　　　　　　　　　　　92

　　　　4　她一面喝着咸狗鸡尾酒一面谈海浪的声音　104

　第六章　寻羊冒险记Ⅱ　　　　　　　　　115

　　　　1　奇怪的男人的奇怪的话（1）　　　115

　　　　2　奇怪的男人的奇怪的话（2）　　　125

　　　　3　汽车和司机（2）　　　　　　　　139

　　　　4　夏天的结束和秋天的开始　　　　　143

　　　　5　$\dfrac{1}{5000}$　　　　　　　　　　　147

　　　　6　星期日下午的野餐　　　　　　　　152

　　　　7　被限定的执拗想法　　　　　　　　160

　　　　8　沙丁鱼的诞生　　　　　　　　　　167

　第七章　海豚饭店的冒险　　　　　　　　178

　　　　1　在电影院完成移动。到海豚饭店　　178

　　　　2　羊博士登场　　　　　　　　　　　191

　　　　3　羊博士大吃、大谈　　　　　　　　　　204
　　　　4　告别海豚饭店　　　　　　　　　　　　221

第八章　寻羊冒险记Ⅲ　　　　　　　　　　　　　　224
　　　　1　十二泷町的诞生、发展和衰落　　　　224
　　　　2　十二泷町的再度衰落和羊群　　　　　235
　　　　3　十二泷町之夜　　　　　　　　　　　253
　　　　4　绕过不祥的弯路　　　　　　　　　　256
　　　　5　她离开山上走掉。饥饿感接着来袭　　278
　　　　6　车库里发现的东西·在草原正中央想到的事　282
　　　　7　羊男来了　　　　　　　　　　　　　285
　　　　8　风的特殊通道　　　　　　　　　　　295
　　　　9　镜子映出来的东西·镜子没映出来的东西　309
　　　　10　然后时间过去　　　　　　　　　　317
　　　　11　住在黑暗中的人们　　　　　　　　319
　　　　12　为钟上发条的老鼠　　　　　　　　324
　　　　13　绿色的电线和红色的电线·冻僵的海鸥　333
　　　　14　再度走过不祥的弯路　　　　　　　335
　　　　15　十二点的茶会　　　　　　　　　　337

后记　　　　　　　　　　　　　　　　　　　　　342

第一章 1970/11/25

星期三下午的野餐

朋友偶然从报纸上得知她的死,打电话来告诉我。他在电话上,缓慢地把日报的一段记载念出来。是一段平凡的报导。就像一个大学刚毕业初出茅庐的小记者,为了练习而写出来的文章一样。

某月某日,在某个街角,某人所驾驶的卡车撞到某人。某人由于业务上过失致死的嫌疑被拘留调查中。听起来也有一点像杂志扉页上登的短诗一样。

"葬礼在哪里举行呢?"我试着问问看。

"这个嘛,不清楚。"他说,"首先,这女孩子到底有没有家啊?"

当然她也是有家的。

我在当天打电话给警察,问出她老家的地址和电话号码,然后打到她老家去问葬礼的日期。正如不知道谁说过的,只要不怕麻烦,大多的事情都可以弄清楚。

她家在下町。我打开东京都的分区地图,在她家的地点用红色圆珠笔做了记号。那看来果真是东京下町平民百姓的住宅区。地下铁、国营电车、线路巴士之类的,像失去平衡感的蜘蛛网一样混杂地重叠在一起,几条污浊的河川流过,杂乱交错的道路像哈密瓜的皱纹一样紧紧粘贴在地面。

葬礼那天,我从早稻田搭上都营电车。在接近终点的车站下车后翻开分区地图来看,然而地图所能发挥的作用只不过像地球仪一样的程度而已。因而跋涉到她家之前,我必须买好几次香烟,问了好几次路。

她家是一幢茶色木板围墙所围起来的古老木造住宅。穿过门之后,左手就是一个小得起不了任何作用的院子。院子角落丢弃着已经丧失用途的古老陶制火钵,火钵里积了十五公分深的雨水。院子的土是黑色的,湿湿黏黏的。

她十六岁就离家出走,从此没回去过。这也是原因之一,葬礼只有自己家人,静悄悄的。参加的多半是一些上了年纪的亲戚,由三十刚出头的她哥哥或姐夫之类的人主持葬礼。

父亲是个五十五岁左右的小个子男人,黑色西装的手臂上缠着丧章,只是站在门边几乎一动也不动。他的姿势令人联想到洪水刚退过后的柏油马路。

我要回家之前默默向他低头,他也默默向我低头。

第一章 1970/11/25

*

我第一次遇见她,是一九六九年的秋天,我二十岁,她十七岁。大学附近有一家很小的咖啡店,我常常和朋友约在那里见面。店虽然不怎么样,但到那里,可以一面听重摇滚,一面喝特别难喝的咖啡。

她每次都坐在同一个位子,手肘支在桌子上很入迷地看着书。虽然戴着像齿列矫正器一般的眼镜,手也骨瘦如柴,但她却不知道什么地方有一种令人容易亲近的感觉。她的咖啡永远是冷掉的,烟灰缸永远塞满了烟蒂。只有书的名字是不一样的。有时候是米基·斯皮兰的,有时是大江健三郎的,有时是《艾伦·金斯伯格诗集》。总之,只要是书,什么都可以。到店里去的学生,会借书给她,她就把那书像啃玉米一样,从一头开始啃起来。因为那还是个很多人想借书给人的时代,因此我想她大概从来也不缺可看的书。

那也是一个属于大门、滚石、飞鸟、深紫、忧郁布鲁斯的时代。空气中有一种紧张得快要爆炸的感觉,只要稍微用力踢一下,好像大部分的东西都会纷纷垮掉似的。

我们有时候喝点威士忌,做做不怎么样的爱,谈谈没结论的话,借借书或还还书,每天就这样度过。于是那不怎么灵光的一九六〇年代,也就一面发出咔哒咔哒的倾轧声一面落下幕来。

她的名字我已经忘了。

虽然把死亡记载的剪报再抽出来看一遍就能想起来,不过事到如今名字已经不重要。我把她的名字忘了,只不过是这么回事而已。

遇到过去的朋友时,曾经因为某种偶然的机会提到她的事情。他们也一样记不得她的名字。对了,从前不是有一个女孩子跟谁都可以上床的吗? 她叫什么名字? 我完全忘了,我也跟她睡过几次,不知道现在怎么样了。要是在街上偶然碰见的话一定也很奇怪吧。

——从前,在某个地方,有一个跟谁都可以上床的女孩。

那就是她的名字。

*

当然,如果要严格定义的话,她也并不是跟谁都可以上床的。那之间自然应该也有她自己的基准。

虽然这么说,不过以一个现实问题来看的话,她是跟大多的男人睡过。

我只有一次,纯粹出于好奇心,曾经就该基准问过她。

"这个嘛——"她沉思了大约三十秒。"当然不是跟谁都可以的。有时候也会觉得讨厌。不过,结果大概因为我想认识各种人吧。或者说,对我来说这好像是一种世界的成立方式一样的东西。"

"你是说一起睡觉这回事?"

"嗯。"

这次轮到我沉思起来。

第一章 1970/11/25

"这样子……这样子,你就稍微懂了吗?"

"稍微有一点。"她说。

*

从六九年冬天到七〇年夏天,我和她几乎没碰过面。大学一会儿关闭,一会儿停课,学潮闹个不停,我也有一些不同的私人麻烦问题让我头痛。

七〇年秋天,当我再度造访那家店时,客人的面孔已经完全换了一批,认识的面孔变成只有她一个。虽然依然播放着重摇滚的音乐,然而那种紧张得快爆炸的空气却消失了。只有她和难喝的咖啡味道还和一年前一样。我在她对面的椅子上坐下,一面喝着咖啡,一面谈着从前朋友的事。

他们大多不再念大学了。一个自杀,一个去向不明。那一类的话题。

"一年里做些什么啊?"她问我。

"各种事情。"我说。

"多少变聪明点了吗?"

"一点点。"

于是,那天夜里,我第一次和她睡觉。

*

关于她的出身,我并不很清楚。好像有人跟我提过,又好像是在床上从她自己的嘴里听来的。高中一年级时的夏天,她和父亲大吵一架,于是离家出走(顺便连高中也不上了),大概是这么回事。到底住在什么地方,靠什么过日子,谁也不知道。

她一整天坐在摇滚乐咖啡店的椅子上,不晓得喝多少杯咖啡,抽无数根香烟,一面一页一页翻着书,一面等着为她付咖啡和香烟钱的人出现(那对当时的我们来说,是一笔不小的金额),然后大多就跟那个人睡觉。

这就是我对她所知道的一切了。

从那年秋天开始,到第二年春天为止,每周一次,星期二晚上,她会到我在三鹰偏远角落的公寓来。她吃我做的简单的晚餐,把烟灰缸填得满满的,把FEN(远东广播美军电台)的摇滚乐节目用大音量播出,一面听着一面做爱。星期三早晨醒来,就一面在杂木林散步,一面走到ICU(国际基督教大学)校园,到餐厅去吃中饭。然后下午在露天咖啡座喝一喝淡咖啡,如果天气好的话,就躺在校园的草地上看天空。

星期三的野餐,她这样称呼。

"每次到这里来,就觉得好像真的在野餐似的。"

"真的野餐?"

"嗯,草地这么大片,好像没有止境似的,每个人看来都好幸福的样子……"

她在草地上坐下来,擦了好几根火柴才把香烟点上。

第一章　1970/11/25

"太阳上升,然后落下,人们走来,然后走掉,时间像空气一样流过。总觉得好像野餐一样,你不觉得吗?"

那时候我二十一岁,再过几个星期就快二十二了。眼前看来,大学还不一定毕得了业,不过虽然如此,却也没有什么充分的理由要休学。在奇异的纠缠混杂的绝望状况中,有好几个月之间,我竟然无法踏出新的一步。

好像整个世界都在继续动,只有我却依然留在同样的地方。一九七〇年秋天,映在眼睛里的东西,一切看来都似乎很悲哀,而且一切都似乎急速地褪色。太阳光、草的气味,甚至连微小的雨声,似乎都令我烦躁不安。

好几次梦见夜行列车。总是一样的梦。香烟的烟味、厕所的气味和人的吐气闷在一起的夜行列车。拥挤得连个站脚的地方都没有,座位上残留着陈旧的呕吐痕迹粘在上面。我无法忍受,站了起来,在某个车站下车。那是个连一家灯火都看不见的荒凉土地。连个车站职员也没看见。没有钟,没有时刻表,一切都没有——那样的一个梦。

在那个时期,我好像曾经为难过她几次。至于是如何为难她的,到现在则已经想不起来了。或许我只是在为难自己也说不定。不过不管怎么说,她似乎都毫不介意的样子。或者(说得极端一点的话)她其实还蛮乐在其中的。不知道为什么。结果,我想她对我所要求的只不过是一点点柔情而已。这么一想,现在都觉得不可思议。好像手碰到了眼睛所看不见的浮在空中的墙壁一样,令人觉得悲哀。

*

一九七〇年十一月二十五日那个奇妙的下午,我现在还记得一清二楚。被强烈的雨打落的银杏叶子,铺满夹在杂木林之间的小径,像干旱的河川似的染成黄色。我和她双手插在大衣口袋里,就那样在道路上一直来回绕着走。除了踩在落叶上的两个人的靴子声音和尖锐的鸟叫声之外,没有其他任何声音。

"你到底有什么心事?"她突然问我。

"没什么了不起的事。"我说。

她稍微向前走,然后在路边坐下,抽起香烟。我也在她旁边并肩坐下。

"总是做噩梦吗?"

"经常做噩梦。不过大多只是自动贩卖机找的零钱出不来之类的梦。"她笑笑把手掌放在我的膝盖上,然后收回去。

"你一定不太想说对吗?"

"一定没办法说得很清楚。"

她把抽一半的香烟丢在地上,用运动鞋仔细踩熄。"真的很想说的事情,就是没办法说得清楚。你不觉得吗?"

"不晓得。"我说。

第一章 1970/11/25

啪哒啪哒一阵声响,两只鸟从地上飞起来,像被没有一片云的天空吸进去似的消失了。我们暂时沉默地注视着鸟消失的方向。然后,她用枯干的小树枝,在地上画了几个看不出是什么的图形。

"跟你一起睡觉,常常会觉得很悲哀。"

"我觉得很抱歉。"我说。

"这不怪你。而且也不是因为你抱着我的时候,却在想着别的女孩的事。这种事我无所谓。我……"她说到这里突然把嘴巴闭上,慢慢在地上画了三根平行线,"搞不清楚。"

"我并没有故意要把心关闭起来。"我稍微停了一下再说,"只是到底发生了什么,连自己都还无法好好掌握而已。我对各种事情,都尽可能公平对待。不想做不必要的夸张,除非必要,也不想变成太现实。不过这需要花一些时间。"

"多少时间?"

我摇摇头。"不清楚。也许一年就够了,也许要花十年也不一定。"

她把小树枝丢在地上,站了起来,拍掉大衣上沾的枯草。"嘿!你不觉得十年好像永远一样吗?"

"是啊。"我说。

我们穿过树林,走到ICU的校园,像平常一样,坐在露天咖啡座啃热狗。下午两点,咖啡座的电视上一直反复无数次地播映着三岛由纪夫的影像。音量故障了,因此几乎听不见声音,不过不管怎么样,那对我们来说都没什么分别。我们吃完热狗,又喝了一杯咖啡。有一个学生站在一张椅子上,转动着电视的音量旋钮,调了一阵子,终于还是放弃,从椅子上下来,然后走开。不知消失到哪里去了。

"我想要你。"我说。

"好啊。"她说着微微一笑。

我们手插在大衣口袋里,慢慢走回公寓。

我忽然醒过来时,她正无声地默默哭泣着。毛毯下细瘦的肩膀微微抖颤。我把暖炉的火点着,看看钟。是凌晨两点。天空正中央悬着一轮雪白的月亮。

我等她停止哭,然后烧一壶开水,用茶包泡了红茶,两个人就喝那红茶。没有糖,没有柠檬,没有奶精,只有纯红茶而已。然后我点了两根烟,一根递给她。她把烟吸进去再吐出来,这样一连三次之后,又一连串地咳起来。

"嘿,你有没有想过要杀我?"她问。

"你?"

"嗯。"

"怎么会问这样的问题?"

她香烟还含在嘴里,就用手指揉着眼皮。

"只是有点想问。"

"没有。"我说。

"真的?"

"真的。"

"为什么我非杀你不可呢?"

"说得也是。"她嫌麻烦似的点点头,"只是,我忽然想到,被一个人杀掉也不错而已。在我正睡得很熟的时候。"

"我不是那种会杀人的人。"

"是吗?"

"大概吧。"

她笑着把香烟塞进烟灰缸,喝了一口剩下的红茶,然后点起新的香烟。

"我要活到二十五岁。"她说,"然后死去。"

*

一九七八年七月,她在二十六岁时死去。

第二章　1978/7

1　步行十六步

电梯门关闭起来,确定背后确实传来咻一声压缩机的声音之后,闭上眼睛。然后收集意识的片断,从公寓的走廊往房间门口走十六步。眼睛一直闭着,准确的十六步,既不多也不少。托威士忌的福,脑袋好像已经磨平的螺丝一样模糊不清,满嘴都是烟草的焦油味。

虽然如此,不管怎么烂醉,眼睛闭着都可以像尺量的一样,笔直地走十六步。这要归功于长年以来没什么特殊意义的自我训练所赐。每次喝醉酒,背脊一挺,脸一抬,用劲把清晨的空气和混凝土走廊的气味深深吸进肺里去。然后闭上眼睛,在威士忌的雾中笔直向前走十六步。

对这十六步的世界,我给了一个称呼,叫作"最规规矩矩的醉汉"。事情很简单。酒醉这回事,只要当作一件事实来接受就行了。

既没有"可是""然而""虽然如此",也没有任何"只是""还是"。只不过是单纯的我喝醉了而已。

就这样我变成一个最规规矩矩的醉汉。变成早晨最早起的呆头

第二章 1978/7

鸟,变成最后通过铁桥的有盖货车。

五、六、七……

在第八步时停下脚步,张开眼睛,深呼吸。耳朵有点轻微耳鸣。好像从生了锈的铁丝网之间穿过去的海风似的耳鸣。这么说来,有好一段时间没看海了。

七月二十四日,上午六时三十分。对看海来说,是个理想的季节,理想的时刻。沙滩还没有被任何人污染过。沙滩与海浪交接的边缘,海鸟的足迹,像被风吹落的针叶一般零散错落。

海,啊!

我再度开始走。海的事情可以忘记了。那已经老早就消失在古老的从前了。

第十六步时停下站定,张开眼睛,我已经和平常一样准确地站在门的把手前方。从信箱里取出两天份的报纸和两封信,夹在腋下。然后从迷魂阵般的口袋里掏出钥匙包,就这样拿着不动,暂时把额头贴在冷冰冰的铁门上。觉得耳朵后方好像有一声轻微的咔锵。身体像棉花似的吸满了酒精。比较正常的只有意识而已。

要命要命。

门打开 $\frac{1}{3}$ 左右,身体从这儿滑进去,关上门。玄关静悄悄的。比必要的静还要静。

然后我发现脚边的红色平底鞋。一双看惯了的平底鞋。那被沾满泥土的网球鞋和便宜的海滩凉鞋夹在中间,看来像是过了季节的圣诞礼物一样。在那上面浮着一层像灰尘一样的沉默。

她在厨房的桌上伏着。额头趴在两只手腕上,乌溜溜的直头发把那侧面遮住了。头发之间可以看出没晒到太阳的白皙颈子。印象中似乎没看过的印花布连衣裙肩口微微露出一点细细的胸罩肩带。

我脱下上衣、拿掉黑色领带和剥下手表之间,她一动也没动,看着她的背时,我想起从前的事。和她相遇之前的事。

"嗨!"我试着开口招呼,然而那听来简直不像是自己的声音,好像是从老远的地方特地送来的声音似的。正如预料的没有回答。

她看来又好像是睡着了,又好像是在哭,也好像是死掉了一样。

我坐在桌子的另一头,用手指压压眼睛。鲜明的太阳光横切过桌面。我在阳光里,她在淡淡的阴影下。影子没有颜色。桌上放着一盆已经枯萎的天竺葵盆栽。窗外有人正在往道路上泼水。柏油路面发出泼水的声音,柏油路面发出泼水的气味。

"要不要喝咖啡?"

还是没回答。

我确定没回答之后站了起来,到厨房磨了两人份咖啡的豆子,打开收音机。豆子磨好以后,才发现自己其实真的想喝的是冰咖啡。我总是事后才想起很多事情。

收音机不断播放出非常适合早晨的无害的一曲又一曲的流行歌

曲。听着那样的歌,觉得这十年来世界好像一点也没有改变似的。只有歌手和歌曲的名字不同了而已。而我也只是多了十岁而已。

确定开水已经沸腾之后,把瓦斯关掉,停了三十秒钟让开水稍微静止,然后把开水注入咖啡粉中。粉末尽可能吸进热开水,然后缓缓地开始膨胀,温暖的香气在房间里扩散开来。外面已经有几只蝉开始在叫了。

"你从昨天晚上就在这里吗?"我手上还拿着开水壶这么问道。

桌上她的头发只有轻微往纵向滑动一下。

"一直在等我吗?"

她没回答这问题。

由于开水的热气和强烈的日照,屋子里开始闷热起来。我把水槽上的窗户关起来了,把冷气开关打开,然后在桌上排列两个咖啡杯。

"喝吧。"我说。我的声音终于一点一点恢复成像我的声音了。

"……"

"喝一点比较好。"

足足有三十秒之后,她才慢慢地以均衡的动作从桌上抬起脸来,就那样顺势呆呆盯着枯萎的天竺葵。细细的头发有几根粘在脸颊上。微微的湿气,在她周围飘浮形成一圈光晕。

"你不用介意,"她说,"我本来没有打算要哭的。"

我把面纸盒子推过去,她就用那个无声地擦擦鼻子,用手指把粘在脸颊的头发嫌烦地拨开。

"其实我本来想在你回来以前出去的。因为不想跟你碰面。"

"不过改变心意了对吗?"

"才不是。只是什么地方都不想去了而已。——不过我要走了,你不用担心。"

"总之先喝咖啡吧。"

我一面听着收音机的交通路况报导,一面啜着咖啡,用剪刀剪开两封信的信封。一封是家具店来的通知,写着在某期间内买家具,全部八折优待。另外一封是完全不愿意想起来的人写的,根本不想看的信。我把两封信叠在一起揉成一团,丢进脚边的纸屑筒里,咬起剩下的奶酪苏打饼干。

她好像在驱寒取暖似的用手包着咖啡杯,嘴巴轻触着杯缘,就那样一直不动地盯着我瞧。

"冰箱里有沙拉。"

"沙拉?"我抬起头看她。

"番茄和扁豆。只有这个没别的了。小黄瓜坏了,我丢掉了。"

"噢。"

我从冰箱拿出装了沙拉的蓝色琉球玻璃深盘,把瓶底只剩五毫米左右的沙拉酱全部倒光浇在沙拉上。番茄和扁豆像影子一样冷冰冰的。而且没味道。饼干和咖啡也没味道。可能是早晨光线的关系。早晨的光线会把一切的一切都分解掉。咖啡喝到一半我就放弃了,从口袋掏出皱巴巴的香烟,用完全不记得曾经见过的纸火柴擦火点烟。香烟的尖端发出干燥的巴吱巴吱的声音。然后紫色的烟,在早晨的光线中描着几何式的图样。

"去参加葬礼了。仪式结束后又一个人到新宿去喝到现在。"

猫不知从什么地方跑出来,打了一个很长的呵欠之后,轻轻跳上她的膝头坐下。她摸了好几次猫的耳根。

"你不需要说明什么。"她说,"反正已经跟我无关了。"

"我没说明什么。只是在说话而已。"

她轻轻耸耸肩,把胸罩的肩带塞进连衣裙里。她脸上已经完全没有所谓表情这东西存在了。那令我想起就像我在什么时候,在相片上看过的沉到海底的街道一样。

"只是以前稍微认识的人而已。你不认识的。"

"哦?"

猫在她的膝头尽量伸展着手脚,然后呼地吐了一口气。

我一直闭着嘴巴盯着香烟的火星。

"怎么死的?"

"交通事故啊。骨头折断了十三根呢。"

"女孩子?"

"嗯。"

七点的定时新闻报导和交通路况报导已经结束,收音机再度开始播放轻摇滚音乐。咖啡杯放回碟子上,她看着我的脸。

"那,我死的时候,你也会像这样喝酒吗?"

"喝酒和葬礼没关系。有关系的顶多是最初的一杯或两杯。"

外面新的一天正在开始。新的炎热的一天。从水槽上方的窗户看得见一群高层大楼,比平常更令人目眩地闪亮着。

"要不要喝什么冷的?"

她摇摇头。

我从冰箱拿出冰得凉凉的可乐罐头,不倒在玻璃杯就直接一口气喝起来。

"是一个跟谁都可以上床的女孩子。"我说。简直像说吊辞一样。故人是一位和谁都可以上床的女孩子。

"为什么对我说这些呢?"她说。

为什么我也不清楚。

"总而言之,是一个跟谁都可以上床的女孩子对吗?"

"对呀。"

"不过跟你却不一样哦?"

她的声音有什么特别的音调。我把脸从沙拉盘抬起来,透过枯萎的盆栽看她的脸。

"你这样想吗?"

"有一点。"她小声说,"你这个人就是这种类型。"

"这种类型?"

"你在某方面,就是有这样的地方啊。就跟沙钟一样。沙漏完了一定会有人来把它倒过来。"

"是这样的吗?"

她的嘴唇稍微松开一下,然后又恢复原状。

"我来拿剩下的行李。冬天的大衣和帽子之类的。我都装进纸箱里了,有空的时候,麻烦你帮我送去托运公司好吗?"

"我可以帮你送到家。"

她静静摇着头。"不用了。不希望你来。你知道吧?"

确实正如她所说的。我多说了不该说的。

"住址知道吗?"

"知道。"

"要办的事情只有这样。抱歉我待太久。"

"文件就这样可以吗?"

"嗯,都办完了。"

"真简单啊。我还以为还有其他什么呢。"

"不知道的人都这么想。不过真的很简单。只要一切都结束之后。"她这样说完,又摸了一次猫的头。"如果第二次离婚的话,好像已经变专家了。"

猫闭着眼睛,只伸伸背脊,悄悄把头放在她手臂上。我把咖啡杯和沙拉盘放进水槽,用申请书代替扫把,将饼干屑集中在一个地方。太阳的光线,使我眼睛深处刺刺地痛。

"详细情形我都全部写在你桌上的便条纸上了。各种文件放的地方,垃圾收集的日子,这一类的。如果有不清楚的地方再打电话吧。"

"谢谢。"

"你想要孩子吗?"

"不。"我说,"我才不要什么小孩。"

"其实我一直很迷惑。不过事情变成这样,幸亏没有。但或许有了孩子就不会变成这样,你说呢?"

"有小孩还是照样离婚的夫妻多的是啊。"

"说得也是。"她说着玩弄了我的打火机一会儿。"其实我现在还是爱你的。不过,问题一定也不在这里。这一点我自己也很清楚。"

2 她的消失·相片的消失·衬裙的消失

她回去之后,我又喝了一罐可乐,冲了一个热水澡,刮了胡子。肥皂、洗发精、刮胡膏,一切都快用完了。

洗完澡出来,梳梳头发,擦一点乳液,清洁一下耳朵。然后走到厨房,重新把剩下的咖啡热一热。桌子对面那边已经没有人坐着了。我一直盯着没有人坐的椅子看,于是觉得自己好像一个小孩,单独被遗弃在一条可能出现在立体图画书里的不可思议的陌生街道似的。不过当然我已经不是一个小孩。我什么也不想地啜着咖啡,花很长的时间喝完之后,发了一会儿呆,然后点上香烟。

足足有二十四小时没睡觉,奇怪的是一点也不困。虽然全身恍恍惚惚，只有头脑却像熟练的水生动物一样，在复杂的水路里团团转着，漫无目的地转着。

就在望着无人的椅子时，想起了从前读过的美国小说。妻子离家出走之后，丈夫把她的衬裙挂在餐厅对面的椅子上，一直挂几个月。想了一会儿之后，我开始觉得那也是个不错的创意。虽然不觉得有什么作用，不过至少比一盆枯萎的天竺葵盆栽感觉要来得好多了。猫也或许因为有她的东西而会比较沉得住气吧。

我顺序拉开寝室里她的抽屉，每一个都空了。留下的只有虫子咬过的旧围巾一条、衣架三个、防虫剂几包而已。她把所有的东西，干干净净地都带走了。以前狭小的浴室里堆得满满的小化妆品、发卷、牙刷、吹风机、莫名其妙的药、生理用品，从靴子、凉鞋到拖鞋的各种鞋子，帽子的盒子，一个抽屉的首饰，手提包、单肩包、皮箱、皮夹，总是整理得很整齐的内衣、袜子、信件，凡是有她味道的东西，都没留下来。甚至令人觉得是不是连她的指纹也擦干净了。书架和唱片架有 $\frac{1}{3}$ 左右消失了。那是她自己买的，或我送她的书和唱片。

翻开相本一看，她的相片一张不留的全拿走了。我和她合拍的相片，她只把她的部分整齐地剪下带走，留下我一个人。我自己一个人的相片和风景照、动物照还原样不动。收在那三本相本里的是完美地修整过的过去。我总是一个人孤零零的。在那之间，有山、有河、有鹿、有猫的相片。简直就像生下来时，就一个人了，一直都是一个人孤零零的，而且觉得以后也还会是一个人继续下去。我合起相本，抽了两根烟。

虽然心里想为什么不留下一件衬裙什么的也好啊,然而那当然是她的问题,不是我应该啰嗦的。是她决定,什么也不留的。我除了顺从之外没别的法子。或许正如她所希望的,只好认为她从一开始就不曾存在过。而且在她所不存在的地方,她的衬裙自然也不存在。

我把烟灰缸泡水,把冷气和收音机关掉,再回想一次她的衬裙,然后放弃念头上床睡觉。

自从我答应离婚,她搬出公寓以后,已经过了一个月。这一个月几乎没有任何意义。恍恍惚惚的,好像没有实体,不冰不凉的果冻一样的一个月。简直不觉得有任何改变,而实际上,确实也没有任何改变。

我早晨七点钟起床,泡咖啡,烤吐司,出门去工作,在外面吃晚餐,喝两杯或三杯酒,回到家躺在床上看一小时左右的书,把电灯熄掉睡觉。星期六和星期日不工作,却从早上开始跑好几家电影院消磨时间。然后和平常一样,一个人吃晚餐、喝酒、读书,然后睡觉。就这个样子,正如同有些人把月历的数字一个一个涂黑划掉一样,我活着过了一个月。

她的消失,我觉得在某种意义上好像是没办法的事。已经发生的事情就是已经发生了。我们这四年不管相处得多么好,那已经不重要了。就像相片被拿走了的相本一样。

和这相同的,她和我的朋友长期定期睡觉,有一天干脆就搬到他那里去了,即使这样也不是什么了不起的大问题。这种事十分可能发生,而且事实上常常发生,就算她已经变成那样,我也无论如何不认为是发生了什么特别的事情。终究那是她自己的问题。

"终究,那是你自己的问题呀。"我说。

那是她提出想要离婚的六月的星期天下午,我把罐头啤酒拉环套在手指上把玩着。

"你是说离不离都可以?"她问。非常缓慢的说法。

"并不是都可以。"我说,"我只说那是你自己的问题而已。"

"说真的,其实不想离开你。"停了一会儿之后她说。

"那就不要离呀。"我说。

"可是,和你在一起也不能怎么样。"

她从此没再说什么,不过我好像了解她想说什么。我再过几个月就三十了。她快二十六。而和前方应该即将来临的事情之大比起来,我们过去所构筑起来的东西实在微不足道。或者可以说等于零。我们简直像要吃垮储蓄似的度过那四年来的。

那几乎全是我的责任。我大概跟谁都不应该结婚的,至少她是不该跟我结婚的。

她刚开始以为自己是不适合社会的人,而我则是社会的适合者。而且我们都分别各自比较巧妙地扮演着自己的角色。然而就在两个人想到今后能不能一直继续巧妙地扮演下去时,就有什么不对劲了。虽然只是极小的某种什么,然而已经回不去了。我们正处于一个和缓的、拉长的死胡同,那就是我们的终点。

对她来说,我已经是失去的人。即使她还多少有点爱我,那也是另一个问题了。我们太习惯于彼此的角色了。我已经没有任何东西可以给她了。她本能地了解这一点,而我也凭经验了解。不管哪一边都没救了。

于是她和她的几件衬裙,便从我眼前永远地消失了。有些东西被遗忘,有些东西消失,有些东西死去。而其中几乎没有悲剧性的要素。

七月二十四日,上午八时二十五分。

我确认过数字钟的四个数字之后,闭上眼睛,然后睡着。

第三章　1978/9

1　鲸鱼的阴茎·拥有三个职业的女人

和女孩子睡觉好像是一件非常重大的事,但相反地有时候也觉得没什么大不了的。换句话说,有作为自我疗伤行为的做爱,也有消磨时间的做爱。

也有始终是所谓自我疗伤行为式的做爱,也有始终是所谓消磨时间式的做爱。有些例子是以自我疗伤行为开始,后来以消磨时间结束,也有相反的情形。不管怎么说,我们的性生活,根本上是和鲸鱼的性生活不同。

我们不是鲸鱼——这对于我的性生活来说,是一项重大的命题。

*

小时候,从家里骑脚踏车大约三十分钟左右的地方,有一个水族馆。水族馆永远被冰冷的水族馆式的沉默所支配,只是偶尔可以听见一阵噼啦噼啦的水花溅起的声音,不知道从什么地方发出的。感觉好像在黑暗的走廊角落，有一条人鱼正屏息躲在那里似的。

鲔鱼群正在巨大的游泳池里团团打转，蝶鲛正穿过狭窄的水路逆流而上，食人鱼对肉块张开锐利的牙齿，电鳗鱼小气的电灯泡很久很久才闪亮一下。

水族馆里有无数的鱼。它们各有不同的名字、不同的鳞和不同的鳃。为什么地球上非要有这么多种的鱼存在不可呢？我真是一点也不明白。

当然水族馆里是没有鲸鱼的。鲸鱼太大了，即使把整个水族馆拆掉改成一个大水槽，也没办法养鲸鱼。代替的是在水族馆里放置鲸鱼的阴茎。换句话说，是一个代用品。因此，我透过善感的少年期所持续看到的不是真正的鲸鱼，而是鲸鱼的阴茎。在冷冷的水族馆的通道上散步腻了，我就坐在静悄悄的天花板很高的展示室的沙发上，在鲸鱼的阴茎前面，呆呆度过几个小时。

那有时候看起来好像晒干的小型椰子树，有时候看起来像长大的玉蜀黍一样。如果没有立着一块牌子写着"鲸鱼的生殖器·雄"的话，很可能没有一个人会发现那是鲸鱼的阴茎。那看起来与其说是南冰洋的产物，不如说更具有中亚沙漠所挖掘出来的遗物似的东西的趣味。那和我的阴茎不同，和我过去曾经看过的任何阴茎都不同。而且那里散发着一种被切除的阴茎所特有的某种难以说明的哀愁。

我第一次和女孩子性交之后所想到的，也是那巨大的鲸鱼的阴茎。一想到它是经历了什么样的命运，经过什么样的历程，来到水族馆的空荡荡的展示室的,我的心就感到疼痛。觉得那已经完全没救了。然而我才十七岁而已,一切都绝望显然还太年轻。于是我自从那次以后就开始这样想。

就是:我们不是鲸鱼。

我在床上一面用手指捏弄着新女朋友的头发,一面一直想着鲸鱼的事。

我所想到的水族馆,总是在秋天的末尾。水槽的玻璃冷得像冰一样,我穿着厚厚的毛衣。从展示室的大玻璃窗所看到的海,是深铅色的,无数的白浪,则令人想到女孩子们穿的连衣裙的白蕾丝衣领。

"你在想什么?"她问。

"想从前的事。"我说。

*

她二十一岁,拥有一副苗条的漂亮身材和形状完美得几乎像有魔力似的一对耳朵。她在一家小出版社工读当校对,又是个专门展示耳朵的广告模特儿,也是属于一家只有熟人所组成的高级小型俱乐部的应召女郎。我不知道这三者之中,哪一个才是她的正业。她也不知道。

不过如果从哪一种是本来的样子的观点来看,似乎以专门展示耳朵的模特儿,是她最自然的样子。我这样认为,她也这样想。虽然这么说,但耳朵专门的广告模特儿所能活跃的领域却极为有限,以模特儿的地位和待遇而言也非常的低。大多数的广告公司、摄影师、化妆师和杂志记者,都只把她当作"耳朵的主人"来看待。除了耳朵以外的她的肉体和精神则完全被切除、舍弃、抹煞。

"不过其实不是这样。"她说,"耳朵就是我,我就是耳朵啊。"

她作为校对者的她和应召女郎的她时,则绝对连一瞬间也不容许别人看到她的耳朵。

"为什么吗?因为那不是真正的我啊。"她说明道。

她所属的应召女郎俱乐部的事务所(表面上是演员俱乐部的名目)在赤坂,经营者大家称她为X夫人,是一位白头发的英国女人。她已经在日本生活了三十年,能说流畅的日本语,也几乎能读所有的汉字。

X夫人在离应召女郎事务所不到五百米的地方,开了一家女性专门的英语会话教室,她在那里挑出条件好的女孩子,挖掘到应召女郎事务所去。反过来又让几个应召女郎到英语会话教室去上课。当然她们的学费是可以有几成折扣优待的。

X夫人称呼这些应召女郎为"Dear"。她那"Dear"声中,充满了春天午后般柔和的音调。

"好好穿上漂亮的蕾丝内衣哟,Dear。不可以穿裤袜噢",或者"你要在红茶里加奶精噢,Dear"。像这样。顾客都让她掌握得非常好,大多数是四十多或五十多岁富裕的生意人。有 $\frac{2}{3}$ 是外国人,其余是日本人。X夫人讨厌政治家、老人、变态者和穷人。

我的新女朋友在一打多的应召女郎美女群中,是最不重视外表,看起来装扮最平凡的。实际上,当她把耳朵隐藏起来时,真的给人的印象只是很平凡。X夫人为什么会看上她,把她挖掘过去,我真不明白。或许因为她的平凡之中有某种特殊的光辉被她看中了,或者只是单纯出于认为有一个平凡女子也不错的想法。不管怎么说,X夫人的意图是达成了,她也有几个稳当的固定顾客。她穿着平凡的服装,化平凡的妆,穿平凡的内衣,散发着平凡的香皂气味,到希尔顿、大仓或王子饭店,每星期跟一两个男人睡觉,获得足够吃一个月的收入。

除此之外,剩余的夜晚有一半她免费和我睡觉。另一半她是如何度过的我就不知道了。

在出版社打工当校对的她,生活更平凡。她每周有三天到位于神田一幢小建筑物三楼的一家公司上班,从早上九点到傍晚五点,做做初稿的校对,泡泡茶,下楼梯(因为没有电梯)去买个橡皮擦之类的。她是唯一年轻的单身女郎,不过谁也没有打她的主意。她简直就像一条变色蜥蜴一样,能够依场所和状况的不同而放出或收敛她的光辉。

*

我遇见她(或者说她的耳朵),是在和妻刚分手之后——八月初。我接下一个电脑软件公司的广告文案工作,在那里第一次和她的耳朵相照面。

广告公司的艺术总监在桌上摊开企划书和几张放大的黑白相片,要我在一星期之内准备三种附在这相片上的标题文案,三张相片都是巨大的耳朵相片。

耳朵？

"为什么是耳朵？"我试着问他。

"谁知道。反正是耳朵。你只要在一星期里思考有关耳朵的事就行了。"

因此,我一星期之间,光盯着耳朵的相片过日子。我在书桌前面用透明胶带把那三张巨大的耳朵相片贴起来,一面抽抽香烟、喝喝咖啡、吃吃三明治、剪剪指甲,一面眺望那相片。

一星期之内总算把工作交出去了,但后来那耳朵的相片还一直贴在墙上。一方面因为要撕掉嫌麻烦,另一方面也因为看耳朵的相片这件事已经变成我日常的习惯了。不过我之所以没有把那相片撕下来丢进抽屉深处的真正理由,是因为那耳朵在各方面都在魅惑我。那完全是一副像梦一样形状的耳朵。大概可以说是百分之百的耳朵吧。放大后的人体的一部分(当然包括性器在内)居然对我具有如此强大的吸引力,这还是第一次体验到。令我想到这对我好像是一种命运式的巨大漩涡。

有些曲线超越了所有的想象力大胆地一口气横切过画面,有些曲线以充满秘密的细心形成一群小阴影,有些曲线像古代的壁画一样描绘出无数的传统。耳垂之光滑超越了所有的曲线,那隆起的肉的厚度凌驾于一切生命之上。

几天后我打了一通电话给拍那相片的摄影师,请他告诉我这耳朵

第三章 1978/9

主人的名字和电话号码。

"又怎么啦?"摄影师问。

"我很有兴趣,因为这耳朵非常漂亮。"

"这倒是真的,耳朵确实不错。"摄影师含糊地说,"不过本人并不怎么出色。如果你想跟年轻女孩子约会,我可以介绍上次拍泳装的模特儿给你。"

"谢了。"说完我就挂电话。

*

两点、六点、十点,我试着打电话给她。没人来接电话。她似乎也在过着她忙碌的人生。

好不容易逮到她,是在第二天早晨的十点。我简单地自我介绍,然后试着问她说,有关前几天广告工作的事,想跟她谈一谈,不知道能不能一起吃个晚饭。

"可是我听说工作已经结束了啊。"她说。

"工作是结束了。"我说。她虽然好像有点慌张,不过并没有再提出其他问题。我们决定第二天傍晚在青山道路的咖啡店见面。

我打电话到我过去曾经去过的所有餐厅中最高级的法国餐厅预约席位。拿出新的衬衫来,花了时间挑选领带,穿上只穿过两次的西装外套。

她正如摄影师忠告过的一样,确实不怎么漂亮,服装和相貌都很平凡，看起来好像二流女子大学合唱团的团员一样。不过当然，对我来说，这些事都不重要。我所失望的是，她把笔直的头发放下来，让耳朵完全隐藏在头发里面。

"你把耳朵藏起来了哦？"我若无其事地说。

"嗯。"她也若无其事地说。

因为比预约时间早到了一点，因此我们是晚餐时间的第一组客人。照明亮度降低了，侍者满场绕着用长棒火柴擦亮点上红色的蜡烛，侍者领班以鲱鱼般的眼神仔细检点着餐巾、餐具和盘子的排列方式。以人字形组合起来的橡木地板磨得光洁灿亮，侍者的鞋底发出咔吱咔吱清爽的声音。侍者的鞋子看来比我穿着的鞋子要昂贵得多。花瓶里的花是新插的，白色墙壁上挂着一看就知道是原作的摩登艺术作品。

我看了葡萄酒菜单后，选了一种尽可能清淡的白葡萄酒，前菜点了鸭肉馅饼、蒸鲷鱼冻和鮟鱇鱼肝酸奶油。她仔细研究过菜单之后，点了海龟汤、青菜沙拉和鲽鱼慕斯，我点了海胆汤、欧芹烤小牛肉和番茄沙拉。我半个月的餐费这下似乎要泡汤了。

"蛮漂亮的餐厅啊。"她说，"常来吗？"

"只是工作上的关系偶尔来而已。说起来一个人的时候，与其在餐厅吃，不如到酒吧一面喝酒一面凑合着吃比较适合我。那样比较轻松。因为不必考虑多余的事情。"

"在酒吧平常都吃些什么？"

"各种东西都有。不过多半是煎蛋卷和三明治。"

"煎蛋卷和三明治?"她说,"在酒吧每天吃煎蛋卷和三明治啊?"

"不是每天。我三天里面有一次自己做菜。"

"那么三天里面有两天在酒吧吃煎蛋卷和三明治啰?"

"对。"我说。

"为什么是煎蛋卷和三明治呢?"

"因为好的酒吧供应好吃的煎蛋卷和三明治啊。"

"哦?"她说,"真是怪人。"

"并不怪呀。"我说。

因为不知道要怎么开口提那件事,我暂时默默地注视着桌上烟灰缸里的烟蒂。

"工作的事情对吗?"她试探性地转变话题。

"不,正如昨天所说的,工作已经完全结束了。也没问题。所以没什么事。"

她从手提包的口袋里拿出细薄荷烟,用餐厅的火柴点火,以"那么?"的表情看我。

我正要说出来时,侍者领班那充满信心的皮鞋声又响着走近我们这桌来。他像在展示独生子的相片一样,一面微笑一面向我展示葡萄酒的标签。我点头之后,随着一声清脆好听的声音把瓶栓拔开了,在玻璃杯中为我们各注入一口酒,发出一股浓缩餐费的味道。

侍者领班退下之后,随即换了两位侍者上来,在桌上排放了三个大盘和两个小碟。侍者下去之后,我们又恢复两个人单独相对。

"无论如何,很想看看你的耳朵。"我坦白地说。

她什么也没说,只把鸭饼和鲛鳒鱼肝移到餐盘上,喝了一口葡萄酒。

"是不是太为难你了?"

她只稍稍微笑一下。"好吃的法国大餐并不为难哪。"

"那么谈耳朵的事就为难了?"

"也不是。看从什么角度谈。"

"就从你喜欢的角度谈吧。"

她一面把叉子送进嘴里一面摇头。"你就坦白说吧。因为那是最好的角度。"

我们沉默不语地喝了一会儿葡萄酒,继续吃东西。

"我转了一个弯。"我说,"于是在我前面的某个人正在转下一个弯。那某个人的影子已经看不见。只看见白色的下摆闪了一下而已。可是只有那下摆的白色一直烙在眼睛深处都不消失。这种感觉你能了解吗?"

"我想我了解。"

"我对你的耳朵所感受到的,就是这样的东西。"

我们再度继续默默地用餐。我在她的玻璃杯里倒一点葡萄酒,也在自己的玻璃杯里倒一点葡萄酒。

"这种情景并没有出现在脑子里,而是有这种感觉对吗?"她问。

"对啊。"

"以前有没有过这样的感觉?"

我考虑了一下,然后摇摇头。"没有。"

"那也就是说,是我的耳朵引起的?"

"我不能很肯定地说就是这样。因为无从拥有确切的信心。从来没听说过耳朵的形状会对什么人总是引起某种特定感情的啊。"

"我知道有人每次看见法拉佛西梅杰斯的鼻子就会打喷嚏哟。打喷嚏这回事好像跟某种精神方面的要素关系很大噢。一旦原因和结果结合起来,就变成很难分离了。"

"关于法拉佛西梅杰斯鼻子的事我倒不清楚。"我说着喝一口葡萄酒。然后就忘了原来准备要说什么了。

"和那个又有些不同对吗?"她说。

"对。和那个是有些不同。"我说,"我所感受到的感情极其模糊,不过却很实在。"我两只手先分开一米左右,然后缩小到五公分。

"没办法好好说明。"

"基于模糊的动机,所凝聚成的现象。"

"正如你所说的,"我说,"你头脑比我好七倍。"

"我接受过函授教育。"

"函授教育?"

"对,心理学的函授教育。"

我们把最后剩下的鸭饼两个人分掉。我又忘了自己到底原来想说什么了。

"你对于我的耳朵和你那种感情之间的相互关系还无法明确掌握对吗?"

"就是这样。"我说,"总之,不知道是你的耳朵直接向我诉说什么,还是别的什么东西以你的耳朵为媒介向我诉说,这点我实在无法掌握。"

她两手维持放在桌上的姿势,轻微动了一下肩膀。"你所感觉到的感情是好的一类,还是讨厌的一类?"

"都不是。或两者都有。我真的不知道。"

她两手夹住葡萄酒杯,看了一会儿我的脸。"你好像应该再多学一点感情表达的方法比较好噢。"

"描写能力也缺乏噢。"我说。

她微笑起来。"不过没关系。你所说的事我大概已经懂了。"

"那么我应该怎么办呢?"

她一直沉默不语。看起来好像在思考什么其他的事似的。桌上排着五个已经空了的盘子。五个盘子看来就好像是灭亡的行星群似的。

"嗨!"漫长的沉默之后,她开口道,"我觉得我们不妨做个朋友。当然这要你愿意。"

"当然愿意呀。"我说。

"而且,是很亲很亲的朋友噢。"她说。

我点头。

就这样,我们变成很亲很亲的朋友。从最初见面开始还不到三十分钟。

第三章 1978/9

*

"作为亲密的朋友,我有问题想问你。"我说。

"可以呀。"

"首先第一个问题,你为什么不露出耳朵? 其次第二个问题,过去你的耳朵是否曾经对除了我以外的什么人产生过特殊的能力?"

她什么也没说,只是一直注视着放在桌上的双手。

"有许多原因。"她静静地说。

"很多?"

"嗯。不过如果简单说的话,应该说是我对不露出耳朵的自己比较习惯吧。"

"换句话说,露出耳朵时的你,和不露出耳朵时的你,不一样对吗?"

"对。"

两个侍者把我们的盘子收下去,送上汤来。

"能不能谈谈露出耳朵时的你?"

"那是很久以前的事了,没办法说得很贴切。说真的,我从十二岁以来一次也没露过耳朵。"

"可是做模特儿工作时不是要露耳朵吗?"

"对。"她说,"不过那不是真正的耳朵。"

"不是真正的耳朵?"

"那是封闭起来的耳朵。"

我喝了两口汤之后抬头看看她的脸。

"能不能再稍微详细地告诉我关于封闭的耳朵的情形?"

"封闭的耳朵是死的耳朵。我自己把耳朵杀死。换句话说,是有意地切断通路……不知道你能了解吗?"

我不太了解。

"你提出问题试试看。"她说。

"你说杀死耳朵,是指让耳朵听不见吗?"

"不。耳朵还是听得见。不过耳朵都是死的。你应该也做得到。"

她把汤匙放在餐桌上,然后把背伸得笔直,再把两肩往上抬高大约五公分,颚骨尽量往前伸,维持这样的姿势大约十秒钟之后,肩膀忽然放下。

"像这样子,耳朵就死了。你也来试试看吧。"

我试着跟她一样慢慢重复做了三次,然而并没有什么东西死去的感觉。只是葡萄酒的醉意在体内循环得稍微快些而已。

"我的耳朵好像没办法顺利死掉啊。"我很失望地说。

她摇摇头。"没关系。因为如果没有必要死,那么没办法死也没什么妨碍呀。"

"我再问一点问题可以吗?"

"可以呀。"

"综合你所说的事情看来,我自然就这样想。也就是说,你在十二岁以前,耳朵都是露出来的,然后有一天你把耳朵藏起来,从此以后一直到现在,耳朵一次也没露出来过。如果无论如何一定要露耳朵时,你就故意把耳朵和意识之间的通路封闭起来,是这样吗?"

她微微一笑。"就是这样。"

"在十二岁的时候,你的耳朵发生了什么事吗?"

"你别着急。"她说着右手越过餐桌,轻轻触摸我的左手的手指,"拜托。"

我把残余的葡萄酒分别注入两个玻璃杯,慢慢拿起自己的杯子。

"我想先了解你的事情。"

"我的什么事情?"

"全部啊。例如你是怎么长大的、多大年纪、在做什么之类的。"

"很平凡哪。因为非常平凡,所以你听了一定会打瞌睡的。"

"我喜欢平凡的事情啊。"

"我的是属于谁都不可能喜欢的那种平凡。"

"没关系,你就谈个十分钟吧。"

"生日是一九四八年十二月二十四日,圣诞夜哟。所谓圣诞夜并不是理想的生日。因为生日礼物和圣诞礼物都合并在一起,大家都用便宜的东西打发掉了。星座是山羊座,血型A型,这种组合比较适合当银行职员或区公所职员。据说和射手座、天秤座、水瓶座的人性向不合。你不觉得这样的人生会很无聊吗?"

"我觉得很有趣呀。"

"在平凡的城市长大,从平凡的学校毕业。小时候是个话很少的孩子,长大之后则变成一个无聊的孩子。遇见一个平凡的女孩,谈了一个平凡的初恋。十八岁那年上大学到东京来。大学毕业之后,和一个朋友两个人开了一家小小的翻译事务所,总算靠这个可以糊口过日子。三年前开始也做一点PR(公关)杂志和广告有关的工作,这方面也还算顺利成长。和一个在公司上班的女孩子认识,四年前结了婚,两个月前离婚了。理由一言难尽。养了一只年老的雄猫。一天抽四十根香烟。怎么也戒不掉。拥有三套西装和六条领带,还有退流行的唱片五百张。埃勒里·奎因的小说里的犯人我全部记得。普鲁斯特的《追忆逝水年华》我也有全套,不过只读了一半。夏天喝啤酒,冬天喝威士忌。"

"还有三天里面有两天在酒吧吃煎蛋卷和三明治对吗?"

"对。"我说。

"蛮有趣的人生嘛。"

"过去一直过的是无聊的人生,今后也是一样。不过我对这倒也没什么不满意的,总之这是没办法的事啊。"

我看看手表。是九分二十秒。

"不过你现在所说的事,并不是你的全部对吗?"

我看了一会儿放在餐桌上自己的两只手。"当然不是全部。因为不管多无聊的人生,也没办法在十分钟之内说完。"

"我可不可以说说我的感想?"

"请。"

"我每次跟生人第一次见面,都会请对方谈十分钟。然后从对方所谈的内容的正好相反的观点来掌握对方。你觉得我这样做是错误的吗?"

"不。"说着我摇摇头,"我想或许你的做法是正确的。"

"这方法如果试着套在你身上,我想就变成这样了。"她一面把刀子划进鲽鱼慕斯里一面说。

"换句话说,你的人生并不无聊,而是你在追求无聊的人生。不对吗?"

"或许正如你所说的。或许我的人生并不无聊,只是我在追求无聊的人生。不过结果都一样。不管怎么样,我得到的已经是这样的人生。大家都在逃避无聊,然而我却自己想要进去,简直就像高峰时段往反方向走一样。所以我的人生变得无聊我并不抱怨。只不过是妻子逃走的程度而已。"

"跟太太是因为这个而分手的吗?"

"刚才我已经说过,一言难尽。不过就像尼采也说过的一样,所谓面对无聊,连众神都要举旗投降的。"

我们慢慢吃着。她中途又多要了一份蘸酱,而我把多余的面包也吃了。一直到吃完主菜为止,我们都各自想着不同的事。盘子收下去,吃过蓝莓冰糕,端来意式浓缩咖啡时,我点起一根烟。烟草的烟只有少许在空中徘徊之后,就被吸进无声的换气设备里去。有几张餐桌来了客人。天花板上的喇叭播放着莫扎特的交响乐。

"我想多听一点有关你的耳朵的事。"我说。

"你想知道我的耳朵是不是拥有什么特殊的能力,对吗?"

我点点头。

"这一点我希望由你自己来确认。"她说,"就算我告诉你,也只能以非常有限的形式说,这对你我觉得没有任何帮助。"

我再点了一次头。

"我可以为你露耳朵。"她喝完咖啡后说,"不过,这样做我也不知道对你是不是真的有帮助。说不定你会后悔呢。"

"为什么?"

"我是说你的无聊也许并不如你所想象的那么坚固。"

"没办法啊。"我说。

她伸出手越过餐桌,重叠在我手上。"其次还有一点,暂时——从现在开始的几个月——不要离开我。可以吗?"

"好啊。"

她从手提包里拿出黑色发带含在嘴里,两只手像抱住头发般绕到后面,绕了一圈之后,很快地绑起来。

"怎么样?"

我倒吸了一口气,呆呆望着她。口腔干干渴渴的,身体的任何部位都出不了声音。白色灰泥墙壁一瞬间看来好像波浪起伏似的。店里的说话声、餐具的碰擦声好像变成淡淡的模糊的云的形状似的,然后又恢复原状。听得见波浪的声音,感觉得到令人怀念的黄昏夕暮的气味。不过,这一切的一切只不过是在短短的百分之一秒里,我所感觉到的许多东西的一小部分而已。

"不得了。"我像挤出声音似的说,"好像不是同一个人一样。"

"你说得对。"她说。

2　关于耳朵的开放

"你说得对。"她说。

她美到超现实的程度。那种美,是属于我过去既没看见过,也没想象过的美。一切就像宇宙一般地膨胀,而且同时一切都凝固于厚厚的冰河里。一切都傲慢地被夸张,而同时一切又被削除。那是超越我所知道的一切观念之外的。她和她的耳朵化为一体,就像一道古老的光线一样滑过时光的斜面而落下。

"你真是不得了。"好不容易吸了一口气之后我说。

"我知道。"她说,"这是耳朵开放的状态。"

几个客人转过头来,失神似的望着我们这一桌。来为我们续杯咖啡的服务生,没办法好好倒咖啡,任何人都没说一句话。只有音乐带的轮圈继续自动地慢慢转着。

她从包里拿出薄荷烟含在嘴上,我连忙用打火机为她点火。

"我想跟你睡觉。"她说。

于是我们就睡了。

3 续·关于耳朵的开放

其实对她来说,真正伟大的时代还没有来临。接下来只有两天或三天,她断续地让耳朵露出来,然后她又再度把那光辉灿烂的奇迹式造型物隐藏到头发后面,恢复成一个平凡的女子。那简直就像三月初里为了试一下气温而暂时脱下大衣又穿回去一样的感觉。

"还不到露耳朵的时候。"她说。

"自己的力量还不能完全掌握自己。"

"我可没什么关系。"我说。因为耳朵藏起来的她也相当不错。

*

虽然她偶尔会露出耳朵让我看,不过那几乎都是和做爱有关的场合。和露出耳朵的她做爱这件事里含有某种奇妙的趣味。下雨的时候能确实闻到雨的气味。鸟啼唱的时候也能确实听到鸟在啼唱。没办法说清楚,不过总之就是这么回事。

"跟别的男人睡觉时耳朵不露出来吗?"有一次我试着问她。

"当然。"她说,"大家也许连我有耳朵这回事都不知道吧。"

"耳朵不露出来时的做爱是怎么一回事?"

"非常义务式的。简直就像在啃报纸一样没有任何感觉。不过也好。因为所谓尽义务,也不是一件坏事。"

"可是,耳朵露出来的时候不是更棒吗?"

"是啊。"

"那为什么不露呢。"我说,"何必一定要让自己难过,跟自己过不去呢?"

她一本正经地凝视我的脸,然后叹一口气。"你真是什么也不懂。"

我觉得我确实对很多事情都完全没弄懂。

首先第一点,她对我另眼看待的理由在哪里我就不懂。因为跟别人比起来,我无论如何都不觉得自己有什么特别优越或特别不一样的地方。

我这样说,她就笑了。

"事情非常简单哪。"她说,"因为你特地来追求我。那是最大的理由。"

"如果有别人也追求你呢?"

"可是至少现在你在追求我啊。而且,其实你比你自己所想象的还要棒呢。"

"那为什么我会那样想呢?"我试着问她。

"那是因为你只以自己的一半在活。"她断然肯定地回答。

"另外一半你还保留着,不知道放在什么地方,碰都没碰它。"

"哦?"我说。

"在这层意义上,我们也不能说不像。我把耳朵关闭起来,而你只以一半在活。你不觉得吗?"

"不过就算是这样,我剩下的一半,也没有你的耳朵那么光辉灿烂哪。"

"或许。"她微笑起来,"你真的什么也不懂。"

她依然微笑着,把头发往上撩,脱开衬衫的扣子。

*

夏天快接近终了的九月一个下午,我把工作搁下来休息,在床上一面捏弄着她的头发,一面一直想着鲸鱼阴茎的事。海是深铅色的,粗暴的风敲打着玻璃窗。天花板很高,展示室中除了我就没有其他人的影子。鲸鱼的阴茎永远从鲸鱼切除,完全丧失作为鲸鱼阴茎的意义。

然后我又再试着回想一次妻子的衬裙。然而我却连她是否曾经拥有过衬裙都想不起来。只有一个模糊的印象,衬裙披在厨房椅子上的不具体的风景,一直粘在我头脑的角落。这到底意味着什么,我也想不起来。觉得简直好像长久之间,过着一个不知是谁的别人的人生似的。

"你穿不穿长衬裙?"我没什么特别用意地试着问女朋友。

她把头从我肩上抬起来,眼神蒙眬地望着我。

"不穿。"

"噢。"我说。

"不过,如果你觉得那样会更顺利的话……"

"不,不是这样。"我急忙说,"我说的不是这意思。"

第三章 1978/9

"不过,你真的不用客气。我因为工作上的关系对这种事很习惯,一点也不觉得害羞。"

"什么都不需要。"我说,"真的有你和你的耳朵就非常够了。除了这个什么都不需要。"

她很无趣似的摇摇头,把脸伏在我肩膀上。然后过了大约十五秒之后,再度抬起脸来。

"嘿!再过十分钟左右,会有一通非常重要的电话打来哟。"

"电话?"我看看床边的黑色电话机。

"对,电话铃会响。"

"你知道?"

"知道。"

她保持头枕在我赤裸胸脯的姿势,抽起薄荷烟。不久之后烟灰掉落在我肚脐旁边,她只嘟嘴把那吹到床外。我用手指把她的耳朵夹住,非常美妙的感触。头脑恍恍惚惚的,各种无形的印象浮上来又消失。

"是关于羊的事。"她说,"很多的羊跟一头羊。"

"羊?"

"嗯。"说着她把抽到一半左右的香烟递给我。我抽了一口之后,塞进烟灰缸弄熄。"然后冒险就开始了。"

*

过一会儿枕边的电话响起。我望了她一眼,然而她已经在我胸脯上沉沉睡着了。我让电话响了四次之后拿起听筒。

"你现在马上过来好吗?"我的搭档说,声音口气非常紧张,"非常重要的事。"

"重要到什么程度?"

"你来了就知道。"他说。

"反正是羊的事吧?"我试探性地说。实在不应该说的。听筒像冰河似的冷却下来。

"你怎么会知道?"搭档说。

总而言之,就这样开始了有关羊的冒险。

第四章　寻羊冒险记 I

1　奇怪的男人·序

　　一个人会变成习惯性地喝大量的酒,有各种理由。虽然理由有各式各样,结果却大体相同。

　　一九七三年我的合伙人是个快乐的醉仙。一九七六年他变成一个有些难缠的醉汉,然后到了一九七八年夏天,他那不怎么巧的手已经搭上通往初期酒精中毒之门的把手了。就像许多习惯性饮酒者一样,没喝酒时的他,就算称不上敏锐,至少还被大家认为是个正常而令人有好感的人。他自己也觉得自己是这样的人,所以喝酒。因为好像酒精进入体内之后,对自己是正常而令人有好感的想法,比较能够巧妙同化似的。

　　当然刚开始这一切都很顺,然而随着时间的消逝、酒量的增加,于是产生了微妙的误差,而微妙的误差终于变成更深的槽沟。他的正常和令人有好感往前走得太快,连他自己都追不上了。这是经常有的例子。只是大多数人并不认为自己是属于经常有的例子。如果不是敏锐的人，就更是如此了。他为了重新找回失去的东西，开始徘徊于更深的酒精迷雾中。于是状况更加恶化一层。

不过至少目前，他在天黑之前还是正常的。因为我已经有很多年尽量在天黑之后不和他碰面，因此至少与我有关的他是正常的。虽然如此，我还是很清楚他在天黑之后并不正常，他自己也知道。对这件事我们虽然只字不提，却也知道彼此心里有数。我们虽然依旧相处得很好，却已经不再是和以前一样的朋友了。

就算称不上百分之百互相理解（我想百分之七十都很可疑），但至少他是我大学时代唯一的朋友，这样的人变得不正常，而又近在身边看在眼前，对我来说是一件蛮难过的事。不过，所谓上了年纪，就是这么回事。

我到事务所时，他已经在喝着一杯威士忌。如果止于一杯的话，他还是正常的，只是在喝着则与平常没有两样。也许不久就会变成喝两杯。那么一来，我很可能会离开公司，另外找别的工作。

我一面站在冷气出风口前面让汗吹干，一面喝着女孩子端来给我的冰凉麦茶。他什么也没说，我也什么都没说。午后的强烈阳光，像幻想的飞沫似的洒落在油毛毡地砖上。眼底下公园的绿意宽阔地延伸出去，看得见许多躺在草地上悠闲地晒太阳的人细小的模样。搭档继续用圆珠笔尖端刺着左手的掌心。

"听说你离婚了？"他开口说。

"那是两个月前的事了。"我眼睛依然望着窗外说。脱下太阳眼镜，眼睛就痛。

"为什么离婚？"

"这是私事。"

"我知道啊。"他很有耐心地说，"不是私事的离婚还没听说过呢。"

我默不作声。彼此不过问私人问题是长年以来我们之间的默契。

"我并不想多管闲事。"他说明理由。"只不过她也是我的朋友，所以我蛮震惊的。何况你们感情不是一直很好吗？"

"感情一直很好啊。而且也不是吵架分手的。"

搭档一脸困惑地沉默下来，仍然把圆珠笔尖继续往手掌心刺。他穿着深蓝色新衬衫打黑领带，头发梳得整整齐齐。古龙水和乳液的气味全有了。我穿一件史努比抱着冲浪板图案的T恤，洗得快变雪白的旧李维斯牛仔裤和满是泥巴的网球鞋。谁看了都会认为他比较正常。

"我们跟她三个人一起工作时的事情，你还记得吗？"

"记得很清楚啊。"我说。

"那时候很快乐。"搭档说。

我离开冷气前面，走到房子中央，在一个瑞典制天蓝色软绵绵的沙发上坐下，从待客用的香烟盒里取出一根有滤嘴的长红，用沉重的桌上打火机点了火。

"然后呢？"

"结果,我发现我们好像扩张得太大了。"

"你是指广告和杂志之类的吧?"

搭档点点头。我一想到他说出这话之前,一定已经烦恼很久了,就觉得有点过意不去。我确认了一下桌上打火机的重量,然后旋转控制钮调节火焰的长度。

"你想说的事我了解。"我说着把打火机放回桌上,"不过请你好好回想一下。这些工作本来就不是我去拿回来的,也不是我说要做的。是你拿回来的,是你说我们来做做看的。对吗?"

"一方面因为推不掉,另一方面那时候也很空闲……"

"而且可以赚钱。"

"是赚钱哪,托这福事务所才搬了家,人也增加了。车子也换了,房子也买了,两个孩子也上了花钱的私立学校。以三十岁来说,我想应该算属于有钱的。"

"是你赚的,没什么可耻的。"

"我可没觉得可耻啊。"搭档说,然后把丢在桌上的圆珠笔拿起来,轻轻刺了几次手掌心正中央,"可是,一想到从前,就觉得好像假的一样。两个人背着贷款,到处去找翻译的工作,在车站前面派传单那时候的事。"

"现在只要你想派,还是可以两个人一起去派传单啊。"

搭档把脸抬起来看着我。"喂!我可不是开玩笑的噢。"

"我也不是啊。"我说。

我们沉默了一会儿。

"很多事情都变了。"搭档说,"生活的步调和想法。首先我们到底赚多少,连我们自己都不清楚。会计师一来,就帮我们做各种莫名其妙的文件,什么要扣减的,什么要折旧的,什么税金对策,老是搞这些。"

"到处还不都是一样在搞。"

"这我知道。我也知道非这样做不行,实际上也在这么做。不过从前那样是比较快乐。"

"随着成长茁壮,牢狱的阴影,也在我们周遭滋长。"我嘴里念着古诗的词句。

"那是什么?"

"没什么。"我说,"然后呢?"

"现在觉得好像在被压榨似的。"

"压榨?"我吃惊地抬起头来。我们之间大约有两米的距离,由于有椅子高度的关系,他的头比我高出二十公分左右。他的头后面挂着石版画。一张没看过的新的石版画,长了翅膀的鱼的画。鱼看起来对于自己背上长了翅膀似乎不十分满意。也许不太懂得该怎么使用吧。"压榨?"我再一次,这次是试着对自己发问。

"是压榨啊。"

"到底被谁压榨了?"

"各方面都有一点。"

我在天蓝色的沙发上跷腿坐下,眼睛的高度正好让我一直注视着他的手,和他手上圆珠笔的动作。

"总之,你不觉得我们变了吗?"搭档说。

"还是一样啊。谁也没变,什么也没变。"

"你真的这么想?"

"是这么想。压榨根本不存在。那东西是童话。我相信你也不会认为救世军的喇叭真的救得了这个世界吧?你想太多了。"

"算了,我一定是想太多了。"搭档说,"上星期你,也就是我们,写的植物黄油广告文案,说真的,是很不错的文案嗒。评语也很好。不过这几年你真的吃过什么植物黄油吗?"

"没有啊。我讨厌植物黄油。"

"我也没有。结果就是这么回事。至少我们从前做的是自己真的有自信的工作,而且会引以为荣。但现在却没有。只不过到处滥用一些不具体的语言而已。"

"植物黄油对健康很好啊。既是植物性脂肪,胆固醇又少,不容易得成人病,最近味道也不差。既便宜,又可以放很久。"

"那你自己怎么不吃吃看。"

我沉进沙发里,慢慢伸展手脚。

"没什么两样啊。不管我们吃植物黄油也好,不吃也好,结果都一样。朴实的翻译工作和巧诈的植物黄油广告文案,根本上还不是一样。确实我们是在滥用一些不具体的语言。然而什么地方有什么具体的语言呢？我告诉你,这个世界上根本没有什么诚实的工作。就像任何地方都没有诚实的呼吸或诚实的小便一样。"

"你以前是比较纯真的。"

"或许吧。"说着我把香烟在烟灰缸揉熄,"一定在某个地方有个纯真的城市,在那里纯真的肉店老板正在切着纯真的里脊肉火腿。如果你觉得从中午开始就喝威士忌是比较纯真的话,那么你就尽管痛快地喝吧。"

只有圆珠笔在桌上敲出咔啦咔啦的声音,长时间支配着整个房间。

"抱歉。"我向他道歉,"我不是有意这样说的。"

"没关系。"搭档说,"也许真的是这样。"

空调的自动调节器发出奇异的声响。那是个静得可怕的下午。

"要有自信哪。"我说,"我们不是光靠自己的力量做到现在吗?既没欠人家,也没被欠什么。跟那些有靠山有头衔就神气活现的家伙们不一样啊。"

"过去我们曾经是朋友呢。"搭档说。

"现在还是朋友啊。"我说,"我们一直都是同心协力撑过来的。"

"真不希望看到你离婚。"

"我知道。"我说,"不过我们差不多该开始谈羊的事情了吧?"

他点点头,把圆珠笔放回笔盘,用手指揉揉眼皮。

"那个人是今天早上十一点来的。"搭档说。

2 奇怪的男人

那个男人来的时候,是早上十一点。像我们这种小规模的公司,早上十一点有两种情况。要不是非常忙碌,就是非常空闲。并没有属于中间的情况。因此我们上午十一点,不是什么都不思考地匆匆忙忙工作着,就是什么都不思考地继续呆呆做着白日梦。中间性的工作(如果假定有这样的东西的话),只要留到下午就行了。

那个男人来的时候,是属于后者的上午十一点。而且那是一个纪念碑式的空闲的上午十一点。九月的前半段是连续疯狂忙碌的日子,结束之后,工作便忽然断绝了。包括我在内的三个人,度了一个延后一个月的夏季休假,即使如此,留下来的伙伴们也只有削削铅笔程度的工作而已。我的搭档拿支票到银行去换钱,一个同事到附近一家音响厂商的展示间去听一大堆新谱唱片消磨时间,只有一个女孩子留在公司一面接听电话,一面翻阅女性杂志上的"秋季发型"页面。

男人无声地打开办公室的门,又无声地关上。不过这男人并不是故意要装作安静无声的。一切都是习惯性的自然的。由于太习惯、太自然了,因此她连男人进来这回事,都没有感觉。当她注意到的时候,男人已经站在桌子前面,正俯视着她。

"我想见你们负责人。"男人说。好像用手套拂拭着桌上灰尘的说法。

到底发生了什么事？她一点都弄不清楚。她抬起头来看那男人。如果以来谈工作上的事情来说，那男人的眼光未免过于尖锐。如果以税务所的人来说穿着又太讲究了。如果是警察的话，又太知性了。除此之外的职业她已经想不到其他的。男人像一则洗练的不祥的新闻般，突然出现在她眼前，挡在她面前。

"现在不在。"她急忙把杂志合起来说，"他说再过三十分钟左右会回来的。"

"我等他。"男人毫不犹豫地说。感觉好像早在他意料之中似的。

她不知道要不要问对方姓名，终于没问便领他到会客室去。男人在天蓝色沙发坐下，跷起腿，望着正面墙上的电子钟就那样安静坐着。没有任何多余的动作。后来她送麦茶来的时候，他依然保持同样的姿势，一动也不动。

"就在你现在坐着的同一个地方。"搭档说，"坐在那里，整整三十分钟，以同样的姿势盯着时钟。"

我看看自己坐着的沙发的凹陷处，然后抬头看看墙上的电子钟，然后再一次看看搭档。

以九月的后半来说，外面热得有点反常，虽然如此，男人却穿得非常整齐。从做工良好的西装袖口正确地露出一点五公分白衬衫的袖子,微妙色调的条纹领带被小心翼翼地调整到只有些许左右不对称的程度,黑色马臀皮鞋子闪闪发亮。

年龄大约三十五到四十之间,身高一百七十五公分以上,而且身上连一克的赘肉都没有。纤细的手没有一点皱纹,修长的十只手指,是只有经过长年岁月的训练、统御,才可能有的,令人联想到内心深处继续抱持着原始记忆的群生动物。指甲是费了时间和精力仔细修过的几近完美状态,指尖描绘出十个精确的椭圆。是一双虽然真的很美,却也有几分奇怪的手。那手令人感觉到,在极端限定的方面具有高度的专门性,不过那到底是哪方面却没有人知道。

男人的脸就没有他的手说得那么多。容貌虽然端正,却没有表情,是平板的。鼻子、眼睛都像是用刀子修过似的呈直线形,嘴则又细又干。男人整体上虽然晒得有点黑,不过那一眼就看得出来,并不是在哪个海边或网球场半开玩笑晒成的。而是我们所不知道的那种太阳,在我们所不知道的场所的上空闪亮着,所制造出来的那种晒黑法。

时间流逝得惊人地缓慢。那是令人想到高耸入云的巨大机械装置中的一个螺丝那种冰冷而硬质的三十分钟。搭档从银行回来时,觉得屋里的空气好像变得非常沉重。说得极端一点,就好像屋里所有的一切都被铁钉固定在地板上了似的,那种感觉。

"当然,只是感觉上如此而已哟。"搭档说。

"那当然。"我说。

独自一个人留下来接电话的女孩子,已经因为过分紧张而累得精疲力尽。搭档还不知道是怎么回事,就走进会客室去,说出自己就是经营者并且报完姓名之后,男人的姿势才开始解冻,从胸前的口袋取出细长的香烟点着,好像很烦恼似的把烟往空中吐出来。周围的空气因而稍微放松和缓一点点。

"因为没什么时间,所以我长话短说。"男人安静地说着,从皮夹里抽出挺得像会割手似的名片出来,放在桌上。名片是由一种类似塑胶的特殊纸印的,白得近乎不自然,上面用黑黑小小的活字印上名字。既没有头衔,也没有住址和电话号码。只有四个字的姓名而已。好像光看着就会令人眼睛痛起来似的名片。搭档翻过背面看看,确定那完全是白纸之后,再看了一次正面,然后看男人的脸。

"我想您大概知道这位先生的名字吧?"男人说。

"知道。"

男人的下颚尖端只移动了若干毫米,轻轻点一下头。只有视线却丝毫没有移动。"请烧掉。"

"烧掉?"搭档吃惊地注视着对方的眼睛。

"那张名片,现在就请立刻烧掉。"男人斩钉截铁地说。

搭档急忙拿起桌上摆饰的打火机,从名片的一角点起火来。手还拿着名片的一端,一直烧到一半左右才放进大水晶烟灰缸里,两个人面对面一起望着那火烧尽化成白灰为止。名片完全化成灰之后,屋里被一种令人联想到大屠杀之后的沉重静默所覆盖。

"我是接受这位先生的全权委托到这里来的。"过了一会儿,男人开口道,"换句话说,我现在要向您提的事情,希望您明白这全部都是这位先生的意志,也是他的希望。"

"希望……"搭档说。

"所谓希望,是指对某种限定目标所采取的基本姿势,以最美好的语言所表达的东西。当然,"男人说,"也有别种表达方式,您明白吗?"

搭档试着把男人的台词在脑子里转换成现实的日本语。"明白。"

"虽然这么说,不过这既不是概念性的话题,也不是政治方面的事,而是business(生意)上的事。"从男人"business"这个字发音之标准,可以推测他可能是出生在国外的日本人。

"您是生意人,我也是生意人。从现实上来说,我们之间,除了生意之外,也没有其他该说的。非现实的事就交给其他的人吧。您说是吗?"

"是的。"搭档回答。

"把那些非现实的因素,转换成比较诡辩的形态,以便植入现实的大地则是我们的任务。人们往往容易走向非现实性。为什么呢?"男人说着用右手手指玩弄着左手中指上绿色的宝石,"因为那样看起来比较简单。而且有时候往往令人产生非现实似乎压倒现实的印象。然而在非现实的世界,生意是不存在的。换句话说,我们是倾向困难的人种。因此如果,"说到这里男人把话切断,再度玩弄他的戒指,"我现在提出的事情,对您来说是有些困难的工作,或需要做个决断的话,那也要请您原谅。"

搭档还不太能够理解,只是默默点头。

"那么我把这边的希望提出来。第一,贵社所制作的P人寿公司的PR杂志,请立刻中止发行。"

"可是……"

"第二,"男人把搭档的话制止,"我想跟负责这一页的人直接面谈。"

男人从西装里面的口袋拿出一个白色信封,从中取出一张折成四分之一的纸片交给搭档。搭档拿在手上打开来看。那确实是我们事务所制作的人寿保险公司印刷品彩色页的影印。北海道平凡的风景照——云、山、羊和草原。还有不知道从哪里借来用的不怎么吸引人的牧歌式的诗,如此而已。

"这两点是我们的希望。关于第一点希望,与其说是希望,不如说已经成为确定的事实。如果要准确地说的话,也就是已经依照我们的希望做了决定。如果您还有什么不明白的地方,等一下请打电话问广告课长。"

"原来如此。"搭档说。

"不过以你们这种规模的公司来说,这次事件所造成的损失是非常大的,这倒很容易想象得到。幸亏我们——就像您所知道的——在这个业界具有不小的力量。因此只要能够达成我们第二个希望,那位负责人能够提供让我们满意的情报,那么我们已经准备充分弥补你们的损失。甚至超过你们的损失。"

沉默支配了整个屋子。

"如果希望不能达成的话。"男人说,"那么你们也完了。从今以后,这个世界上将没有一个地方你们进得去的。"

于是再度沉默。

"有没有什么问题?"

"换句话说,这张相片有问题?"搭档战战兢兢地问。

"是的。"男人说,然后在手掌上非常注意地选择措辞,"就像您说的。不过除此之外的事情就无可奉告了。因为我没被授权。"

"我们会打电话联络负责人。我想他三点可以到这里。"搭档说。

"很好。"说着男人眼睛看看手表,"那么四点我们派车来。还有这一点很重要,关于这件事不能对任何人讲。可以吧?"

于是两个人便公事化地告别了。

3 有关"先生"的事

"就是这么回事。"搭档说。

"我完全搞不懂。"我嘴上含着一根没点火的烟说,"首先这名片上的人物到底是谁,我不懂。其次这位人物为什么对羊的相片觉得感冒,我不懂。最后这个人物为什么可以禁止我们的印刷品发行,我不懂。"

"名片上的人物是右翼的大人物。虽然名字和脸都几乎不对外曝光,因此一般人很少知道,不过在这个业界却无人不知。不知道的恐怕只有像你这样的人吧。"

"我对世事孤陋寡闻。"我替自己找理由。

"说是右翼,并不单指所谓的右翼。或许应该说包括右翼在内吧。"

"这我就更不懂了。"

"说真的,他到底在想什么,谁也不知道。他既没出什么著作集,也没在人前演讲,采访、摄影一概不许。甚至连是活着还是死了,都不清楚。五年前有一名月刊记者正要把他所牵涉的不法融资事件独家披露出来,立刻就被封杀了。"

"你倒是相当清楚嘛。"

"因为我跟那位记者间接认识。"

我用打火机把含着的香烟点着。"那位记者现在在做什么?"

"被调到营业部,从早到晚整理传票。因为大众传播界相当小,这种事情相当具有杀鸡儆猴的作用。就跟非洲原住民部落的人口悬挂装饰骸骨一样的意思。"

"原来如此。"我说。

"不过有关战前他的简历,某种程度上我倒是约略知道一些。一九一三年出生在北海道,小学毕业之后来到东京,辗转换了几个职业,成为右翼的一分子。记得曾经进过一次监狱。从监狱出来之后跑到中国东北地区。和关东军的参谋阶层关系不错,成立了一个谋略方面的组织。至于那组织的内容我就不太清楚了。他从那时候开始,忽然变成一个谜一样的人物。传说和麻药方面有关,很可能是那样。于是在中国大陆到处横行之后,就在苏联参战前两个星期,搭驱逐舰回到本土。带着数不清的大量贵金属一起回来。"

"怎么说呢,时机绝妙嘛。"

"事实上这个人物对于掌握时机的本事是一流的。知道什么时候该攻,什么时候该守。其次他的眼光也好。占领美军曾把他以A级战犯逮捕起来,却在调查途中中止,变成不起诉。理由因为疾病,不过这其中颇暧昧的。或许跟美军之间有什么交易吧。因为麦克阿瑟想打中国大陆的主意。"

搭档从笔盒再度抽出圆珠笔,在手指间团团转着。

"于是,他从巢鸭出来之后,把不知道藏在什么地方的财宝分成两份,用其中的一份收买下整个保守党的派阀,另一份则收购了广告业界。那时候所谓的广告业,只不过处在考虑派派传单之类的时代呢。"

"可以说具有先见之明吧。不过难道没有人对他的隐匿资产提出抗议吗?"

"算了吧。人家可是买下了一个保守党的派阀啊。"

"那倒是。"我说。

"总之,他把那钱投入了政党和广告,而那结构一直延续到现在。他不露面是因为没必要露面。只要掌握住广告业界和政党政权的中枢,就没什么办不到的了。所谓控制广告,是怎么回事,你懂吗?"

"不懂。"

"所谓控制广告,就是指几乎控制了所有的出版和电波媒体的意思。没有广告的地方也就没有出版和电波媒体。就像没有水的水族馆一样啊。你眼睛所接触到的情报,百分之九十五是已经被金钱收买并筛选过的。"

"我还是不懂,"我说,"到那个人物掌握了情报产业为止,我倒很了解,可是为什么他连人寿保险公司的PR杂志都有能力控制呢?那不是没透过大广告公司而直接订契约的吗?"

搭档干咳一声之后,把完全变凉的剩余麦茶喝完。"股票啊。那家伙的资金来源是股票。操作股票、吸购、并吞,就是这么回事。他的情报机构,专门搜集这方面的情报,而他则做取舍选择。这其中的一切只有极少部分流出到大众传播方面,其他的先生都为他自己保留着。当然并不是直接介入,不过像恐吓之类的事他也做。如果恐吓无效,他就把情报转给政治家供他们挑拨点火之用。"

"任何公司都至少有某方面的弱点哪。"

"任何公司都不希望在股东大会上被放炮吧。所以他说的话多半会听。换句话说,先生可以说是坐镇于政治家、情报产业和股票这三位一体之上。我想这么说你就懂了。对他来说,要铲除一本PR杂志,让我们变成失业者,简直比剥水煮蛋还要简单呢!"

"嗯。"我哼了一下,"可是这么一个大人物,为什么会对北海道的一张风景照那么在意呢?"

"确实是个好问题。"搭档似乎并不怎么感动地说,"我正想问你同样的问题呢。"

我们沉默下来。

"还有你怎么知道是有关羊的事情呢?"搭档说,"为什么?在我所不知道的地方,到底发生了什么事?"

"幕后有个无名英雄在转动着纺纱轮子啊。"

"你能不能用比较容易理解的话说明呢?"

"第六感哪。"

"要命。"搭档叹了一口气,"先暂且不提这个,现在有两个最新消息。我打过电话给刚才提到的月刊记者。第一个消息是,听说先生好像已经得了脑中风还是什么的,倒下来不可能再起来。不过这并没有经过正式确认。另外一个消息是有关到这儿来的男人。他是先生的第一秘书,实际上组织的营运都交给他,也就是所谓第二号人物。他是美国出生的第二代日侨,斯坦福大学毕业,十二年前开始在先生下面工作。虽然是个来路不明的男人,不过好像头脑好得不得了。我所知道的就只有这些了。"

"谢谢。"我向他道谢。

"哪里。"搭档也没看我的脸说。

他只要是没喝酒喝过头的时候,怎么想都比我来得正常。比我更亲切、纯朴,对事情的想法也比我更恰当。不过他迟早总是要喝醉。想到这里就令人难过。比我正常的人,多半都比我更早变得不行。

搭档走出屋子之后,我从抽屉找出他的威士忌,一个人喝起来。

4　数羊

我们也有可能在一块偶然的大地之上漫无目的地游荡。正如某种植物带有翅膀的种子被迷乱的春风吹送到一个不知名的地方一样。

不过,同时我们也可以说偶然性根本就不存在。已经发生的事情是明确地已经发生了,而尚未发生的事情则明确地没有发生。换句话说,我们是被夹在背后的"全部"和眼前的"零"之间的瞬间性存在,在这里既没有偶然,也没有可能性。

不过,实际上这两种见解之间,并没有什么太大的差别。这就像(正如大多的对立见解也是这样的)被以两种不同名字称呼的同一种菜一样。

这是一种比喻。

我从一方的观点(a)来看PR杂志彩色页上所刊登的羊的相片时,是一种偶然,而从另一方的观点(b)来看时却不是偶然。

(a)当我正在寻找有没有适合放在PR杂志彩色页上的相片时,我的抽屉里,"偶然"有一张羊的相片。于是我就用了那张相片。和平世界的和平偶然。

（b）羊的相片在抽屉里,一直继续在等我。即使我不用在那本杂志的彩色页上,总有一天也会把它用在别的用途上。

这么一想,这个公式或许可以适用在我过去经历的整个人生的所有断面也不一定。如果好好训练的话,说不定我就可以用右手操纵(a)式的人生,而以左手操纵(b)式的人生。不过,算了,这都无所谓。就像甜甜圈的洞一样。要把甜甜圈的洞当作空白来掌握,或者当作存在来掌握,毕竟都是形而上的问题。甜甜圈的味道并不会因此而有丝毫的变化。

搭档有事出去之后,屋子里忽然变得空荡荡的。只有电子钟的秒针继续无声地旋转着。距离车子要来接我的四点还很早,却又没有任何事情是不做不行的。隔壁的工作室也静悄悄的。

我坐在天蓝色沙发上喝着威士忌,飘飘然像蒲公英的种子一样,一面吹着舒服的冷气,一面望着电子钟。只要望着电子钟,至少世界还在继续运动着。就算并不是什么了不得的世界,总之是在继续运动着。而只要体认到世界是在继续运动的,我便存在。就算并不是什么了不起的存在,至少我总是存在的。我觉得人只能透过电子钟的秒针才能确认自己的存在,似乎有点奇怪。世上应该还有其他确认方法才对。

然而不管怎么想,却想不起任何适当的方法。

我放弃再想,又喝了一口威士忌。灼热的感触越过喉咙,通过食道内壁,迅速下到胃底。窗外碧蓝的夏日天空和白云一望无际。那虽然是一片漂亮的天空,看来却有点像用旧了的中古品似的。即将送出去拍卖之前,用药用酒精擦亮了让表面好看的中古天空。我为这样的天空,为从前曾经是新品的夏日天空,又喝了一口威士忌。还不错的苏格兰威士忌。而天空只要看惯了也没那么坏。巨无霸喷气机从窗户左边往右边慢慢横切而过。那看来就像一只被闪闪发亮的硬壳所覆盖的虫子一样。喝完第二杯威士忌时,我被一个问题所袭击:"我到底为什么在这里?"

我到底在想什么?

是羊。

我从沙发上站起来,拿起放在搭档桌上的彩色页的影印,再回到沙发上。然后一面舔着残留有威士忌味道的冰块,一面凝神注视着相片二十秒左右。我非常耐心地试着思考那张相片到底意味着什么。

相片上拍摄了羊群和草原。草原尽头连接着白桦树林。北海道特有的巨大的白桦。不是在附近牙医家玄关旁凑合着生长的那种微不足道的小白桦。是那种四头熊可以同时磨爪子的粗壮白桦。从叶子繁茂的程度来看,季节好像是春天。背后的山顶上还残留着白雪。山腰的谷间也有几处残留积雪。大概是四月或五月的时候吧。积雪正在融化,地面湿答答的季节。天空是蓝色的(大概是蓝色的吧。从黑白影印的相片无法清楚地确信是不是蓝色。或许是鲑鱼肉的粉红色也说不定),白色的云在山上薄薄地拉出一条长尾巴。不管怎么想,羊群所意味的就是羊群,白桦树林所意味的就是白桦树林,白云所意味的就是白云。如此而已。除此之外什么也没有。

我把那张相片丢在桌上,抽了一根烟,打了个呵欠。然后再一次拿起相片,这次开始试着数羊的数目。然而草原实在太辽阔了,羊好像野餐形式的午餐一样,感觉零零散散的,因此越往远处走,越弄不清楚那到底是羊,还是一个白点而已,然后再过去就变成弄不清楚那只是一个白点呢,还是眼睛的错觉,最后变成弄不清楚到底是眼睛的错觉,还是一片虚无。没办法,我只能暂且把可以确信是羊的东西,用圆珠笔尖试着数一数。三十二就是那数字。三十二头羊。没有任何变化的风景照。构图并不特别怎么样,也没有什么特殊的意义。

可是其中确实有什么。有麻烦的气味。那在我第一次看见它时就感觉到的,这三个月以来一直继续感觉着的东西。

我这次干脆在沙发上躺下来,把相片拿高到脸上看,试着重新再数一次羊的数目。三十三头。

三十三头?

我闭上眼睛,摇摇头。让脑子里变成一片空白。好!没关系,我想。就算要发生什么事情,现在也还没发生。而如果发生了什么事情,那也已经发生。

我仍然躺在沙发上,再一次试着向羊的数目挑战。然后就那样落入午后的两杯威士忌式的深沉睡眠之中。在沉睡之前,我曾瞬间想到新女朋友耳朵的事。

5 汽车和司机(1)

来接我的车子在预先告知的四点来了。好像报时钟一样准确。女孩子把我从深沉的睡眠之穴里拉出来。我到洗手间冲了一下脸。然而睡意并没有消退。搭电梯下到楼下为止,打了三次呵欠。好像在向谁诉说什么似的呵欠,只是在诉说的和被诉说的都是我。

那部巨大的车子像潜水艇一样浮在大楼门前的路上。好像一个谦虚的小家庭都足够在那车盖底下过日子一般巨大的车子。窗玻璃是暗蓝色,从外面看不到里面。车体涂了真的是非常漂亮的黑漆,从缓冲板到车轮盖都没有一点灰尘。

车子旁边一位身穿清洁白衬衫、打橘红色领带的中年司机以笔挺的姿势站立着。真正正点的司机。当我走近时,他什么也没说地打开车门,看清我已经确实在座位上坐定之后,再把门关上。然后自己也坐进驾驶席,关上车门。这一切的一切只发出一张一张翻新扑克牌时那种程度的声音而已。跟我那辆朋友转让给我的十五年的大众甲壳虫比起来,简直就像戴上耳栓子坐在湖底下一样安静。

车子里的装潢也很不简单。就像大部分有关车子的装饰品那样绝对称不上品味好,不过虽然如此还是很不简单则是事实。宽阔的后座正中央镶嵌着一个设计帅气的按键式电话,旁边并排齐备地放着一套银制的打火机、烟灰缸和香烟盒。司机背后设有折叠式桌子和小柜子,可以写点东西或用简单的餐点。空调的送风安静而自然,地板全面铺的地毯是软绵绵的。

当我注意到的时候,车子已经在移动了,感觉上简直就像坐在一只大金盆里在水银的湖面滑行一样。我试着想象这辆车到底用了多少钱,可是光想是没用的。因为一切都超越我想象力的范围之外。

"您要不要听什么音乐?"司机说。

"尽量放听了想睡觉的好了。"我说。

"好的。"

司机在座位下摸索一番选出卡式录音带,按下仪表板音响的按钮。从不知道巧妙地隐藏在什么地方的喇叭,安静地流出无伴奏大提琴的奏鸣曲。好得没话说的曲子,好得没话说的声音。

"每次都用这部车接送客人吗?"我试着问。

"是的。"司机小心翼翼地回答。

"最近一直是这样。"

"哦?"我说。

"这原来是先生专用的车子。"停了一会儿之后司机说。司机比外表看来亲切得多。"不过自从今年春天身体不舒服以来,已经不再外出,可是让车子闲着也可惜。而且我想您也知道的,车子这东西要是不定期动一动,性能是会降低的。"

"原来如此。"我说。那么先生身体不舒服这回事,并不是什么机密事项啰。我从香烟盒抽出一根香烟来看。没有品牌名字,自制的无滤嘴香烟,拿近鼻子前一闻,有一股接近俄罗斯烟草的气味。我犹豫了一下,是抽呢,还是放进口袋里备用呢?最终我改变想法放了回去。打火机和香烟盒中央刻着精致图案的花纹。是羊的图纹。

羊?

因为我想不管想什么都没用,所以我摇摇头闭上眼睛。自从第一次看见那耳朵的相片的那个下午以来,很多事情似乎都开始变成不是我的手控制得了的了。

"到目的地大概需要多少时间?"我试着问。

"三十分钟到四十分钟,这也要看道路拥挤的情况如何而定。"

"那么可不可以请把冷气关小一点。我想继续睡一下午觉。"

"好的。"

司机调节过空调之后,又按了仪表板上的某个按键。厚厚的玻璃咻咻地升上来,隔绝了驾驶座和后座客席。后座除了巴赫的音乐之外,可以说几乎完全被沉默所包围。不过我那时候已经对大多的事情不再感到惊讶了。我把脸颊埋进后座开始睡觉。

梦中出现了乳牛。算是蛮清爽的,不过自然也是吃过苦的那种类型的乳牛。我们在宽阔的桥上交错而过。是个令人舒服的春天下午。乳牛一只手上拿着旧电风扇,对我说要不要便宜买下来呀。我说:没钱。真是没有。

那么交换钳子也可以,乳牛说。倒是不错的主意。我和乳牛一起回家,拼命寻找钳子。可是却没找到钳子。

"奇怪了。"我说,"真的昨天还在呀。"

我为了找上面的架子,正把椅子搬出来时,司机拍我的肩膀把我叫醒。

"到了。"司机简洁地说。

门开了,接近黄昏的夏天的太阳正照着我的脸。几千只的蝉好像在卷时钟的发条似的鸣叫着。有一股泥土的气息。

我下了车,把背挺直,深呼吸一下。并祈祷梦不是那种象征性的东西。

6 何谓丝蚯蚓宇宙?

有一种象征性的梦,那种梦象征一种现实。或者有一种象征性的现实,那种现实象征一种梦。象征也就是所谓丝蚯蚓宇宙的名誉市长。在丝蚯蚓宇宙里,乳牛要求钳子并不奇怪。乳牛总有一天会得到钳子吧。这是与我没关系的问题。

可是如果乳牛想利用我而得到钳子,那么状况就完全不同了。我简直就是被放进一个想法不同的宇宙里面了。被放进想法不同的宇宙,最伤脑筋的事是话变长了。我问乳牛:"为什么你想要钳子呢?"乳牛回答:"因为肚子饿得紧哪。"我问道:"为什么肚子饿了就需要钳子呢?"乳牛回答:"因为和桃树的树枝有关系呀。"我问:"为什么是桃树呢?"乳牛回答:"因为我不是放弃电风扇了吗?"真是没完没了。而且就在这没完没了的状况下,我开始恨乳牛。乳牛开始恨我。那就是丝蚯蚓宇宙。大家要想逃出那样的宇宙,就必须重新做一次别种的象征性的梦。

一九七八年九月的一个下午,那辆巨大的四轮车带我进入的,正是那样的丝蚯蚓宇宙的核心。总而言之,祈祷被否决了。

我环视周围一周之后,不禁叹了一口气。确实是有叹气的价值。

车子停在一个小高丘的中心。背后好像是车子上来的碎石子路一直延伸进去,仿佛故意弄得弯弯曲曲似的,一直通往远处看得见的一个门。道路两侧丝杉和水银灯像铅笔插似的等间隔地排列着。如果慢慢走的话,走到门口大概要花十五分钟。每一棵丝杉的树干上,都有数不清的蝉附在上面,好像世界正开始向末日滚落似的拼命鸣叫。

丝杉行道树的外侧是修剪整齐的草地,沿着山丘的斜面,一些满天星或紫阳花或其他不知名的植物无止境地零星生长着,一群白头翁在草地上像心浮气躁的流沙般从右边往左边移动。

山丘的两胁有狭窄的石阶,从右边下去是有石灯笼和水池的日本式庭园,从左边下去则是高尔夫球场,高尔夫球场旁有一座色调像朗姆酒葡萄干冰淇淋一样的休憩凉亭，对面有一尊希腊神话风的石头雕像。石雕对面有个巨大的车库，另一位司机正用水管冲洗着另一辆车子。虽然不清楚车子的种类，不过不是中古大众甲壳虫则可以确定。

我交抱着手臂，再一次环视庭园一周。没话说的庭园，却令人有点头痛。

"信箱设在哪里呢？"为了慎重起见，我试着询问。因为我想到每天早晚总要有人到门口去拿报纸。

"信箱设在后门。"司机说。这是当然的。当然应该有后门。

检视完庭园之后，我转向正面，抬头望着耸立在那儿的建筑物。

这怎么说呢？是一幢极其孤独的建筑物。假定这里有一个概念。其中当然有个小小的例外。然而随着时间的经过，那例外却像个斑点一般扩大开来，而终于变成另外一个概念。然后其中又产生了一个小小的例外——用一句话来说的话，就是这种感觉的建筑物，看起来像是一个不明白前方目标却盲目进化的古代生物一样。

最初可能是一幢明治风的西洋建筑。天花板高耸的古典玄关，和包围着它的奶油色二层建筑。窗户是高高的旧式双层悬窗。油漆是重漆过多次的。屋顶当然是铜板屋瓦的，排水管是罗马式上水道般牢固的东西。这建筑物并不差。确实令人感觉到一种古老时代优良气质似的东西。

可是在那母屋右方，却不知哪个轻浮的建筑师又为了配合它而加建了同倾向、同色系的别馆。虽然用意不错，然而那两幢却完全不搭。

正如在银制平盘上把冰棒和花菜装在一起一样的感觉。就那样几十年的时光无为地流过，在那旁边又加造了一个像是石塔一样的东西。而塔顶上则设有装饰用的避雷针。这便是错误的开端，或许应该让雷电烧掉才对的。

从塔那边伸出一座附有庄重屋顶的穿廊，一直线地与别馆相连。这所谓的别馆也是一幢奇怪的东西，不过至少它令人感觉到一贯的主题。可以称之为"思想的相反性"的东西。其中飘散着一种类似一头驴子左右各放有同量的饲料桶，却无法决定该从哪一边开始吃，终于就那样逐渐饿死之类的悲哀。

母屋的左手边，和那成为对照，有一幢日本式的平房建筑长长地伸出。有围墙，有照顾得很好的松树，高雅的走廊像保龄球道似的笔直延续着。

总而言之，光这些建筑物，就像连续三部外加预告片的电影一样，坐落在山丘上，那风景倒是蛮有点可看性的。如果那是为了吹醒什么人的酒醉或睡意，而花了漫长年月有计划地设计成的话，那企图倒可以说完全成功了。不过当然，没这个道理。在各式各样的时代所产生的各式各样的二流才能，与莫大的金钱结合起来的时候，就完成了这样的风景。

我一定是花了很长的时间，眺望庭园和屋宇。当我回过神来的时候，司机就站在我身旁，看着手表。像是相当熟练的动作。相信被他载来的每一个客人都和我一样站定在相同的场所，以相同的惊呆的样子眺望着四周的风景。

"您要看的话，请慢慢看。"他说，"因为还有大约八分钟宽裕的时间。"

"好大啊。"我说。除此之外我想不到其他恰当的表达。

"有三千二百五十坪。"司机说。

"如果有一座活火山倒是挺相称的啊。"我试着说了一个笑话，可是不用说，笑话是行不通的。在这里谁也不说笑话。

就这样八分钟过去了。

*

我被带进一间紧邻玄关右边的八叠榻榻米左右的西式房间。天花板离奇地高，墙壁和天花板之间的分界处，有一道雕刻的顶角线。室内设有相当年代的庄重沙发和桌子，墙上挂着应该称之为写实主义极致的静物画。苹果、花瓶和刀子。也许用花瓶切割苹果，然后用刀子削皮。苹果的种子和芯只要放进花瓶里就好了。窗上挂着厚布窗帘和蕾丝窗帘，两层都用整齐的丝绳卷起并固定在两旁。从窗帘之间，可以看见庭园中比较美好的部分。地上铺着柏木地板，闪着色调优雅的光泽。占了地板一半的地毯，虽然色调老旧，但毛根倒真是十分紧密。

不错的房子，真是不错。

穿着和服的中年女佣走进屋里，在桌上放了一个玻璃杯的葡萄果汁，什么也没说就出去了。门在她身后咔嚓关上。然后一切又恢复安静。

桌上放着和车子里见过的一样的银制打火机、香烟盒和烟灰缸。而且那每一件上面都刻有和刚才见过一样的羊的图纹。我从口袋拿出自己的附有滤嘴的香烟,用银制打火机点火,朝高高的天花板吐出烟。然后喝了葡萄汁。

十分钟后门再度打开,一个穿黑色西装的高个子男人走进来。男人既没说"欢迎",也没说"让您久等了"。我也什么都没说。男人默默在我对面坐下,略微歪着头,好像要品鉴我的脸似的看了一会儿。确实和搭档说的一样,男人没有所谓的表情。

时间过去一阵子。

第五章　老鼠的来信和那后日谭

1　老鼠第一封来信
邮戳一九七七年十二月二十一日

你好吗？

好像好久没和你见面了。到底几年了？

几年呢？

年月的感觉正逐渐变迟钝。就像有平扁的黑鸟在头上啪哒啪哒飞着一样，我数不清超过三以上的数目。抱歉，还是让你来数好了。

我一声不响地离开，没对大家说什么，或许也给你添了一点麻烦。或者连对你都没说一声就走掉，让你觉得不愉快，我本来好几次想向你解释，但总是做不到。我写了好多信又一一撕掉。不过这若要说是当然也是当然的事，连对自己都无法说明清楚的事，没有理由能对别人说明清楚的。

大概吧。

第五章　老鼠的来信和那后日谭

　　我从以前开始就不擅长写信。往往顺序颠三倒四，或错用一些正好相反的词句之类的，因此写信反而把自己弄得很混乱。其次我缺乏幽默感，因此往往写着写着，自己就对自己厌烦起来。

　　本来，就算擅长写信的人也应该没有必要写信。为什么呢？因为在自己的文脉里就足够活下去了啊。不过这当然只是我个人的意见而已。或许在文脉中生活这回事是不可能的。

　　现在非常寒冷，手都冻得僵僵的，简直好像不是我的手似的。我的脑浆也好像不是我的脑浆。现在，正在下雪，好像别人的脑浆一样的雪。而且像别人的脑浆一样一直越积越厚。（没什么意义的文章）

　　除了寒冷之外，我倒活得很好。你呢？不能告诉你我的住址，不过请别介意。并不是想对你隐瞒什么。这点请务必要了解。换句话说，这对我是个非常微妙的问题。我觉得如果我告诉你住址的话，从那一刻开始，我的体内好像就会有什么变化似的。虽然我无法说清楚。

　　我觉得我没办法说清楚的事情，你每次总是能够非常了解。可是你越是能够非常了解，我好像就越发变得更无法说清楚了似的。一定是天生在某方面就有缺陷吧。

　　当然每个人都有缺陷。

　　可是我最大的缺陷是我的缺陷随着年月的增长而越变越大。

换句话说,好像在身体里面养着鸡似的。鸡生下蛋,蛋又变鸡,那鸡又再生蛋,人能够就这样,一直抱着这缺陷活下去吗?当然活得下去。结果,这就是问题。

总之,我还是不写我的住址。这样一定比较好。对我、对你都一样。

或许我们应该生在十九世纪的俄罗斯。我是某某公爵,你是某某伯爵,两个人打打猎,或决斗,或谈恋爱争风吃醋,拥有形而上的烦恼,在黑海边一面看晚霞一面喝啤酒。然后晚年因为"某某之乱"连坐,两个人被流放到西伯利亚,在那里死去。这样是不是很棒?如果我生在十九世纪,我想一定可以写出更精彩的小说。就算没有陀思妥耶夫斯基那么行,至少也能勉强当个二流小说家吧。你会怎么样呢?你一定只是一个某某伯爵而已。只是做个某某伯爵也不坏。有点十九世纪式的。

不过算了。回到二十世纪吧。

来谈谈城镇吧。

不是我们生长的城镇,而是其他各种城镇。

世界上真是充满了各种城镇。各个城镇都有各种莫名其妙的东西,那些东西深深吸引我。就因为这样,我这几年之间,走过了相当多的城镇。

信步所至,走下一个车站,就有一个小小的环形交叉口,有街

第五章 老鼠的来信和那后日谭

道的地图,有商店街。每个地方都一样。连狗的长相都一样。暂且不管别的,先整个城镇绕一圈之后,走进房地产中介公司,请他们为我介绍便宜的公寓。当然我是个外地来的,所谓小城镇是具有排他性的,因此不能立刻得到他们的信赖。不过正如你所知道的,我只要没有特别原因通常都很好相处的,只要过十五分钟之后,就可以跟大多数的人相处融洽,于是住的地方决定了,有关城镇的资料也取得了。

其次是找工作。这也从跟各种人相处融洽开始。要是你的话,也许会不耐烦(虽然我也会不耐烦),反正住不到四个月,跟谁相处融洽,也不会怎么样。首先找到城里年轻人聚集的咖啡店或酒吧(每个城镇都有这样的地方。就好比一个城的肚脐一样),在那里变成他们的伙伴,认识朋友,请他们代为介绍工作。当然名字和来历都是随便捏造的。于是就这样,我现在已经拥有多得超过你想象之外的名字和经历。有时候,往往连自己本来是什么样子都忘了。

说到工作也真有各种工作。虽然大部分都是无聊的工作,不过工作本身还是快乐的。最多的是在加油站做。其次是在酒吧调酒。书店店员也做过,也在电台做过。马路工人也干过。化妆品推销员也做过。当推销员的我,风评还相当不错呢。其次跟各种女孩子睡觉。以不同的名字、不同的身份和女孩子睡觉,也相当不错。

总之,就是这样的反复。

就这样到了二十九岁。再过九个月就三十岁了。

这样的生活是不是很适合自己呢？我还不太清楚。放浪的性格是不是一种普遍的存在，我也不清楚。也许正如有谁写过的一样，漫长的放浪生活所必要的是三种性向中的一种。也就是宗教性的性向、艺术性的性向，或精神性的性向。如果没有其中之一，就不会有漫长放浪的存在了。不过我并不认为自己适合这三种中的任何一种。（如果勉强要说是哪一种的话……不，算了。）

　　或许我是打开了错误之门，而又找不到退路吧。不过不管怎么样，既然打开了，只好好好干下去。因为总不能老是靠挂账继续买东西呀。

　　就是这么回事。

　　正如一开头说过的（说过了吗？），一想到你，我就有点危险。也许因为你会让我想起我比较正常时代的事情吧。

（追伸）

　　随信附上我所写的小说。对我来说已经是没有意义的东西了，所以请随便处置它。

　　这封信以限时速递寄出，希望能在十二月二十四日寄到，如果真的到得了就好了。

　　总之祝你生日快乐。

　　还有，

　　White Christmas。

第五章　老鼠的来信和那后日谭

*

老鼠的信是在年关逼近的十二月二十九日变得皱巴巴的被塞进我公寓信箱里的。贴了两张转寄的贴纸。因为收件人住址写的是以前的老住址。不管怎么样,因为无法通知他,所以没办法。

我把写满四张浅绿色信纸的密密麻麻的信重复读了三遍,然后拿起信封仔细察看有一半模糊不清的邮戳。

那是一个我从来没听过的地方的邮戳。我从书架上抽出地图册子来找那地方。从老鼠的信推测应该是本州北端附近,正如预想的那地方在青森县。从青森搭火车大约一个多小时的小地方。根据时刻表,那里一天有五班列车到达。早上两班,中午一班,傍晚两班。十二月的青森,我也去过几次。那里冷得不得了。连红绿灯都可能冻僵的地方。

然后我把那封信拿给妻看。"可怜的人。"她说了一句。"可怜的人们。"也许她想说的是这样。当然事到如今已经无所谓了。

至于用稿纸写了两百页的小说,我连题目都没看,就放进书桌的抽屉里去了。原因我不知道,只是并不想看,对我来说,只要信就足够了。

于是我在暖炉前的椅子上坐下,抽了三根烟。

*

老鼠第二封来信是在第二年的五月。

2 老鼠第二封来信

邮戳一九七八年五月？日

上一封信,我想我大概有点说得太多了。不过到底说了些什么,却完全忘记了。

我又换了地方了。这次住的地方,和以前住过的地方完全不同。这次是个非常安静的地方。对我来说也许有点太安静了。

不过这里从某种意义上来说,对我是一个终结点。我觉得我好像是应该来到这里,所以终于来了似的。另一方面又觉得好像是逆着所有的流向而来到这里似的。对我来说,我无法对它下判断。

这篇文章很糟。太过于模糊不清,恐怕你会搞不懂到底是怎么回事。或许你会觉得我对自己的命运附加过多的意义了。当然让你这样想,责任都在我。

不过我希望你了解一个事实,那就是我越想对你说明我现在所处状况的核心,我的文章就越发变得像这样凌乱不堪。不过我自己却是正常的,从来没有这样正常过。

来谈谈具体的事情。

这一带就像刚才也提过的,非常地安静。因为没别的事可

第五章　老鼠的来信和那后日谭

做,所以每天读书(这里有花十年也读不完的那么多书),听FM收音机的音乐节目,或听唱片(这里也有许许多多的唱片)。一次听那么多音乐,说真的已经十年没这么做了。滚石和海滩男孩居然还继续活跃在乐坛,真教人吃惊。时间这东西无论如何总是串联着的。因为我们总是习惯性地依着自己的尺寸去切割时间,所以容易产生错觉,而其实时间这东西确实是串联着的。

这里没有所谓自己的尺寸。也没有那些依照自己的尺寸而去赞美别人的尺寸或批判别人的尺寸的家伙。时间就像透明的河川一样,依旧地流着。人在这里,有时会觉得好像连自己的原生质都解放了似的。换句话说,我即使偶然看见一部汽车,但要认出那是一部汽车还得花个几秒钟时间。不用说虽然有某种本质上的认识,但那却和经验上的认识无法巧妙交叉。像这样的事情,最近一点一点地逐渐变多起来。大概是长久之间一个人独自生活的关系吧。

从这里到最近的镇上开车要一个半小时。不,算不上是一个镇。是个曾经是非常非常小的镇的残骸。你一定无法想象吧。不过,总之是个镇。可以买到衣服、食品和汽油。如果想看的话,人的脸也看得到。

冬季里,道路冰冻起来。汽车几乎都不能走动。道路四周是潮湿的地带,因此地表本身就像冰棒一样冻结起来。然后上面再下雪,最后甚至分不出什么地方是道路。仿佛世界末日一般的风景。

我三月初来到这里。吉普车的车轮上卷着铁链,来到那样的风景之中,简直像流放到西伯利亚的犯人一样。现在是五月,雪也已经完全融化了。四月里一直可以听到山间雪崩的声音。你有没有听过雪崩的声音?雪崩停止之后,真正完全的沉默才降临。连自己到底在什么地方都变得不知道的那种百分之百的沉默。非常地安静。

因为一直封闭在山中的关系,我已经连续三个月没和女孩子睡过觉。这虽然也不错,不过一直这样下去,好像会连做人的兴趣都丧失,这也不是我所希望的。所以如果再稍微暖和一点的话,倒想出去走动走动,找个女孩子。不是我自夸,不过对我来说找个女孩子并不是什么困难的问题。除非我连那个意思都没有——不过我好像老是活在"连那个意思都没有"的世界似的——否则向异性求爱这点小事我倒是很可以发挥的。因此比较容易就能把女孩子弄到手。问题可以说在于我自己对这样的能力无法适应。换句话说,进行到某个阶段之后,会弄不清楚到哪里是我自己、从哪里开始是求爱。就像不知道从哪里开始是劳伦斯·奥利弗,从哪里开始是奥赛罗一样。因此途中没办法收回来,只好什么都豁出去。于是便带给很多人麻烦。我过去这一生说起来就是这样的事情的不断反复。

幸亏(真的是幸亏),对于现在的我,已经没有任何应该豁出去的了。这种感觉非常棒。如果说还有什么应该豁出去的东西的话,那么就只有我自己了。把自己豁出去这种想法倒还不错。不,这种文章有点过于乐观了。以想法来说一点也不乐观,但化为文章之后却变乐观了。

真伤脑筋。

我到底在说什么?

是女孩子的事吧。

每一个女孩子都有漂亮的抽屉,里面却塞满了许多没什么意义的破烂东西。我非常喜欢这样。我喜欢把这些破烂东西一样一样地掏出来,把灰尘擦掉,并找出每一样东西的意义来,向异性求爱的本质,我想简单说就是这么回事。不过如果要问那又会怎么样呢,不会怎么样。接下来我只能放弃做自己罢了。

所以我现在,只纯粹考虑性的事情,把兴趣纯粹凝聚于性这一点上,也没必要思考是不是乐观或悲观。

就像在黑海边上喝啤酒一样。

我试着重读一遍写到这里为止的文章。虽然也有几分没道理的地方,不过对我来说,我想是写得很坦白,尤其是无聊的地方最好。

而且这怎么想都不像是写给你的信。这也许是寄给邮筒的信吧。不过请不要因此而责备我。从这里要跋涉到邮筒还得开吉普车开一个半小时呢。

从这里开始真的是写给你的信了。

我有两件事想拜托你。两件都不属于急事的种类。所以你只要想做的时候才帮我处理就行了。如果你能帮这个忙,我会很感激。这如果是在三个月前的话,我也许就不可能拜托你任何事,可是现在,我变成能够拜托你了。光是这一点就是一种进步。

第一件要拜托你的事情,说来有一点感伤。换句话说,是有关"过去"的事。我五年前离开家乡的时候,心乱极了,又匆忙,因此忘了向几个人说再见。具体地说,包括你、杰和你所不认识的一个女孩子。我觉得好像还有机会能够和你见一次面,好好说再见,可是另外两个人也许就没机会了。所以如果你有回去的话,希望能帮我向他们告别。

当然我非常知道这是一件相当为自己方便的拜托。我想本来我应该自己写信才对的。不过说真的,我实在希望你能返乡一趟,亲自和那两个人见面。这样的话,我觉得会比我写信更能够传达我的心情。她的住址和电话号码我会另外写给你。如果搬家或结婚了,那就算了。不必见面就可以回来。不过如果现在还住在同一个地址,希望你能去和她见个面,帮我转达问候的意思。

其次帮我问候杰。也帮我喝我这份啤酒。

这是第一件事。

第二件要拜托你的则是有点奇怪的事。

随信寄上一张相片。是羊的相片。这相片随便你刊在什么地方，总之希望刊在能够让人家看得见的地方。虽然这也是一件很无理的拜托，不过除了你以外实在没有别人可托了。我可以把我所有的向异性求爱的本事都让给你，只希望你能帮我完成这心愿。理由我不能说。不过这相片对我来说非常重要。以后，总有一天，我想我可以说明。

随函附上一张支票，请用来支付各种花费。你完全不用担心钱的事。在这里只为钱有什么用途伤脑筋，而且现在我能够做的也只不过这件事而已。

请务必别忘了帮我喝我的那份啤酒。

*

转寄的标签糨糊去掉之后，邮戳竟然变得无法辨认了。信封里附了十万圆的银行支票、写着女人姓名地址的纸片和羊的黑白相片。

我走出家里时，把那封信从信箱里拿出来，在公司的办公桌上读完。和上次一样是浅绿色的信纸，开出支票的是札幌的银行。那么老鼠应该是到北海道去了。

关于雪崩的记述虽然还有点不太清楚，不过正如老鼠自己所说的，整体来说感觉上似乎是一封非常坦白的信。而且谁也不会寄十万圆的支票来开玩笑。我拉开书桌的抽屉，把整封信连信封一起全部丢进去。

那年春天，也由于和妻的关系正在恶化中，对我来说是个不怎么开心的春天。她已经四天没回家了。冰箱里牛奶正发出令人厌恶的气味。猫总是饿着肚子。浴室里她的牙刷像化石一样干巴巴的。朦胧的春光照在那样的屋子里。只有阳光永远是免费的。

被拉长的死胡同——大概正如她所说的。

3 歌唱完了

我六月回到家乡。

我随便捏造了一个理由请了三天假，一个人搭上星期二早上的新干线。穿上白色短袖运动衬衫和膝盖快变形的绿色棉长裤、白色网球鞋，没带行李，早晨起床连胡子都忘了刮。好久没穿的网球鞋的鞋跟，竟然摩擦歪斜得简直令人难以相信。我一定是在自己不知不觉之间，习惯了很不自然的走路方式吧。

不带行李而搭长距离电车心情非常爽。感觉简直就像正在迷迷糊糊地散步着时，被时空扭曲卷进去的鱼雷轰炸机一样。那里什么也没有。既没有牙医的诊疗预约，也没有一直搁在书桌抽屉里继续等候被解决的问题。也没有复杂得毫无头绪的人际关系。也没有强求信赖感的些许好意。我把这一切都丢进暂时性的无底深渊里去。我所拥有的，只不过是一双橡胶底形状已歪斜的旧网球鞋而已。那就像是粘附在另一个时空的模糊记忆一样，紧紧粘在我的两只脚上。不过这也不是什么大问题。这些东西只要几杯罐头啤酒和干巴巴的火腿三明治就

第五章 老鼠的来信和那后日谭

可以帮我赶跑。

已经四年没有返乡了。四年前回去,是为了办理一些和结婚有关的手续。不过那是一次——我认为该办的手续,而别人却不这么认为,因此——成为无意义的旅行。总而言之,是想法的不同。对某些人来说已经结束的事,对另一些人来说却还没结束。只不过是这样而已。光是这样的事情,到了铁路的那一头之后,却好像有了很大的差异。

从此以后,我就没有"故乡"了。对我来说已经没有任何地方应该回去。一想到这里,我就打心底里觉得轻松起来。已经没有什么人想要见我了。已经没有什么人需要我了,已经没有什么人希望被我需要了。

喝了两罐啤酒之后睡了大约三十分钟。醒过来时,刚开始的那种轻松的解放感已经完全消失无踪。随着列车的前进,天空逐渐被朦胧的梅雨季节的灰色所覆盖。在那下面则是和平常一个样子的无聊风景辽阔地延伸出去。不管速度多么快,都没办法从那无聊之中逃出来。反而速度越快,我们的脚步越朝向那无聊的正中央踩进去。所谓无聊这东西就是这么回事。

坐在旁边的二十五岁左右的上班族,身体几乎没动一下地沉溺在经济报纸中。穿着没有一丝皱纹的深蓝色夏季西装和黑皮鞋。刚从洗衣店送洗回来的白衬衫。我一面眺望着列车天花板,一面吐着香烟。然后为了打发时间而把披头士录制的歌曲名,从头开始一一回想。在第七十三首停下来,就那样不再往前进了。保罗·麦卡特尼不知道能记得多少首。

我望了一会儿窗外之后,又重新把眼光转向天花板。

我现在二十九岁,而再过六个月我的二十几岁的年代就即将闭幕了。什么也没有,真的什么也没有的十年。我所到手的东西全都是没价值的,我所完成的事情全都是无意义的。我从其中得到的只有无聊而已。

刚开始有什么吗?现在已经忘了。可是那里确实有过什么,曾经动摇我的心,并透过我的心动摇别人的心的什么。结果一切都丧失了。由于应该丧失而丧失。除此以外,除了把一切都放弃之外,我又能怎么样呢?

至少我还活着。就算只有死掉的印第安人才是好的印第安人,我还是不得不活下去。

为了什么呢?

为了把传说对石壁转述下去吗?

真是的!

*

"为什么要住饭店呢?"

我在纸火柴背面写下饭店的电话号码交给他,杰满脸不可思议的表情说。"这里有自己的家,住在家里不就好了吗?"

"已经不是自己的家了。"我说。

第五章 老鼠的来信和那后日谭

杰于是不再多说什么。

我眼前排列着三种点心,把啤酒喝了一半之后,拿出老鼠的信交给杰。杰用毛巾擦擦手,把两封信一口气浏览一遍,然后又重新逐字地慢慢读一遍。

"嗯。"他似乎颇感动地说。

"他总算还好好活着噢。"

"还活着啊。"我说着喝一口啤酒,"对了!我想刮胡子,能不能借我刮胡刀和刮毛膏?"

"好啊。"杰说着从柜台下拿出便携式盥洗用具来,"你可以用洗手间,不过没热水哟。"

"冷水就行了。"我说,"只要地上没躺着喝醉的女孩子就很好了。那样很难刮胡子啊。"

杰氏酒吧完全变了。

从前的杰氏酒吧,是在国道旁一座老旧建筑物地下室的潮湿小店。夏天夜晚空调的风几乎要变成细细的雾气。喝太久的时候,连衬衫都会湿掉的。

杰的本名是又长又难发音的中国名字。所谓杰,是他在战后的美军基地工作时,美国大兵们给他取的名字。然后不知不觉之间,本名却逐渐被遗忘了。

我从杰以前提过的话里得知,他是在一九五四年辞掉基地的工作,在那附近开起小酒吧的,那是第一代的杰氏酒吧。酒吧生意相当兴旺。客人大半是空军的将领阶层,气氛也不错。店安定下来之后,杰就结婚了,五年后对方却死了。关于死因,杰什么也没说。

一九六三年,当越战变得很激烈的时候,杰把那家店卖了,跑到我们这偏远的"家乡"来,然后开了第二代的杰氏酒吧。

这就是我对杰所知道的全部了,他养猫,一天抽一包香烟,酒一滴也不沾。

我在和老鼠认识之前,就已经常常一个人到杰氏酒吧去。我总是小口小口地喝点啤酒,抽抽香烟,往点唱机里丢零钱点唱片听。那时候的杰氏酒吧多半很空,我和杰隔着吧台谈了很多事情。到底谈些什么却完全想不起来了。十七岁沉默的高中生和死了老婆的中国人之间,到底有什么样的话题呢?

我十八岁离开家乡之后,老鼠继续接下去一直在那里喝啤酒。一九七三年老鼠离开家乡之后,就没有人再接下去了。然后半年之后,因为道路拓宽,店也就迁移了。而绕着第二代杰氏酒吧转的我们的传说也就结束了。

第三代杰氏酒吧在离以前的建筑物五百米远的河边。虽然不算太大,不过却是有电梯的新式四层楼建筑的三楼。搭电梯上杰氏酒吧,感觉实在奇怪。从吧台椅子上可以眺望城市的夜景感觉也怪怪的。

新的杰氏酒吧西边和南边有大窗子,从那里可以看到群山,和过去曾经是海的地方。海在几年前已经完全被填埋起来,然后盖起像墓碑一样密密麻麻的高层大厦,我站在窗边眺望了一会儿夜景,然后回到吧台。

"要是从前的话,这里可以看到海啊。"我说。

"是啊。"杰说。

"我常常在那边游泳呢。"

"哦!"说着杰含起香烟,用看来蛮沉重的打火机点火,"我很了解那种心情。把山推倒,盖起房子,又把那土运到海里把海填平,又在那里盖起房子。居然还有人觉得那是一件了不起的事情呢。"

我默默喝着啤酒。从天花板流出柏兹·史盖兹的最新畅销曲。点唱机已经不知去向,店里的客人几乎都是大学生情侣,他们穿着清清爽爽的服装,一口一口规规矩矩地喝着兑冰水威士忌或鸡尾酒。既没有喝得快要烂醉的女孩子,也没有周末紧张刺激的喧哗声。他们一定回到家里之后,都换上睡衣,规规矩矩地刷牙然后才上床睡觉吧。不过这也很好。清清爽爽的实在非常棒。不管这个世界也好,一个酒吧也好,每件事情并没有什么本来应该有的样子。

在这之间,杰一直追随着我的视线。

"怎么了?店里变了,你觉得不自在吗?"

"没这回事。"我说,"只是混沌改变了它的形态而已呀。长颈鹿和熊交换帽子,熊和斑马交换围巾。"

"你还是老样子。"杰说着笑了。

"时代变了啊。"我说,"时代变了,各种事情也变了。不过这样也好。大家互相交换,没得抱怨的。"

杰什么也没说。

我喝新的啤酒,杰抽新的烟。

"日子过得怎么样啊?"杰问。

"不坏呀。"我简单回答。

"跟太太处得怎么样?"

"不晓得,因为这是人跟人哪。有时候觉得好像可以处得很好,有时候又不。所谓夫妻,不就是这样吗?"

"很难说。"杰说,用不太方便的小指尖抠抠鼻子,"结婚生活到底是怎么回事我已经忘了。因为实在已经过去太久了。"

"你的猫还好吧?"

"四年前死了。你结婚后不久的事。肠胃搞坏了……不过其实是寿命到了。毕竟已经活了十二年了。在一起比老婆还长久。能活十二年已经很不简单了吧?"

"是啊。"

"山上有个动物的墓园,我把它埋在那儿。可以眺望高层大楼。这地方已经变得不管到哪儿都只能看见高层大楼了。不过这其实对猫来说都无所谓的。"

"很寂寞吧?"

"嗯,是寂寞啊。什么人死掉,都没有这么寂寞过,这种事情是不是很奇怪?"

我摇摇头。

杰正在为别的客人费心调制鸡尾酒和凯撒沙拉时,我就玩着原来放在吧台上的北欧制拼图玩具。三只蝴蝶在紫云英的田里飞着的图形,组合在一个玻璃盆子里。我试了十分钟左右就放弃了。

"没生孩子吗?"杰走回来后问我,"这年纪差不多也可以生了吧?"

"不想。"

"真的?"

"因为要是生下像我这样的小孩,我想我一定不知道怎么办才好。"

杰觉得很奇怪地笑了,在我的玻璃杯里倒啤酒。"你总是往前想得太多了。"

"不,不是这个问题。换句话说,生出一个生命真的是对的吗?我不太清楚。孩子们长大之后,一代一代接下去。于是又怎么样?是不是又要砍倒几座山,埋掉更多海,发明更快的车子,压死更多猫呢?难道不是这样吗?"

"这是事情的黑暗面哪。其实好事也在发生,好人也有啊。"

"你如果能各举出三个例子,那么我就相信你好了。"我说。

杰想了一想,然后笑起来。"不过这要由你们的孩子那一代来判断,而不是你。你们这一代……"

"已经完了对吗?"

"在某种意义上。"杰说。

"歌唱完了。只是曲调还在响着。"

"你总是说得很妙。"

"会作怪呀。"我说。

*

杰氏酒吧客人开始多起来时,我向杰道晚安,走出店里。九点了。用冷水刮过胡子之后还有点刺刺的疼。因为刮完用伏特加青柠代替乳液也有关系吧。要是让杰来说的话,并没什么两样,只不过满脸都是伏特加的气味。

夜出奇地温暖,天空依然乌云密布。潮湿的南风缓缓地吹着。就像以往一样。海的气味和雨的预感混合在一起。周遭充满了懒洋洋的熟悉感。河边的草丛发出虫子的鸣叫声。好像立刻就要下起雨来似的。到底下了还是没下教人弄不清楚,只是全身已经淋湿的那种细雨。

朦胧的水银灯的白色光里,看得见河里的流水。只有一个拳头那么浅的流水。水还和以前一样澄清。从山上直接流下来的水,因此没理由脏。河床是山上冲运下来的小石头和粗粗的沙地,有些地方流沙堆积形成瀑布。瀑布下面则有深陷的水洼,那里面有小鱼在游着。

水少的季节,流水完全被沙地吸干,只剩下一条白色沙道还留有些微潮潮的湿气。我在散步的时候,曾经顺便跟着那沙道往上游走,去寻找河流被河床吸进去的源头起点。在那里河流的最后一条细流忽然好像发现了什么似的停止下来,然后下一个瞬间就已经消失了。地底的

第五章 老鼠的来信和那后日谭

黑暗悄悄地吞没了它们。

河边的道路,是我喜欢的路。我跟着水流走着。而且一面走着,一面感觉着河川的呼吸。它们是活着的,其实是它们创造了这个镇。花了几万年的岁月,它们把山崩溃,把土运搬,把海填平,在那里繁生草木。从一开始这个镇就属于它们,而很可能将来一直都会是这样。

托梅雨的福,流水没有被河床吸干,而一直延续到海。沿着河种植的树木,发出嫩叶的气味。那绿色好像极融洽地渗进周遭的空气里似的。草地上有几对情侣肩并肩地依偎着,老人则在遛狗,高中生停下摩托车来抽着香烟,就如往常一样的初夏夜晚。

我在路上的酒铺买了两罐啤酒装在纸袋里,用手提着走到海边。河流像三角洲,或像一半被埋没的运河那样地注入海里。那是被切成宽度大约五十米的昔日海岸线的遗迹。沙滩还是昔日的沙滩。有微小的波浪,冲成圆形的木片被海浪打上来。一股海的气味。混凝土的防波堤上还留有用钉子或游戏喷漆涂鸦的文字。这就是只留下五十米的令人怀念的海岸线。不过这是被有十米之高的混凝土水泥墙牢牢夹进去的。那墙又把那狭小的海夹着,笔直伸出几公里外的远方。而那边则建起了一排排高楼大厦的住宅群。海只剩下五十米而已,其他完全被抹杀了。

我离开了河,沿着从前的滨海道路往东走。不可思议的是从前的防波堤居然还留着。失去了海的防波堤,变成一种奇妙的存在。我在从前经常把车子停在那里眺望海的地方停下站定。坐在防波堤上喝啤酒。代替海的是海埔新生地和高楼公寓一望无际地横在眼前。平板单调的公寓群看起来好像本来要制造空中都市却中途放弃被丢在那里的不幸桥梁，又像在苦苦等待父亲归来的未成熟的孩子们。

每幢大楼之间，好像要缝合那空隙似的铺满了柏油道路，有些地方则错落分布着巨大的停车场和巴士站。有超级市场，有加油站，有宽阔的公园，有气派的集会场。一切的一切都那么新，而且不自然。从山上运来的土发出海埔新生地特有的森森寒寒的颜色。尚未区划整理过的部分，则被风吹来的杂草密密覆盖着。杂草以令人吃惊的速度在这新的大地之上生根。它们把沿着柏油路人工移植而来的树木和草坪当傻瓜一样，到处恣意地蔓生。

令人悲哀的风景。

可是我到底能说什么呢？这里已经根据新的规则展开新的游戏了。谁也无法阻止这一切。

我喝了两罐啤酒之后，把两个空罐头——往曾经是海的海埔新生地上猛丢出去。空罐头被风吹动的杂草之海吸了进去，然后我开始抽烟。

抽完烟时，看见一个拿着手电筒的男人慢慢向这边走过来。男人大约四十岁，穿着灰色衬衫、灰色西装裤，戴着灰色帽子。一定是这区域公共设施的警卫人员吧。

"你刚才丢了什么吗？"男人站在我身边说。

"丢了啊。"我说。

第五章　老鼠的来信和那后日谭

"丢了什么？"

"圆圆的，金属做的，有盖子的东西呀。"我说。

警卫有点惊慌失措的样子。"为什么丢呢？"

"没什么理由啊。十二年前开始就一直在丢。也曾经半打一次一起丢过，谁都没有抱怨过。"

"从前是从前。"警卫说，"现在这里是市有地。在市有地上无故乱丢垃圾是禁止的。"

我沉默了一会儿。身体里面一瞬间忽然有什么在震动，然后停止。

"问题是，"我说，"你所说的好像比较有道理啊。"

"法律是这样订的。"男人说。

我叹了一口气，从口袋掏出香烟。

"那怎么办？"

"总不能叫你去捡回来吧。周围太暗，而且快要下雨了。所以请你下次不要再丢。"

"不会再丢了。"我说，"晚安。"

"晚安。"说着警卫就走了。

我在防波堤上躺下来望着天空。正如警卫所说的，细雨正开始下着，我又抽了一根烟，回想刚才和警卫的对话。十年前我似乎更强悍一些。不，也许只是这样觉得而已。不管怎样都无所谓了。

沿着河边的道路走回去，找到计程车时，雨已经变成雾一样了。我说到饭店。

"来旅行吗?"中年司机说。

"嗯。"

"第一次来吗?"

"第二次。"我说。

4 她一面喝着咸狗鸡尾酒一面谈海浪的声音

"有人托我带信来。"我说。

"给我的?"她说。

电话听起来好远,而且又串线,所以必须加大嗓门讲,因此彼此的话里一些微妙的语意都失去了。就好像站在高岗上强风吹着,一面把大衣领襟翻起来一面谈话的情形一样。

"本来是寄给我的,可是总觉得其实是要寄给你的。"

"你这样觉得吗?"

"是啊。"我说。说出之后,又觉得自己好像正在做一件非常傻的事似的。

她沉默了一会儿。在那时候串线却停了。

"你和老鼠之间到底有什么事,我不知道。不过他拜托我跟你见一面,所以我打了这通电话。而且这封信我想还是请你看看比较好。"

"你为了这个特地从东京来到这里吗?"

第五章 老鼠的来信和那后日谭

"是的。"

她干咳一声,然后说对不起。"因为是朋友?"

"我想是的。"

"为什么不直接写信给我呢?"

确实她说的比较有道理。

"不知道。"我坦白说。

"我也不懂。很多事情不是已经结束了吗?难道还没结束吗?"

这我也不知道。不知道,我说。我躺在旅馆的床上,拿着听筒望着天花板,感觉像躺在海底,正在数着鱼的影子一样。无法想象要数到多少才能数完。

"那个人不知去向已经是五年前的事了,我那时候是二十七岁。"虽然声音非常镇定,听起来却好像井底发出来似的,"可是经过五年之后,很多事情都会完全改变的。"

"是。"我说。

"即使什么也没改变,也不能那样想啊。不愿意那样想。——那样想的话,什么地方也去不了噢。所以我让自己觉得一切都已经改变了。"

"我好像可以理解。"我说。

我们就那样彼此稍微沉默了一会儿。先开口的是她。

"你最后一次跟他见面是什么时候?"

"五年前的春天,他消失之前不久。"

"他跟你说了什么吗?也就是离开家乡的理由……"

"没有。"我说。

"没说话就不见了哦?"

"是的。"

"那时候,你觉得怎样?"

"你是说对于他没说什么就不见了的事吗?"

"对。"

我从床上坐起来,靠在墙上。"这个嘛。我想他一定半年左右就腻了又回来吧。因为我以前觉得他不是那种可以持久的类型。"

"可是没回来。"

"是啊。"

她在电话那头犹豫了一会儿。耳边她安静的呼吸声一直继续着。

"你现在住哪里?"她问。

"——饭店。"

"明天五点我会到饭店的咖啡厅去,八楼对吗。这样好吗?"

"知道了。"我说,"我穿白色运动衬衫、绿色棉长裤。短头发……"

"没关系,我想我认得出。"她镇定地打断我的话。然后挂断电话。

我把听筒放下之后,试着想想她说的认得出到底指的是什么。不懂。我搞不懂的事情真多。我想所谓年纪大了会变聪明的说法一定不可靠。个性或许多少会变,但凡庸这回事则永远不会改变。某个俄罗斯作家这样写过。俄罗斯人常常会说一些非常聪明的话。也许是在冬天里思考的关系吧。

第五章　老鼠的来信和那后日谭

我冲个澡,把雨淋湿的头也洗了,毛巾缠在腰上就那样看电视演的有关古老潜水艇的美国电影。艇长和副艇长互相仇视,而潜水艇又是老朽品,加上有人又有密室恐惧症,这样悲惨的情节,最后结局却是一切顺利。如果能像这样一切都圆满顺利的话,那么战争也不坏,是这样的一部电影。以后可能会有电影演核战争人类都死光了,结果却一切圆满顺利。

我把电视开关关掉,钻进床里,十秒钟就睡着了。

*

细雨到第二天五点还继续下着。是连着四五天干爽的初夏晴天,人们正以为这下子梅雨大概已经过去时,忽然又下的雨。从八楼窗户眺望出去,地面到处是黑黑湿湿的。高架后的高速道路由西往东塞车一连几公里。一直眺望着时,那一切都好像逐渐要溶化到雨中去了似的。事实上,街上的一切是正在溶化中。山的绿色一面在溶化着,一面无声地流进山腰里去。然而只要眼睛闭上几秒钟再张开时,街道又恢复成原来的样子。六辆吊车朝向灰暗的雨空耸立着,车列时而像想起来似的偶尔往东移一下,雨伞群横越过人行步道,山的绿意尽情满足地吸进六月的雨。

宽大的咖啡厅正中央低下一级的地方,摆着一架漆成海军蓝色的演奏钢琴。穿着华丽粉红色连衣裙的女孩子,正在进行着被琶音和切分音所淹没的典型饭店咖啡厅式的演奏。虽然弹得不错,可是曲子的最后一个音被吸进空中之后,却什么也没留下。

五点过了她还没出现,因此我没事干正一面喝着第二杯咖啡,一面恍惚地望着弹钢琴的女孩子。她大约二十岁左右,长到披肩而且相当厚的头发,像抹在蛋糕上的鲜奶油一样整齐地梳过,随着节奏的起伏头发也舒适地往左右摇着,曲子结束之后,头发又回到正中央。然后下一个曲子再开始。

她的样子让我想起从前认识的一个女孩子。我小学三年级时,还在学钢琴的时候。我和她因为年龄和技术都属于相同等级,所以曾经一起合奏过几次。她的名字和脸蛋我已经完全忘记。我所记得有关她的事,说起来只有纤细白皙的手指、美丽的头发和膨膨的连衣裙而已。除此之外,什么也想不起来了。

一想到这里,就觉得很奇怪。好像我把她的手指、头发和连衣裙摘下来保留着,而其他的东西现在则还继续活在什么地方似的。不过当然没这回事。世界正和我无关地继续运转着。人们正和我无关地穿过马路,削着铅笔,从西边往东边以一分钟五十米的速度移动着,熟练的归零音乐正充满咖啡厅。

世界——这名词总是令我想起象和乌龟拼命用背支撑着的巨大圆板。象无法理解乌龟的任务,乌龟无法理解象的任务。于是它们也都无法理解所谓世界这东西。

"我来晚了对不起。"我背后有女人的声音,"工作拖长了,实在没办法脱身。"

第五章 老鼠的来信和那后日谭

"没关系。反正今天一整天都没事。"

她把雨伞架的钥匙放在桌上,不看菜单就点了橘子汁。

她的年龄第一眼还看不出来。如果在电话里没听她提过年龄的话,我想一定永远也不知道吧。

不过她既然说是三十三岁,那么她就是三十三岁,这么想的话,看起来确实像三十三岁。如果她说是二十七岁的话,她看起来一定也就像二十七岁了。

她对服装的喜好很干脆,让人觉得很舒服。她穿着宽松的白色棉长裤,橘色和黄色格子衬衫的袖子折到手肘上,单肩皮包从肩膀垂挂下来。每一件都不是新的,但都整理得很好。身上戒指、项链、手镯、耳环之类的一概没戴。短短的前发自然地往两边顺。

眼睛旁边的小皱纹看起来与其说是年龄的关系,不如说是生下来就有的更贴切。只有从打开两个扣子的衬衫衣领看得见的纤细白皙的脖子和放在桌上的手背,才微妙地暗示着她的年龄。人是从微小的,真的微小的地方开始老的。而且就像擦不掉的污点一样,逐渐一点一点地覆盖全身。

"你说的工作,是什么样的工作?"我试着问。

"设计事务所啊。已经做很久了。"

话接不下去了。我慢慢拿出香烟来,慢慢点上火。女孩子关上钢琴盖站了起来。不知道退下到什么地方休息去了。倒有一点点羡慕她。

"你跟他认识多久?"她问。

"已经十一年了。你呢?"

"两个月零十天。"她即席回答,"从第一次遇见他开始,到他消失为止。两个月零十天。因为记日记,所以还记得。"

橘子汁送来了,我那变空的咖啡杯被收了下去。

"从他消失以后,我等了三个月。十二月、一月、二月。那是最冷的时候。那年冬天是不是很冷?"

"不记得了。"我说。她谈起五年前冬天的寒冷,听起来就好像是昨天的天气似的。

"你曾经这样等过女孩子吗?"

"没有。"我说。

"集中在某一个限定的时间内等待之后,过了就怎么样都可以了。不管是五年也好,十年也好,一个月也好,都一样了。"

我点点头。

她把橘子汁喝了一半。

"第一次结婚的时候就是这样。我总是站在等的一边,然后等累了,结果不管怎么样都好了。二十一岁结婚,二十二岁离婚,然后来到这地方。"

"跟我太太一样。"

"什么一样?"

"二十一岁结婚,二十二岁离婚。"

她看了一会儿我的脸。然后用玻璃棒一圈一圈地搅着橘子汁。我

第五章 老鼠的来信和那后日谭

觉得好像多说了不该说的话似的。

"年轻的时候结婚,然后又马上离婚是蛮辛苦的。"她说,"简单地说,好像是在追求非常平面的又超现实的东西似的。不过所谓超现实的东西,是不怎么能长久的,不是吗?"

"也许吧。"

"从离婚到遇到他为止的五年之间,我在这地方一个人,和周围的一切过着非现实的生活。几乎没有认识的人,既不想到外面去玩,也没有男朋友,早上起床就到公司去,画图,下班到超级市场买点东西,回家一个人吃东西。整天放FM听,看看书,写写日记,在浴室洗袜子。因为公寓在海边,所以一直听得见海浪的声音。好寒冷的生活啊。"

她把剩下的橘子汁喝完。

"好像尽谈些无聊事。"

我默默摇摇头。

六点过后,咖啡厅进入鸡尾酒时间,天花板的照明暗下来,街上灯光开始亮起来。起重机前面也亮起了红灯。淡淡的夕暮中,雨像细细的针一样继续下着。

"要不要喝点酒?"我试着问她。

"伏特加酒加葡萄柚汁是叫作什么?"

"咸狗。"

我叫服务生来,点了咸狗鸡尾酒和顺风威士忌加冰块。

"我们刚刚谈到哪里?"

"谈到寒冷的生活。"

"不过说真的,其实并没有那么寒冷。"她说。

"只是海浪的声音,有点冷。虽然刚开始租那房子的时候,管理员说很快就会习惯,可是并没有。"

"已经没有海了啊。"

她沉着地微笑着。眼睛旁边的皱纹只稍微动了一下。"是啊。就像你说的,已经没有海了。不过,现在常常还会感觉好像听得到海浪的声音似的。一定是长久以来那声音已经烙在耳朵里了。"

"而且老鼠就出现在那里对吗?"

"对呀。不过我倒是不那样叫他。"

"你怎么叫他?"

"叫名字啊。大家不都这样叫吗?"

她这么一说确实也是。叫老鼠就算是绰号,也未免太孩子气了。"说得也是。"我说。

饮料送来了。她喝了一口咸狗之后,就用纸餐巾把沾在嘴唇的盐擦掉。纸餐巾上沾了一点点口红。她把沾了口红的纸餐巾用两只手指细心地折起来。

"他这个人怎么说呢……非常地非现实。我的意思你懂吗?"

"我想我懂。"

"为了打破我的非现实性,我觉得需要借助于某个人的非现实性。刚开始认识的时候这样觉得。所以我喜欢他。或者也许是喜欢以后才

第五章　老鼠的来信和那后日谭

那样想的。不管怎么样都一样。"

女孩子休息过后又再回来，开始弹起电影音乐。听起来好像是为了错误的一幕所配的错误的背景音乐似的。

"我有时候会这样想。以结果来说，我是不是利用了他呢？而他从一开始就有这样的感觉吧。你觉得呢？"

"我不知道。"我说，"因为这是你跟他之间的问题。"

她什么也没说。

大约二十秒的沉默之后，我发觉她的话已经说完了。我喝了威士忌的最后一口之后，从口袋掏出老鼠的信，放在桌子正中央。两封信暂时就那样摆在桌上。

"我必须在这里看吗？"

"请带回家看吧。如果不想看，就丢掉好了。"

她点点头把信收进包里。咔锵一声爽快的金属声。我点起第二根烟。点了第二杯威士忌。第二杯威士忌是我最喜欢的。喝第一杯威士忌让心情放松，第二杯威士忌让头脑正常，第三杯之后就没味道了，只是单纯地流进胃里而已。

"你光为了这个特地从东京来的吗？"

"几乎可以说是。"

"太费心了。"

"我从来没有这样想过。这只是一种习惯。如果立场倒过来，我想他也会为我做一样的事。"

"你请他做过吗?"

我摇摇头。"不过我们长久以来,一直都在互相带给对方一些非现实性的麻烦。至于是不是现实地去处理,那又是另外一个问题。"

"我想大概没有人这样想过吧?"

"也许吧。"

她微微一笑之后站了起来,拿起账单。"这个账我来付。因为迟到了四十分钟之多。"

"如果你觉得这样比较好的话,就这样吧。"我说,"另外我可以再问一个问题吗?"

"可以呀,请说。"

"你在电话里说过你可以猜到我的长相?"

"对,我的意思是说可以凭气氛猜到。"

"那么,你真的一眼就知道了吗?"

"一眼就知道了。"她说。

雨还是以完全一样的强度继续下着。从饭店窗户可以看见邻幢建筑物的霓虹灯。在那人工的绿光之中,无数雨的线条往地面落下。站在窗边往下面看时,好像雨线是往地面的一个点落下似的。

我躺在床上抽了两根烟之后,打电话给柜台预约了第二天早晨的火车。这个城市已经没有任何我该做的事了。

只有雨还继续下到半夜。

第六章　寻羊冒险记 Ⅱ

1　奇怪的男人的奇怪的话(1)

穿黑衣服的秘书在椅子上坐下之后,什么也没说,只是盯着我瞧。既不是详细观察的视线,也不是紧紧纠缠的视线,也不是像要贯穿身体似的尖锐视线。既不冷淡,也不温暖,连那中间都不是。在那视线里面,并不含有我所知道的任何一种感情。男人只是望着我而已。或许是望着我后面的墙壁也不一定,只是我正好在那墙壁的前面,所以结果那男人正好在望着我。

男人手拿起桌上的香烟盒,打开盖子,抓起一根无滤嘴的香烟,用手指弹了几次尖端调整之后,用打火机点着,把烟吹向斜前方。然后把打火机放回桌上,跷起腿。在那之间视线一动也没动一下。

男人正如搭档说的。服装过分整齐,长相过分端正,手指实在太过于修长了。如果没有那锐角形深入的眼睑和像玻璃工艺一样清冷的眼球的话,看起来一定是不折不扣的同性恋者。可是幸亏有那对眼睛,所以他看来连同性恋者都不像。简直是什么都不像。既不像谁,也不会令人有任何的联想。

仔细看时那眼珠的颜色非常不可思议。带有茶色的黑里,又含有一点点的蓝色,左边和右边那浓度就不一样。简直就像左边和右边正在分别想着不同事情似的眼珠。放在膝盖上的手指轻微地持续动着。我被一种幻觉所袭击,好像那十根手指正离开他的手而朝向我这边走近似的。真奇妙的手指。那奇妙的手指慢慢伸到桌上来,把减少了三分之一左右的香烟弄熄。玻璃杯中冰块正在溶解,看得见透明的水和葡萄柚汁逐渐混合。不平均的混合法。

屋子被一种不可解的沉默所覆盖。一进入这幢大宅子之后,就常常遇到和这类似的沉默。这是一种和那宽阔比起来被包含在里面的人数目太少所产生的沉默。不过和现在支配着这个房间的沉默,本质上又不一样。沉默可恶地沉重,总觉得有一种压迫感。我记得过去对那样的沉默,好像在哪里曾经有过经验。只是到底是哪一件事,我花了一些时间才想起来,我好像在翻旧相本似的,翻着记忆,想了起来。那是一种围绕着不治的病人的沉默。包含着难以避免的死亡预感的沉默。空气好像总是有点灰尘,像有什么含意似的。

"大家都会死。"男人看准了我安静地说,好像可以完全掌握我心里的动向似的说法,"每个人总有一天会死。"

只说了这么一句,然后男人又再度落入沉重的沉默之中。蝉继续不断地叫着。它们为了唤回即将逝去的季节,拼命地互相摩擦身体。

"我想尽可能坦白地跟你说。"男人说。听起来有点像是直接从公文格式引用来的说法。虽然语句的选择和语法是正确的,可是语言中却缺乏表情。

"不过坦白说和说明真相又是两件事。坦白和真相之间的关系,就像船头和船尾的关系一样。首先是先出现坦白,最后真相才出现。那时间的差异和船的规模成正比例。巨大事物的真相比较不容易出现。也有可能要等到我们这一辈子都结束之后,才好不容易出现。所以即使我没向你展示真相,那既不是我的责任,也不是你的责任。"

因为无从回答,所以我不作声。男人确认了我的沉默之后继续说。

"今天特地请你到这里来,是为了让那只船向前走。以你和我的力量往前走。我们坦白地来商量。希望能往真相更接近一步。"男人说到这里干咳一声,稍微瞥了一眼自己放在沙发把手上的手,"可是这种说法太抽象了。所以我从现实性的问题开始。你所编的PR杂志的问题。关于那件事,我想你已经听过了吧?"

"听过了。"

男人点点头。然后稍待片刻又开始说。

"我想关于那件事你大概也很惊讶。任何人对于自己辛苦创立的东西被破坏,一定觉得很不愉快。尤其当这东西是生活手段的一环时更不用说。现实中的损失也很大。对吗?"

"没错。"我说。

"关于现实中的损失,我想听听你的说明。"

"像我们这种工作,现实中的损失是免不了的。虽然有时候做出来的东西会因为客户不高兴而被打回票,但对于像我们这种小规模的公司来说,那等于要我们的命。因此,为了避免这种情形发生,我们是百分之百顺从业主的意向。说得极端一点,杂志的每一行都是跟业主一起检查着做的。我们就是这样来回避风险。虽然不是很轻松的工作,不过我们就是这种缺乏财力的一匹狼。"

"大家都是从这样慢慢往上爬的。"男人安慰我,"没关系,这姑且不谈,我是不是可以把你所说的解释成这样,那就是我把你的杂志停掉,让你的公司受到财务上相当大的打击对吗?"

"正如你所说的。因为那是已经印刷装订好的东西,所用的纸钱和印刷费用,都必须在一个月之内支付。还有外包报导的稿费之类的。金额上大约在五百万圆左右,而不巧的是那还得考虑我们必须偿还贷款的预算。我们在一年前下定决心所做的设备投资。"

"这我知道。"男人说。

"其次还有和客户之间往后的契约问题。我们的立场比较弱,而且客户都想避开曾经有过纠纷的广告公司。我们虽然和人寿保险公司订有一年期间的PR杂志发行契约,可是如果这次出了问题,那么这契约就会被废止,我们公司实质上就是沉没了。我们公司虽然小,也没有什么人脉,我们是因为工作做得好,靠口碑逐渐成长起来的。所以一旦口碑坏了,那就完了。"

男人在我讲完之后,还是什么也没说,只是一直盯着我的脸。然后才开口。"你说得很坦白。而且所说的内容也和我们的调查相符合。

关于这点我们会做个评估。重点就在这里。如果我们对人寿保险公司所废止的杂志损失方面做无条件的支付,而且也劝告他们继续和你们签订合作契约的话,又会怎么样?"

"没有什么以后了。只会留下'为什么会变成那样'的朴素疑问,就退回无聊的日常生活去而已。"

"除了这个之外,我们可以另外附加奖金。我只要在名片背面写一句话,你们公司就能拿到今后十年左右的工作量,我指的不是那种小里小气的传单之类的工作噢。"

"总而言之是谈交易啰?"

"是善意的交换嗒。是我善意地向你的合伙人提供PR杂志停止发行的情报。如果你对这件事表示善意的话,我也向你表示善意。你能不能这样想?我的善意是有帮助的。我想你也未必想要永远继续和一位头脑迟钝的醉汉共同工作吧。"

"我们是朋友。"我说。

像往无底的深井投下小石头一般的沉默继续了一会儿。石头到达底部花了三十秒时间。

"没关系。"男人说,"那是你的问题。我对你的经历调查得相当详细,那些也相当有意思。人可以大致分为两类,现实性凡庸的一类,和非现实性凡庸的一类,你显然是属于后者。这点最好请你记住。你所经历的命运,是非现实性凡庸所经历的命运。"

"我会记住。"我说。

男人点点头。我把冰块已经溶化的葡萄汁喝了一半。

"那么让我来谈谈具体的事。"男人说,"关于羊的事。"

*

男人移动了身体,从信封里拿出大张的黑白相片,放在桌上朝向我这边。屋子里好像流进些微现实的空气。

"这是你的杂志上刊登出来的羊的相片。"

以不用底片,直接将杂志彩色页放大来说,是清晰得令人惊讶的相片。想必是运用了特殊技术处理过的吧。

"就我所知的限度,这张相片是你私人不知道从什么地方得来而用在杂志上的。没错吧?"

"没错。"

"根据我们的调查,那是六个月之内,完全由业余者所拍的相片。相机是便宜的袖珍型。拍摄的人不是你。你的相机是单反尼康的,应该可以拍得更好。这五年你也没去北海道。对吗?"

"你觉得呢?"

"嗯。"说着男人沉默了一会儿。像要确认沉默的实质似的那种沉默方式。"没关系。我们想要的是三种情报。你在什么地方、从谁那里得到这张相片,还有为什么把这粗劣的相片用在杂志上?"

"我不能说。"我连自己都很惊讶地断然拒绝,"记者有对新闻来源保密的权利。"

男人眼睛一直注视着我,用右手中指尖端描着嘴唇,然后把手放回膝上。沉默自此又继续了一会儿。但愿有布谷鸟在什么地方开始啼叫,我想。不过,当然布谷鸟并没有开始叫。布谷鸟在傍晚是不会叫的。

"你真是个奇怪的人。"男人说,"只要我想做,就可以把你们的工作全部切断。这么一来,你就没办法称为记者了。这还要假定你现在制作无聊的小册子、传单之类的工作,也叫作记者工作的话。"

我再度试着去想布谷鸟的事。为什么布谷鸟黄昏不叫呢?

"而且,像你这样的人,要让你开口有不少办法。"

"大概是吧。"我说,"不过那要花一些时间,在那之前我不会说。就算说也不会全部说。你也不知道多少是全部。不是吗?"

虽然全是虚张声势,不过却合乎流程。从随之而来的沉默中的不确定,表示我争取到一点分数。

"跟你谈话相当有意思。"男人说,"你的非现实性,带有那么一点悲怆的趣味。不过,没关系。我们来谈别的。"

男人从口袋里拿出放大镜,放在桌上。

"用这个好好地仔细把这张相片看个够吧。"

我左手拿相片,右手拿放大镜慢慢看起来。有几只羊朝着这边,有几只朝别的方向,有几只无心地吃着草,感觉上就像气氛不怎么热烈的同学会实况相片一样。我检查着每一只羊,察看着草的繁茂程度,察看背后的白桦树林,眺望那后面群峰的山容,眺望浮在空荡荡的天空的云。没有任何一个地方不正常,我从相片和放大镜抬起头来看男人。

"有没有发现什么奇怪的地方?"男人问。

"没有。"我说。

男人并没有显示特别失望的样子。

"你在大学是主修生物学的没错吧?"男人问,"对羊你知道多少?"

"和完全不知道一样。我所学的几乎都是没什么用处的专门性的东西。"

"请你把所知道的说来听听好吗?"

"偶蹄目。草食、群居性。应该是明治初期输入日本的。以羊毛和食肉被利用。差不多就这样而已。"

"正如你所说的。"男人说,"如果要修正一点的话,那就是羊输入日本不是明治初期,而是在安政年间。不过在那之前,正如你所说的,日本并没有羊的存在。也有一种说法是平安时代从中国传来的,就算那是事实,可是后来那些羊也不知道在什么地方灭绝了。因此一直到明治时期为止,几乎所有的日本人既没有见过所谓羊这种动物,也无法理解什么是羊。虽然是含在十二支里面,应该属于比较通俗的动物,不过羊到底是什么样的动物,准确说来谁也不知道。换句话说,是和龙或獏一样程度,属于想象中的动物。事实上,明治以前日本人所画出来的羊的图画简直就是胡乱画的,可以说和 H. G. 威尔斯对火星人所拥有的知识相同程度吧。

"而且就算是今天,日本人对羊的意识依然薄弱得可怕。总之,在历史上所看见的所谓羊这种动物,从来没有在生活的层次上和日本人产生关联。羊是以国家的层次从美国输入日本,并被育成,然后又被舍弃的。这就是羊。战后与澳大利亚和新西兰之间的羊毛和羊肉贸易自由化后,在日本养羊的优势几乎变成零。你不觉得这种动物好可怜吗?也就是说,等于日本近代化的本身吧。

"不过当然,我并不是要跟你谈有关日本近代的空虚性。我想说的只是,幕末以前日本应该是连一头羊都不存在,以及后来进口的羊被政府一头一头严格检查过,这两件事实。它们又意味着什么呢?"

这是在对我提问。"你是指日本所存在的羊的种类都完全被掌握的事实吗?"

"没错。再加上羊也和赛马一样,品种是重点。日本的羊几乎都可以简单地追溯到几代以前。换句话说,是一种被彻底管理的动物。有关异种交配,也都查得出来。而且也没有走私。因为没有人会好奇到甘冒风险去走私羊进来。至于品种,则有Southdown、Spanish Merino、Cotswold、Chinese、Shropshire、Corriedale、Cheviot、Romanovsky、Ostofresian、Border Leicester、Romney Marsh、Lincoln、Dorset Horn、Suffolk,大概就这些了。可是,"男人说,"你再好好看一次这张相片。"

我又再拿起相片和放大镜。

"好好看看前排从右边开始算起的第三头羊。"

我把放大镜对准前排右起第三头羊。然后看旁边那头羊,又再看一次右起第三头羊。

"这头看出什么来了吧?"男人问。

"种类不一样。"我说。

"对。除了从右边算起的第三头羊,其他都是普通的Suffolk种。只有那一头不一样。比Suffolk矮胖得多,毛色也不同。脸也不黑。怎么说呢,感觉上强壮多了。我拿这张相片给几个绵羊专家看过。他们得出的结论是,这种羊不存在于日本。而且可能全世界也没有这样的羊。所以,现在你正在看的是一头应该不存在的羊。"

我拿着放大镜,试着再观察一次从右边算起的第三头羊。仔细看之后,发现羊背上正中央一带,有一个像是咖啡溅出来所形成的浅色调的污点。非常模糊而不清晰,看来像是底片的伤痕一样,感觉上又好像只是眼睛的一点小错觉而已。或者事实上确实有人把咖啡溅在那只羊的背上也不一定。

"看得出背上有个很淡的污点对吗?"

"不是污点。"那人说,"是星形的斑纹。请你跟这个对照看看。"

男人从信封里抽出一张影印纸,直接交给我。那是一头羊的图画的影印。好像是用很黑的铅笔画的一样,留白部分沾有黑色的指印。整体看来很稚拙,但却是一张像在诉说什么似的画。细微的部分画得非常仔细。我把相片上的羊和那张画上的羊轮流看了一下,确实是同一头羊。羊背上有星形的斑纹,那斑纹和照片上羊的污点正互相呼应着。

"还有这个。"男人说着从西装裤口袋拿出打火机递给我。沉甸甸的银制的特殊定制都彭打火机,刻着和我在车上看过的一样的羊的图纹。羊背上清清楚楚有一个星形的斑纹。

我的头开始有点痛起来。

2 奇怪的男人的奇怪的话(2)

"我刚才和你谈过关于凡庸的事。"男人说,"不过那并不是为了要批评你的凡庸。简单地说,正因为世界本身是凡庸的,所以你也凡庸。你不觉得吗?"

"不知道。"

"世界是凡庸的。这点没错。那么世界是不是一开始就凡庸的呢?不对。世界一开始是混沌的。混沌不是凡庸。凡庸化是从人类把生活和生产手段分化之后才开始的。而卡尔·马克思由于设定了无产阶级而把那凡庸固定化。因此斯大林主义才直接与马克思主义结合。我是肯定马克思的。因为他是还记得原始之混沌的少数天才之一。在相同的意义上,我也肯定陀思妥耶夫斯基。不过我并不认同马克思主义,那未免太过于凡庸了。"

男人喉咙深处发出小小的声音。

"我现在说得非常坦白。那是对你刚才坦白说明的回报。而且现在我决定开始回答你所谓的朴素疑问。不过在我说完之后,可能你所剩下能够选择的路子将被限定得极为狭小。我希望你能事先了解这点。简单地说,你把赌金提高了。可以吗?"

"没办法啊。"我说。

*

"现在,这幢住宅里有一个老人快要死了。"男人说,"原因很清楚。他脑子里有一个巨大的血瘤。一个大得让脑子的形状都歪掉的血瘤。你对脑医学知道多少?"

"几乎一无所知。"

"简单地说,那是一个血的炸弹。血液循环受阻碍之后异样膨胀而成的。就像吞下高尔夫球的蛇一样。那一旦爆炸的话,脑的机能就停止了。可是也不能够手术。因为只要受到一点点刺激,就会爆炸。换句话说,用现实的说法来说,只有等死了。或许一个星期之后会死,或许一个月后。这谁也不知道。"

男人噘起嘴,慢慢吐出一口气。

"死并不是一件奇怪的事。因为是个老人,病名也很清楚。奇怪的是他到现在为止是怎么能够活下来的。"

男人到底想说什么,我一点也弄不清楚。

"其实在三十二年前死的话,也一点都不奇怪。"男人继续说,"或者四十二年前。这个血瘤最先是在进行A级战犯健康检查时,被一个美国军医发现的。那是一九四六年的秋天。在东京审判的稍前一段时间。发现血瘤的医师看到X光片时,非常震惊。因为,脑子里长了那么大血瘤的人居然能够活着——而且比一般人更活跃地活着——这种事情已经远超出医学常识之外了。于是他从巢鸭被移送到当时被作为军用医院的圣路加医院,接受详细的诊察。"

"诊察延续了一年之久,结果什么也没弄清楚。我是说除了任何时候死去都不奇怪,和能够活着这件事本身不可思议之外。可是他从此之后非但没有任何不方便,反而精力充沛地继续活着。头脑的活动也极其正常。理由不清楚。一条死胡同。理论上应该死的人,却还生龙活虎地活着。

"不过有几个轻微的症状却明确化了。每四十天为一个周期,有三天会有剧烈的头痛。这头痛,根据他本人的证言,第一次是从一九三六年开始的。推测那就是血瘤发生的时期。由于头痛实在太剧烈了,于是在那期间他就使用镇痛药。说得明白一点就是麻药。不过麻药虽然确定可以缓和痛苦,却也会带来奇异的幻觉。一种强烈浓缩的幻觉。那到底是什么样的东西,只有本人才知道,不过似乎可以确定那不是令人愉快的。有关幻觉的详细记录,还完整地保留在美国军方。医师确实非常详细地记载下来。我以非合法的手段拿到,读过几遍。尽管那是以事务性的文字所写成的,但却是非常令人厌烦。我相信几乎没有人能够忍受在现实中定期地去体验这种幻觉。

"为什么会产生那样的幻觉也无法得知。有人推测或许血瘤有一种周期性放射出来的类似能源的东西,而头痛则是对抗它的肉体上的反动。而且当反动的墙壁被拆除后,那能源便直接刺激脑的某个部分,结果便制造出幻觉来。当然这纯粹只是一种假设而已,不过这假设美国军方也感兴趣。而且开始展开彻底调查。那是由情报局所主持的极机密调查噢。为什么只不过是一个人的血瘤调查,却必须由美国情报局介入呢?虽然现在都还不清楚,不过可以推测有几个可能性。首先第一个可能性也许是借医学调查之名,进行某种极为微妙的事态听取。也就是对中国大陆谍报通路与鸦片通路的掌握。美国由于蒋介石的长期败退而逐渐丧失与中国方面的关系。他们非常渴望获得先生所掌握的通路。而这种讯问却是无法公然进行的。事实上先生在这一连串调查之后,没被送去审判,却反而被释放。如果说其中有什么暗盘交易,那是十分有可能的。也就是情报与自由的交换。

"第二个可能性是弄明白身为右翼首领,他的怪癖与血瘤的相互关系。这点我以后也会向你说明,是个有趣的想法,不过我想结果他们也还是什么都不知道。活着本身都令人不解了,怎么有可能知道那样的事呢?当然,如果不试着解剖是无法弄明白的。于是这也是一条死胡同。

"第三个可能性与'洗脑'有关。这是基于借着对脑送入一定的刺激,也许可能引起特定反应而产生的想法。当时这种事情很盛行。后来证明事实上当时美国曾经组织过从事这种洗脑研究的团体。

"情报局的调查主要着眼点到底是放在这三点中的哪一点,并不清楚。从这些调查又得到了什么样的结论,也不清楚。一切全都埋进历史之中。知道事实真相的,只有当时美军高层的一小撮人,还有先生本人而已。关于这点,先生从没有向任何人透露,包括我在内,而且恐怕今后也不会透露。所以我现在向你说的事情,只是纯属推测而已。"

男人说到这里,安静地干咳一声。进到屋里之后到底过去了多少时间,我简直完全不知道。

"可是血瘤发生的时期,也就是有关一九三六年当时的状况,我们还了解得稍微详细一些。一九三二年冬天,先生因为牵涉到一件重要人物的暗杀计划而连坐被关进监狱里去。监狱生活一直持续到一九三六年的六月。监狱留有例行公事的记录和医务记录。此外他偶尔兴之所至也曾经向我们提过。这些大概综合整理起来,就是这么回事。先生进监狱以后不久,就得了高度的失眠症。而且那不只是失眠症而已。而是极危险阶段的失眠症。有时三天、四天,甚至将近一星期一觉都睡不着。当时的警察对政治犯是会不让他们睡觉,强制他们自白的噢。尤其先生因为牵连到皇道派和统制派的斗争,因此讯问特别严厉。当犯人想睡觉的时候,就泼水,用竹刀殴打,照射强光,像这样把犯人的睡眠时间切断得零零碎碎。不是死,就是发狂,或患高度的失眠症。先生被迫走上最后一条路。而失眠症完全康复是在一九三六年的春天。也就是和血瘤发生相同的时期。关于这点你怎么想?"

"极端失眠由于某种理由而阻碍了脑部的血液循环,造成了血瘤,是不是这样?"

"这是最符合常识的假设。几乎外行人也想得到,因此可能美军的医师团也想到了。可是光这样还不够。我觉得这其中还缺少一个重要的因素。我想到血瘤现象会不会只是那因素的从属物呢?因为很多人都有过血瘤,但是却没有那样的症状。而且光是那样没办法证明先生能继续活着的理由。"

男人所说的看起来似乎蛮有道理的。

"另外一点,关于血瘤还有一件奇怪的事。也就是以一九三六年春天为界线,先生可以说是完全脱胎换骨,就像变成另一个人一样。以前的先生,用简单一句话来说,是个平凡的行动右翼。生下来是北海道贫农的三男,十二岁离家出走,渡海到朝鲜去,这也不太顺利,又回到内地加入右翼团体。血气倒是很旺盛,总是挥着一把日本刀,是这样一型的人。大概连大字都没认得几个。可是一九三六年夏天,出狱之后的同时,先生在各方面都忽然一步登上右翼的最高峰。无论是掌握人心的超能力、绵密的理论性、唤起狂热反应的演说能力、政治性的预知能力、决断力,还有更重要的是能利用大众的弱点轻易鼓动社会的能力。"

男人松一口气轻轻咳一声。

"当然以一个右翼思想家来说,他的理论和世界认识是愚蠢的。不过那并不重要。问题在于他能够把它组织化到何种程度。正如希特勒把生活圈和优越民族这愚蠢的思想,组织化到国家的层次一样。不过先生并没有踏上这条道路。他所踏上的是一条暗地里的路——影之路。他并没有出现在表面,却在暗地里推动着社会。因此一九三七年他到中国大陆去了。不过,这个先不提。我们再回到血瘤的话题。我想说的是,血瘤产生的时期和他奇迹式地完成自我变革的时期,真的是互相一致的。"

"根据你的假设,"我说,"血瘤和自我变革之间没有因果关系,位置上是平行的,在那之上应该还有一个谜一样的因素存在是吗?"

"你真聪明。"男人说,"简洁而明确。"

"那么羊又跟这些有什么关联吗?"

男人从烟盒掏出第二根香烟,用指尖整理过尖端之后含在嘴里。并没有点火。"按照顺序来说。"男人说。

沉重的沉默持续了一会儿。

"我们建立了一个王国。"男人说,"强大的地下王国。我们把一切的东西都拿进来。政界、财界、大众传播、官僚组织、文化,连其他你想都想不到的东西都包括在内。连我们敌对的东西都包括在内。从权力到反权力的一切在内。其中大部分连自己被包含在内都没发现。总之是一种极为圆滑复杂的组织。而这组织是先生在战后一个人建立起来的。换句话说,先生一个人支配着所谓国家这巨大的船的船底。他只要把栓钮一拔掉,船就会沉没,而乘客在搞清楚发生什么事情之前,就一定已经沉到海里去了。"

这时他把香烟点着。

"可是这个组织也有极限。那就是国王的死。只要国王一死,王国就灭亡了。为什么呢？因为那王国是靠一个人的天才资质建立起来，维持下来的。根据我的假设，是靠那谜一样的因素建立起来，并维持到现在的。只要先生一死，一切就完了。为什么呢？因为我们的组织不是官僚组织，是以一个头脑为顶点的完全机械。我们的组织意义在这里，弱点也在这里。或者说曾经在这里。由于先生的死，组织迟早要分裂，正如被火舌吞噬的瓦尔哈拉神殿一样，沉没到凡庸的海中去。没有任何人可以继承先生的位子。组织将会分裂——正如宏伟的宫殿将崩溃，在那废墟之上会盖起国民住宅一样。一个均质和几率的世界。在这里没有所谓意志这种东西。或许你觉得这样是对的，我指分割。可是请你想一想。如果全日本只是一片平坦，没有山，没有海岸，也没有湖泊，只有一排排密密麻麻的国民住宅，你觉得对吗？"

"不知道。"我说，"这个问题本身是不是适当，我也不知道。"

"你头脑很好。"男人说着两手重叠放在膝上，并用指尖慢慢地打着拍子，"关于国民住宅的说法当然只是个比譬。如果要再说得准确一点的话，组织可以分为两个部分。一个是为了向前进的部分，一个是为了推动别人向前进的部分。虽然除此之外还有发挥各种机能的部分，但大概区分的话，我们的组织是靠这两部分成立的。其他的部分几乎没有任何意义。向前进的部分就是'意志部分'，被推动向前进的部分是'收益部分'。一般人把先生当作问题提出来的，只有这'收益部分'。另外，先生死了之后，人们会群起要求分割的，也只有这'收益部分'。没有任何人想要'意志部分'。因为没有人了解。这就是我所指的分割的意思。意志是不能被分割的。不是百分之百延续，就是百分之百消灭。"

男人的手指依然在膝盖上慢慢打着拍子。除此之外，一切的一切都和刚开始一样。无法捉摸的视线和冷冷的眼珠，无表情的端庄的脸。那张脸始终以相同的角度向着我。

"所谓'意志'是指什么？"我试着询问。

"统御空间、统御时间、统御可能性的观念。"

"我不懂。"

"当然谁也不懂。只有先生，也就是说本能地理解它。说得极端一点的话，是自我认识的否定。在这里才能够实现完全的革命。以你们容易了解的说法就是，劳动包含资本、资本包含劳动的革命。"

"听起来好像幻想一样啊。"

"相反喏。认识才是幻想呢。"男人切断了话。

"当然，我现在所说的只不过是语言而已。语言不管怎么排列出来，也无法把先生所抱持的意志形态，向你说明清楚。我的说明只不过是把我和那意志之间的关联，又以另一种语言上的关联表示出来的东西而已。认识的否定，又和语言的否定有关。当个体的认识与进化的连续性，这西欧人道主义的两大支柱丧失其意义时，语言也丧失了它的意义。存在并不是以个体存在，而是以混沌存在。所谓你的存在，并非独自的存在，而只是一团混沌而已。我的混沌是你的混沌，你的混沌也是我的混沌。存在就是沟通，沟通就是存在。"

突然房间变得非常寒冷,我的旁边好像预备了一张温暖的床似的,而有人正在引诱我上床。不过当然那是错觉。现在是九月,外面还有无数的蝉在继续叫着。

"你们六〇年代的后半所实行的,或者想实行的意识的扩大化,由于植根于个体,因此结果完全失败。换句话说,个体的质量没有改变,只有意识扩大的话,终究只有绝望。我所谓的凡庸,指的就是这个。不过不管怎么说明,你大概也不会懂。而且我也没有指望你懂。我只能努力尝试尽量坦白地说而已。"

"刚才给你的那张画,让我说明一下。"男人说,"那张画是美国陆军医院医务记录的影印。日期是一九四六年的七月二十七日。那张画是在医师要求之下,先生自己画的。作为幻觉记述作业的一环。事实上,根据这医务记录,这只羊真的是以非常高的频度,出现在先生的幻觉之中。以数字来说,大约是百分之八十,也就是每五次幻觉中,就有四次羊出现。而且不是普通的羊,是背上背负着星星的栗色的羊。

"从此之后,那刻在打火机上的羊的纹章,变成先生自己的印记,自从一九三六年以来一直用到现在。我想你也注意到了。那纹章的羊和留在医务记录上的羊的画完全一模一样。而且也和你现在所拿着的相片上的羊一样。你不觉得是一件非常有趣的事吗?"

"大概只是偶然吧。"我说。本来打算尽量说得让人听起来好像很干脆似的,不过却不怎么成功。

"还有,"男人继续说,"先生很热心地收集国内外有关羊的一切资料和情报。而且每星期一次,从日本国内出版的所有报章、杂志上找到的有关羊的记载,都花很长的时间亲自查阅。我一直帮他做这件事。先生真的非常热心。简直就像在找什么似的。自从先生卧病在床起不来之后,我还继续非常私人性地接下去做这项工作。非常有趣哟。到底会出现什么呢?这时候你跑出来了。你和你的羊。这点,怎么想,都不是偶然。"

我试着确定一下手中打火机的重量,那真的是令人觉得舒服的重量。既不太重,也不太轻。世界上就是有这么一种重量。

"为什么先生会那么热心地寻找羊,你知道吗?"

"不知道。"我说,"你去问先生不是比较快吗?"

"要是能问,我已经问了。先生这两个星期以来一直昏迷不醒。恐怕不会再醒过来了。而且如果先生一死,有关羊背上星星记号的秘密,也就永远埋葬在黑暗中了。就这样结束,我实在无法忍受。并不是为了我个人的得失,而是为了更重大的大义。"

我推开打火机的盖子,摩擦锉子点着火,然后再把盖子盖上。

"你大概觉得我现在说的事情很愚蠢。或许也是这样。真的很愚蠢。不过我希望你能了解的是,我们所剩下的东西只有这些了。先生快要死了。一个意志将要死去。而且这意志周边的一切东西也将全部死绝。然后留下来的只有能够以数字数出来的东西。除此之外什么也没留下。所以我想找到这只羊。"

他第一次闭上眼睛几秒钟。在那之间沉默不语。"我把我的假设说出来。这纯粹只是一种假设。如果你不喜欢就忘掉好了。我认为那只羊，才是先生意志的原型。"

"好像动物形的饼干一样的说法啊。"我说。男人没有理会我的话。

"很可能羊进入了先生体内。那大概是一九三六年的事吧。而且从此以后四十年以上，羊一直住在先生体内。那里面一定有草原，有白桦树林。正如照片上一样。你认为呢？"

"我觉得是非常有趣的假设。"我说。

"那是很特殊的羊。非常、特殊的、羊。我想要找出来，而这需要你帮忙。"

"找出来干什么呢？"

"不干什么。大概我什么也无能为力。那实在太大了，我能做什么呢？我只能亲眼看着自己的希望逐渐丧失而已。但如果那只羊有什么希望的话，我愿意尽我的全力。因为先生一旦死掉，我的人生就几乎没有任何意义了。"

于是他沉默下来。我也沉默不语。只有蝉还继续叫着。庭园中的树被接近黄昏的风吹动着，树叶沙沙地互相摩擦。屋子里依然悄然无声。简直就像无法防止的传染病一样，死亡的粒子飘浮在满屋子里。我试着想象先生头脑里的草原。草枯萎了，羊逃出之后，茫漠的草原。

"我再说一次，请你告诉我这张相片是从什么通路得来的。"男人说。

"我不能说。"我说。

男人叹了一口气。"我对你都坦白直说了,所以希望你也坦白告诉我。"

"我没立场说。我如果一说,也许就会为给我相片的人带来麻烦。"

"那么,"男人说,"关于跟羊有关而可能为那个人带来某种麻烦的想法,你有根据吗?"

"没有什么根据。只是有这种感觉而已。我觉得有什么不太妥当。我一面听你说,一面这样觉得。有什么不太妥当。有点像第六感似的东西。"

"所以你不能说对吗?"

"对。"我说完考虑了一下,"我对惹麻烦倒是稍有一点权威。说到给别人带来麻烦的方法,我比谁都知道得多。所以我平常尽可能避免这样的事情。不过结果因为如此,又给别人带来更多的麻烦。不管怎么转变都一样。只是明明知道都一样,却不能一开始变那样。这是原则问题。"

"我不太明白。"

"所谓凡庸,是以各种形式出现的。就是这么回事。"

我含了一根烟,用手上的打火机点着,把烟吸进去。心情稍微轻松了一点点。

"如果你不想说,不说也好。"男人说,"不过你要去把羊找出来。这是我们最后的条件。从现在开始的两个月之内,如果你能把羊找出来,你想要多少报酬我们都会照付。如果找不到的话,你的公司和你都完了。这样行吗?"

"我没有选择余地吧。"我说,"可是如果一切都是一个错误,根本就没有背上有星星记号的羊存在呢?"

"结果也一样啊。对你也好,对我也好,不是找到羊,就是找不到羊。没有中间。虽然我也觉得抱歉,不过总之就像刚才说过的一样,你的赌注已经提高了。既然抱起球了,只能往终点跑。就算没有终点,也得往前跑啊。"

"原来如此。"我说。

男人从上衣口袋掏出一个厚厚的信封放在我前面。"把这当经费来用吧。如果不够再打电话来。我会立刻追加。有什么疑问吗?"

"没有疑问,但有感想。"

"什么感想?"

"这整件事虽然听来都是令人难以相信地愚蠢,不过从你嘴里说出来,好像真的有那么回事似的,我想今天这件事要是由我说出去,一定没有人肯相信。"

男人只是稍稍歪了一下嘴唇。看起来不能说是不像在笑。"明天就要开始行动了啊。刚才已经说过从今天开始两个月噢。"

"这是很难的工作呢。两个月说不定没办法完成。毕竟那是要在广大的土地上寻找一只羊啊。"

男人什么也没说,只是一直盯着我的脸。我被他一盯,竟然觉得自己好像变成一个空空的游泳池一样。肮脏的、有裂痕的、明年能不能用还不知道的、空空的游泳池。男人足足有三十秒钟一直没眨一次眼地盯着我的脸。然后慢慢开口。

"你该动身了。"男人说。

确实似乎是这样。

3 汽车和司机（2）

"您要回公司吗？或者要上什么地方？"司机问我。和去的时候同一位司机，不过比去的时候稍微殷勤了一点。大概个性上容易和人熟悉的吧。

我先在座位上尽量把手脚舒服地伸展好之后，开始考虑该到什么地方去。不打算回公司。一想到要对搭档说明这个那个的头就痛——到底该怎么说明才好呢？——而且首先我现在还在休假中呢。可是也不想直接回家。总觉得，在回家之前，最好能先看一看正常的人以两只脚正常地走着的正常的世界比较好一点。

"到新宿西口。"我说。

也因为已经接近黄昏的关系，朝新宿方向的道路非常阻塞。过了某一点之后，车子就像抛锚了似的，几乎动也不动。感觉上好像偶尔被波浪摇动一下，车子才移动几公分。我暂时试着思考一下有关地球的自转速度。到底这道路的表面,以时速多少公里在宇宙空间旋转着呢?我在脑子里迅速计算了一下,试着得出一个概数来,然而那是不是比游乐场的咖啡杯快呢?不清楚。我们不太清楚的事情有好多。只不过觉得好像清楚似的而已。如果太空人来到我前面,问我说:"喂!赤道是以时速几公里在旋转的?"我会非常伤脑筋。我想我大概连为什么星期二的后面来的是星期三,都无法说明吧,他们大概会笑我吧?《卡拉马佐夫兄弟》和《静静的顿河》我都各读了三遍。连《德意志意识形态》也读了一遍。圆周率我可以背到小数点以下十六位。就算这样,他们还是会笑我吧?大概会笑吧?会笑死吧?

"要不要听音乐呀?"司机问。

"好啊。"我说。

于是肖邦的《叙事曲》在车内响起。气氛变得好像是结婚礼堂的候客室一样。

"先生。"我试着问司机,"你知道圆周率吗?"

"你是指3.14那玩意儿吗?"

"嗯,不过小数点以下你能说到几位?"

"我知道到三十二位。"司机若无其事地说,"再过去就不太行了。"

"三十二位?"

"对,我有一个特别的记法。怎么呢?"

"不,没关系。"我很失望地说,"没什么。"

然后我们听了一会儿肖邦,车子向前进了十米左右。周围车子的驾驶员和巴士的乘客,睁大眼睛张望着我们所乘的怪物似的车子。即使明明知道窗户是由特殊玻璃做的,从外面看不到里面,可是被别人这样盯着看,到底并不怎么舒服。

"交通好堵啊。"我说。

"是啊。"司机说,"不过就像没有不天亮的黑夜一样,也没有不结束的交通堵塞。"

"那倒是。"我说,"可是你不会着急吗?"

"当然会,也会生气、不愉快。尤其赶时间的时候,总是难免。不过我后来想,这都是对我们的一种考验,也就是说,生气等于自己认输了。"

"听起来相当宗教性的交通堵塞的解释方式。"

"我是基督徒。虽然没上教会,不过一直是个基督徒。"

"哦?"我点点头,"可是基督徒和右翼大人物的司机,不会互相矛盾吗?"

"先生是很了不起的人。他是我所遇见过的人里面仅次于神的伟大人物。"

"你曾经见过神吗?"

"当然。每天晚上都打电话。"

"可是,"说出之后我稍微犹豫了一下,头脑又开始混乱起来,"可是,如果大家都打电话给神的话,那么线路会不会太拥挤,老是占线呢?例如中午过后的查号台那样。"

"这倒不必担心。神是同时性的存在。所以每次就算有一百万人打电话,神都可以同时和一百万人讲话。"

"我是不太清楚,不过这是正统的解释方式吗? 也就是怎么说呢,神学上的说法?"

"我是激进派。所以跟教会合不来。"

"哦?"我说。

车子只前进了大约五十米。我含着一根香烟,正打算点火时,才开始注意到自己手上一直紧紧握着打火机。是那个男人交给我的,有羊的图纹的都彭打火机,我竟然不知不觉中一直握在手里。那银制的打火机,就像生来就一直在那儿了似的,服服帖帖地粘在我的手掌里。无论重量也好,触感也好,都完全无可挑剔。我考虑了一会儿,最后决定还是把它就这样留下来。我想他们掉一两个打火机,谁也不会在乎吧。我把盖子反复掀开、关起了两三次,然后点着香烟。把那打火机放进口袋。并把用完就丢的比克牌打火机当作代替品丢进车门的袋槽里去。

"好几年前先生告诉我的。"司机突然说。

"什么?"

"神的电话号码。"

我刻意不让他听见地叹了一口气。我是不是发疯了? 还是他们发疯了?

"他只悄悄告诉你吗?"

"是的。他只悄悄告诉我。他是个了不起的人。你也想知道吗?"

"可能的话。"我说。

"那么我说,东京,945之……"

"等一下。"我说着把手册和圆珠笔掏出来,然后把那号码记下。

"不过,你告诉我会不会有关系呢?"

"没关系。我是不随便告诉别人的,不过我看你像是个好人。"

"那就谢了。"我说,"不过跟神到底该说些什么呢?何况我又不是基督徒。"

"我想那不是什么大问题。你只要把自己正在想的事情、正在烦恼的事情,老实说出来就可以了。不管多无聊的事,神都不会觉得无趣或看不起你。"

"谢谢。我会试着打打看。"

"那就好。"司机说。

车子流畅地滑行起来。开始看得见要去的新宿的大厦了。我们一直到新宿都没再说什么。

4 夏天的结束和秋天的开始

车子到达目的地时,街上已经被一层淡淡的蓝色所覆盖。告知夏天已结束的一阵凉风滑过大厦之间,吹动着下班正要回家的女孩子们的裙摆。她们的高跟凉鞋发出咯吱咯吱的声音,敲响着路面的地砖。

我上到高层大饭店的最顶楼,走进宽阔的酒吧,点了喜力啤酒。啤酒等了十分钟才出来。在那之间,我在椅子的把手上支颐闭目养神。什么也想不起来。眼睛一闭上,就好像有几百个小矮人在我脑子里扫地似的发出声音。他们一直不停地继续扫着。竟然谁也没想到要用畚箕。

啤酒送来之后,我用两口就把它喝光。并把随着送来的小碟子里的花生也全部吃光。不再听到扫把的声音了。我走进收银柜台旁的一个公共电话亭里,试着打电话给耳朵很漂亮的女朋友。她既不在她家,也不在我家。大概到什么地方吃饭去了。她是绝对不会在家里吃饭的。

然后我又试着拨了已经分手的妻子的新公寓电话号码,铃声响了两次,我又改变心意把听筒放下。想想并没什么特别的话可说,而且也不愿意被认为是少一根筋的人。

除此之外,也没什么人可打了。在一千万人团团转着的都市里,能够打电话的人竟然只有两个。而不巧的是其中的一个还是已经离婚的太太。我打消念头,把十圆硬币放回口袋,走出电话亭。并向正要走过的服务生点了两瓶喜力。

就这样一天过去了。觉得这一辈子好像没有比这一天更无意义的。夏天的最后一天,应该是更有意思一点才对呀。然而这一天却在被拉得团团转,被推来推去之下度过了。窗外冷落初秋的阴暗正在扩展开来。地上黄色的小街灯一直串联到远处。从上面眺望出去,看来确实好像正在等着被踏碎似的。

啤酒来了。我把第一瓶喝光之后,把两碟花生全部放在手掌上,按照顺序吃起来。隔壁桌上四个从游泳教室下课回来的中年女人，正一面谈着什么，一面喝着色彩鲜艳的热带鸡尾酒。服务生保持直立不动的姿势，只转过脖子打呵欠。另一个服务生正在向一对美国中年夫妇说明菜单。我把花生全部吃完，喝干第三瓶啤酒。喝完第三瓶啤酒之后，已经没有任何事情可做了。

我从李维斯牛仔裤背后的口袋掏出信封，撕开封口，一张张数起整把万圆大钞。那用纸带圈起来的新钞票，看起来与其说是钞票，不如说更像是扑克牌。只数到一半，手就开始扎扎地刺痛起来。数到九十六时，一位年纪比较大的服务生来把空瓶子收下，问道要不要再来一瓶。我一面数着钞票，一面默默点头。他对于我正在数着钞票的事，看来似乎完全漠不关心。

一百五十张数完之后放回信封，塞回背后的裤袋时，新的啤酒送来了。我又吃了一碟花生。吃完之后，试着想怎么这么能吃呢？答案只有一个。肚子饿了。想起从早上吃过一片水果蛋糕到现在什么也没吃。

我叫服务生把菜单拿来看。没有煎蛋卷，不过有三明治。于是点了起司黄瓜三明治。问配餐有什么，有炸薯条和酸黄瓜。我取消炸薯条，要了两倍的酸黄瓜。顺便试着问他有没有指甲刀。不用说当然有指甲刀。饭店的酒吧实在什么都有。我有一次还向饭店的酒吧借过《法日辞典》呢。

慢慢喝着啤酒，慢慢望着夜景，慢慢在烟灰缸上剪指甲，再看一次夜景，再用锉刀磨磨指甲。就这样夜渐渐深了。我对于如何在都会中打发时间,已经逐渐达到一个专家的领域了。

埋在天花板里的扩音机正在唤着我的名字。那刚开始听来并不像是我的名字。播完数秒钟之后,我的名字才一点一点地开始附上我的名字固有的性格,终于在我的头脑里变成纯粹是我的名字。

我举手示意之后,服务生便把无线电话拿到我桌上来。

"预定稍微有点变更。"曾经听过的声音,"先生身体状况突然恶化。已经没有多余的时间了。所以你的时限也要往前挪。"

"多少?"

"一个月。不能再多等了。如果一个月还找不到羊,你就完了。你再也没有地方可以回去了。"

一个月,我试着在脑子里想了一想。然而我脑子里的时间观念已经无可挽回地乱成一团。一个月或两个月似乎并没有什么差别。本来要找一头羊,一般需要花多少时间,就没有什么基准,所以没办法。

"你倒真会找这地方啊。"我试着说。

"我们大概对什么事都知道。"男人说。

"除了羊在什么地方之外啊。"我说。

"对。"男人说,"总之,动身吧。你太会浪费时间了。最好多考虑一下自己的处境。因为把你逼到这地步的也是你自己哟。"

确实如他所说的。我用信封里的第一张万圆钞票付了账,搭电梯下到一楼。地上依然还有那些正常人用正常的两只脚在走着,然而眼看着这样的光景,心情却轻松不起来。

第六章 寻羊冒险记 II

5 $\frac{1}{5000}$

回到家,信箱里有三封信和晚报塞在一起。一封是银行寄来的余额通知,一封是怎么看都无聊的宴会请柬,一封是中古车中心的广告信函。写的是换买高一级的车,人生就会光明几分之类意思的文章。真是多管闲事。我把三封信叠在一起,从中央撕破,丢进纸屑篓里。

从冰箱拿出果汁倒进玻璃杯,坐在厨房的桌上喝。餐桌上放着女朋友的留言条。写着出去吃东西,九点半以前回来。桌上的数字钟显示现在的时刻是九点半。持续地看了一会儿那钟,数字变成31,再过一会儿变成32。

时钟看腻之后,我脱掉衣服去洗澡,洗头。浴室里有四种洗发精和三种润丝精。因为她每次去超级市场,就会买点什么新的杂货进来。每次进浴室一定有什么东西增加。试着数了一下,有四种刮胡膏、五支牙膏。按照顺序互相组合起来的话,数目就非常可观了。走出浴室,换上慢跑短裤和T恤之后,好像紧紧缠在身上的不愉快,终于完全消失了。

十点二十分,她提着超级市场的纸袋回来。她每次都半夜去超级市场。纸袋里有三根打扫用的刷子和一盒回形针和冰得很透的罐头啤酒六罐装。我决定再来喝啤酒。

"是有关羊的事。"我说。

"我就说嘛。"她说。

从冰箱拿出香肠罐头,用炒锅炒热吃。我吃了三根,她吃了两根。凉快的夜风从厨房窗户吹进来。

我谈起公司发生的事、车子的事、大宅子的事、奇怪的秘书的事、血瘤的事、背上有星星烙印的圆嘟嘟的羊的事。话题相当长,说完时,时钟已经指着十一点。

"就是这么回事。"我说。

我说完之后,她看来也并没有什么特别惊讶的样子。正在听的时候,一面听一面一直在清洁她的耳朵,打了几次呵欠。

"那么什么时候出发?"

"出发?"

"不是要去找羊吗?"

我手指正伸进第二罐啤酒罐的拉环,抬头望她。

"哪里也不去呀。"我说。

"可是不去不是会很为难吗?"

"没什么为难的啊。公司我反正就打算要辞职了,不管谁来阻止,找一份可以糊口的工作并不难。总不至于要我的命吧。"

她从盒子里拿出新的棉花棒,用手指玩弄了一会儿。"不过事情不是很简单吗?总之只要找出一头羊就行了,对吗?蛮有意思的啊。"

"找不到的。北海道比你所想象的还要大,而且羊总有几万头啊。

从那里面怎么去找出一头羊来呢？不可能的。就算那羊的背上有个星星的记号也难哪。"

"是五千头。"

"五千头？"

"北海道羊的数目啊。昭和二十二年虽然曾经有过二十七万头，不过现在只有五千头噢。"

"你怎么知道这些的？"

"你出去以后，我到图书馆查的。"

我叹了一口气。"你什么都知道噢。"

"也没有。不知道的事才更多呢。"

"嗯。"我说。于是我拉开第二罐啤酒，在她的玻璃杯和我的玻璃杯里各倒一半。

"总而言之，现在北海道只有五千头羊。根据政府的统计资料。怎么样？这样是不是轻松一点了？"

"一样啊。"我说，"五千头或二十七万头，没什么不一样。问题在于要从广大的土地上找出一头羊来呀。而且毫无线索可循。"

"不能说毫无线索啊。首先有相片，其次还有你的朋友啊，我想一定可以从什么通路掌握到一些什么的。"

"这些都是很模糊的线索啊。相片上的风景是到处可见的，老鼠方面信上连邮戳都不清楚。"

她喝着啤酒，我也喝着啤酒。

"讨厌羊吗？"她问。

"羊我喜欢哪。"我说。

头脑又有点混乱起来。

"不过不去，我已经决定了。"我说。我是打算说给自己听的，可是不怎么灵光。

"要不要喝咖啡？"

"好啊。"我说。

她把啤酒空罐头和玻璃杯收下，用水壶烧起开水。水沸腾之前，她在隔壁房间听卡带。约翰尼·里弗斯继续唱着《Midnight Special》和《Roll Over Beethoven》。然后变成《Secret Agent Man》。水沸腾之后，她一面泡着咖啡，一面随着录音带唱《Johnny B. Goode》。在那之间，我一直看着晚报。非常家庭式的风景。如果没有羊的问题，应该觉得很幸福的。

一直到录音带放完发出咔嚓一声为止，我们沉默地喝着咖啡，咬了几片薄饼干。我继续看着晚报。没地方可看之后，又把一样的地方再看了两遍。政变发生、电影明星死掉、有猫会耍特技，全都是些跟我没关系的事件。在那之间约翰尼·里弗斯继续唱着摇滚老歌。录音带播完之后，我把报纸叠起来，看看她。

"我还是不很清楚。不过我觉得好像与其什么也不做，倒不如去到处找羊，就算最后依然找不到也好。可是另一方面，我又不愿意被人家命令着、逼迫着、指使着去做一件事情。"

"不过每个人或多或少都是被命令着、逼迫着、指使着过日子的啊。而且有时候可能连个要找的东西都没有呢。"

"也许吧。"过一会儿之后我说。

她默默继续清洁她的耳朵。偶尔从头发之间露出一点圆圆柔柔的耳垂。

"这时候的北海道很棒噢。观光客又少,天气又好,羊全都到外面来了呢,这是很好的季节哟。"

"应该是吧。"

"如果——"她说着咬了一口最后一片饼干,"如果你带我一起去的话,我想我一定可以帮你一些忙噢。"

"你怎么对找羊这么在意呢?"

"因为我也想看看那头羊啊。"

"很可能费尽千辛万苦找到的只是一头很不怎么样的羊噢。而且连你也会被连累得很惨。"

"没关系。你很惨也就是我很惨哪。"然后她微笑起来,"因为我非常喜欢你。"

"谢谢。"我说。

"这样而已?"

我把晚报叠起来推到桌子边去。从窗外吹进来的和风把香烟的烟吹散。

"说真的,这件事我总觉得不喜欢。好像有什么地方不对劲。"

"什么地方？"

"从头到尾呀。"我说，"整件事情就很荒唐，可是细节的地方却又一清二楚，而且偏偏都很吻合。令人觉得不舒服。"

她什么也没说，只拿起桌上的橡皮圈在手指上绕着玩。

"还有如果找到羊之后，又会怎么样呢？如果那头羊真的像那个男人说的一样特殊的话，我也许会因为找到羊，而被卷进更严重的麻烦里也说不定。"

"可是你的朋友不是已经被卷进这严重的麻烦里了吗？因为要不是这样的话，那张照片也不会特地寄给你呀。"

正如她所说的。我把手上的牌全部摊在桌上，而这些牌全部都输给了对方。我的底牌好像全都被看透了。

"好像不去也不行了啊。"我放弃地说。

她微笑着。"这样一定对你也比较好。我想一定可以顺利找到羊的。"

她弄完耳朵，用卫生纸把一堆棉花棒卷起来丢掉。然后拿起橡皮圈，把头发绑在脑后，露出耳朵。屋子里的空气好像完全换过了一样。

"睡觉吧。"她说。

6　星期日下午的野餐

醒过来时是早上九点。床上身边已经看不到她的影子。大概出去买早餐了,或者就这样回她自己住的地方去了也说不定。没留下字条。洗手间晾着她的手帕和内衣。

我从冰箱拿出橘子汁来喝,把三天前的面包放进烤面包机里。面包味道像墙壁的泥土一样。从厨房窗子可以看见邻家院子里的夹竹桃。有人在远处练习弹钢琴。好像在往上行的电扶梯上往下走的那种弹法。三只圆圆胖胖的鸽子停在电线杆上无意义地继续鸣叫着。不,或许鸽子的叫声是含有什么意思的也说不定。也许脚上的水泡痛,因此叫个不停也说不定。从鸽子看来,没意义的恐怕是我这边也说不定。

两片吐司塞进喉咙深处时,鸽子的影子也消失了,留下的只有电线杆和夹竹桃而已。总之是星期天早晨。报上的星期日版上刊登着正在跳越栅栏的马的相片。马上骑着一个戴黑帽子脸色很坏的骑师,正以讨厌的眼光一直瞪着旁边那一页。旁边那页洋洋洒洒地写着兰的栽培法。兰有数百种类,各种不同的兰有各种不同的历史。某一个国家的王侯为了兰而丧失性命。兰有某种令人想起命运的地方,报导如此写着。任何东西都有哲学,有命运。

不管怎么样,因为已经决心去寻找羊了,所以心情变得好愉快。感觉好像连手指尖都传遍了活力似的。自从过了二十岁这分水岭之后,还是头一次有这样的心情。我把餐具放进水槽,给猫放过早餐之后,便拨了穿黑衣服的男人的电话号码。响了六次之后,男人来接。

"希望没把你吵醒。"我说。

"不用担心,我早上都很早。"男人说,"怎么了?"

"你看什么报?"

"全国性报纸的全部和地方报八种。不过地方报都要到傍晚才到。"

"这些全部都看吗?"

"因为这是工作的一部分。"男人很有耐性地说,"怎么样呢?"

"周日版也看吗?"

"周日版也看。"男人说。

"今天早上的周日版,你看见马的相片没?"

"马的相片看了啊。"男人说。

"你不觉得马和骑师好像在想着完全不同的事吗?"

透过电话听筒,一阵沉默,像新月一般悄悄潜入屋里来。连呼吸声都丝毫听不见。令耳朵都要疼起来的完全的沉默。

"这就是你要提到的事情吗?"男人说。

"不,只是闲聊而已。有一点共通的话题总是好的吧?"

"说到我们的共通话题,应该是别件。例如羊的问题。"干咳。"抱歉,我没有你那么空闲,有事请长话短说好吗?"

"问题就在这里呀。"我说,"简单地说,我想明天去找羊。虽然犹豫了很久,最后还是决定去。不过我想既然要做,就要依照我的步调做。说话的时候,也希望能依照自己喜欢的方式说,我也有闲聊的权利。希望行动不要被一一监视,我不愿意被连名字都不知道的人指使来指使去的。就这么回事。"

"你对自己所处的立场有误解。"

"你对我所处的立场也有误解。请你听清楚,我已经足足考虑了一个晚上,然后我发现,我能够失去的和烦恼的事几乎没有。跟太太已经分手了,工作打算今天就辞掉,房子是租来的,家具也没什么像样的,至于说到财产,也只不过存款二百万和中古车一部,还有一只上了年纪的雄猫而已。衣服全部是退流行的,手头的唱片大多也像古董品一样了。既没有名望,没有社会信誉,也没有性魅力。既没有才华,也不怎么年轻。经常都会说一些无谓的话,事后却很后悔。总之,借用你的表达方式的话,是个凡庸的人。除了这些之外,我还有什么可丧失的吗?如果有,请告诉我。"

沉默继续了一会儿,在那之间,我把衬衫上粘着的线头拂掉,用圆珠笔在便条纸上画了十三个星星图案。

"任何人总有一件或两件不想失去的东西,你也一样。"男人说,"我们在找出这样的东西方面是专业的。人类必然拥有介于欲望和尊严的中间点之类的东西。就像所有的物体都有重心一样。我们能够找出这个来。这一点现在的你也知道。而且,那是要丧失之后,才会发现原来它曾经存在。"短暂的沉默。"不过,那是很久以后才会出现的问题。在目前这个阶段,你的演说的主旨我并不是不了解。你的要求我也可以接受。不会做多余的干涉。只要按照你喜欢的方式去做就好了。一个月之内,这样可以了吧?"

"可以。"我说。

"那么再见。"男人说。

于是电话挂断了。余味不佳的电话挂断方式。我为了消除不佳的余味，做了三十次俯卧撑和二十次仰卧起坐才去洗餐具，之后又洗了三天份的衣服。这样心情总算几乎恢复原来的样子了。很舒服的九月的星期天，夏天已经变得像想不太起来的古老记忆一样，不知消失到哪里去了。

我穿上新衬衫，穿上没有沾过番茄酱的李维斯牛仔裤，穿上左右颜色一致的袜子，用发刷梳齐头发。虽然如此，十七岁时所感觉过的星期天早晨的气氛却并没有回来。这是理所当然的。不管什么人说了什么，我的年龄总是继续在增加。

然后我从公寓停车场把即将报废的大众车开出来，到超级市场去，买了一打猫食罐头和猫上厕所用的砂，旅行用刮胡套装和内衣，然后到甜甜圈店柜台坐下，喝了几乎没味道的咖啡，啃了一个肉桂甜甜圈。柜台正面的墙壁是一面镜子，那上面映照着正在啃甜甜圈的我的脸。我手上还拿着甜甜圈，就那样我看了一下自己的脸。并且试着想想别人是怎么看我的脸的。可是我当然不知道别人是怎么看的。我吃完剩下的甜甜圈喝光咖啡之后，走出商店。

车站前面有一家旅行社，于是我在那里订了两张第二天前往札幌的机票。然后走进站前大厦，买了帆布旅行袋和雨帽。每次都是从放在口袋里的信封抽出硬挺挺的一万圆新钞来付账，可是怎么花，那沓钞票看来都丝毫没有减少的样子。只觉得自己倒好像已经磨损了几分。世上居然有这样的钱存在。光是身上带着它就令人生气，用起来则心情惨淡，用完的时候会觉得厌恶起自己来。厌恶自己之后就会想花钱。可是那时已经没钱，无可救药了。

我坐在车站前面的长椅上,抽了两根烟,不再想钱的事。星期天早晨的车站前面,充满了携家带眷的人和年轻情侣,恍惚地望着那光景时,忽然想起妻子在临分手时,说过或许应该生个孩子的话。确实以我的年龄有几个孩子也不奇怪。可是一想象为人父亲的自己时,不知道为什么总是教人灰心。觉得如果我是小孩的话,一定不会希望做个像我这种父亲的孩子吧。

我两只手依然抱着购物袋,又抽了一根烟。然后离开拥挤的人潮,走到超级市场停车场把东西丢进停在那里的车子后座。接着到加油站,让他们帮我加油和换机油时,我到附近书店买了三本文库本的书。就这样一万圆又消失了两张。口袋里塞满了皱巴巴的零钱。回公寓后,把零钱全部倒进放在厨房的玻璃钵里,用冷水洗过脸。从早上起床开始好像已经过了漫长的时间,看看时钟却离十二点还有一段。

下午三点女朋友回来了。她穿着格子衬衫、黄芥末色棉长裤,戴着看起来令人头痛的那种颜色深浓的太阳眼镜,从肩上放下一个和我的差不多一样大的帆布单肩包。

"我去准备旅行用品。"她说着拍拍手上圆嘟嘟的袋子,"会是很长的旅行对吗?"

"大概吧。"

她还戴着太阳眼镜,就在窗边的旧沙发躺下,一面望着天花板,一面抽薄荷烟。我拿了烟灰缸在旁边坐下,抚摸着她的头发。猫走来跳上沙发，前脚和下颚趴在她的脚跟。她抽够了烟之后，把烟塞进我唇间，打了呵欠。

"要去旅行高兴吗？"我试着问她。

"嗯，非常高兴。尤其是可以跟你一起去。"

"可是，如果找不到羊，我们就会无家可归哟。也许落得一辈子都要旅行也说不定。"

"像你的朋友一样？"

"是啊。我们在某种意义上是很相像的，不一样的地方在于他是自顾自逃走的，而我却是被赶走的。"

我把香烟在烟灰缸揉熄。猫抬起头打了一个大呵欠，然后又恢复原来的姿势。

"你的旅行都准备妥当了吗？"她问。

"不，才要开始，不过要带的东西不会多。大概只有换洗衣服和盥洗用具吧。你也不用抱那么一大包行李。需要的东西可以在那边买，钱多的是。"

"我喜欢哪。"她说着咯咯笑起来，"不带大包行李，感觉就不像在旅行啊。"

"会这样吗？"

从敞开的窗子，可以听见尖锐的鸟叫声。是没听过的叫声。新的季节新来的鸟。我用手掌承受着从窗外射进来的午后的光，再轻轻把手贴在她的颊上。维持这样的姿势有相当长的时间，我恍惚地望着白云从窗的一边往另一边移动。

"怎么了?"她问。

"这种说法也许很奇怪,不过总觉得现在不是现在。所谓我是我这回事,也不太对劲。还有这里是这里也一样。我常常这样感觉。很久很久以后,才好不容易连得起来。这十年间,一直都这样。"

"为什么是十年呢?"

"因为没有止境。如此而已。"

她笑着抱起猫,轻轻放在地板上。"抱我。"

我们在沙发上拥抱。从旧家具店买来的年代久远的沙发,把脸靠近那布料时就有一股古老时代的气味。她柔软的身体和那气味融在一起。就像模糊的记忆一样温柔而暖和。我用手指轻轻拨开她的头发,嘴唇吻着她的耳朵。世界轻微地震动。小小的,真的是小小的世界。在那里时间像微风一样流逝着。

我把她衬衫的扣子全部解开,手心放在她的乳房下,就那样望着她的身体。

"简直像活着一样对吗?"她说。

"你吗?"

"嗯,我的身体和我自己。"

"是啊。"我说,"确实像是活着一样。"

真是安静,我想。周遭已经没有任何声响。除了我们之外的人,都为了庆祝秋天第一个星期天而不知道去哪里了。

"嘿,我好喜欢这样。"她小声呢喃着。

"嗯。"

"好像,好像来到这里野餐一样。好舒服噢。"

"野餐?"

"是啊。"

我把两只手绕到她背后,紧紧抱住她。然后用嘴唇把额头前面的头发拂开,再一次亲吻她的耳朵。

"十年很长吗?"她在我耳边轻轻问。

"是啊。"我说,"好像觉得非常长。非常长,而且没完没了。"

她搭在沙发扶手上的头稍稍抬起来微笑着。好像在哪里看过似的笑法,可是却想不起来是在哪里或是什么人。脱掉衣服之后的女孩子们几近可怕地拥有一些共通部分,而那些总是令我变得很混乱。

"去找羊吧。"她闭着眼睛这么说,"只要能够找到羊,很多事情就会变得顺利的。"

我看着她的脸好一会儿,然后看她两个耳朵。柔和的午后光线,轻轻包住她那像古老静物画一般的身体。

7 被限定的执拗想法

到了六点,她把衣服穿整齐,在浴室镜子前把头发梳好,身上喷了喷雾式香水,刷了牙。在那之间,我坐在沙发,看着《福尔摩斯探案》。故事是以"我的朋友华生的想法,虽然被限定在狭小的范围内,却具有极为执拗的地方"这样的句子开始的。相当漂亮的开场白。

"今天晚上我会晚一点回来,你先睡噢。"她说。

"工作吗?"

"对。本来是休假的,可是没办法。因为明天开始要一直休假,所以提前了。"

她出去以后,过一会儿门又开了。

"嗨,去旅行的时候,猫怎么办?"她说。

"你不提我倒完全忘了。不过,我会安排。"

于是门又关上。

我从冰箱拿出牛奶和起司棒给猫吃。猫一副很难吃的样子吃了起司。它牙齿都衰退了。

冰箱里没一样东西是我可以吃的,因此没办法只好一面看电视新闻,一面喝啤酒。是个没有像新闻的新闻的星期天,这样的日子傍晚的新闻大多会有动物园的风景出现。看过一巡长颈鹿、象和猫熊之后,我把电视关掉,拨了电话。

"是有关猫的事。"我对男人说。

"猫?"

"我养了猫啊。"

"那怎么样?"

"不把猫托人照顾,就不能去旅行啊。"

"你们那边不是有很多宠物寄宿店吗?"

"年老体衰了啊。要是在笼子里关上一个月是会死掉的。"

听得见指甲咯吱咯吱敲着桌面的声音。"那你要我怎么样?"

"我想寄养在你们家。你们家庭园很大,总有空余的地方可以寄养一只猫吧?"

"不行啊。先生讨厌猫。庭园还特地让鸟进来。如果猫进来,鸟就不敢靠近了。"

"先生已经意识不清了,而且也不是一只聪明到会捉鸟的猫。"

指尖在桌上敲了几次,然后停下。"好吧。明天早上十点我让司机来带猫。"

"我会准备猫食和厕所用的猫砂。还有猫食它只吃固定牌子的,所以如果吃完了,请买一样的。"

"细节可不可以直接跟司机说?我想我说过了,我没时间。"

"我只是希望我们之间只有一个沟通窗口,也为了弄清楚责任所在。"

"责任?"

"也就是说,我不在的时候,如果猫丢了或死了,即使我找到羊,也不会告诉你任何事。"

"嗯。"男人说,"好吧。虽然有点出乎意料,不过以你一个业余者来说,倒是做得相当好。我来记下,你慢慢说吧。"

"请不要给它吃肥肉,因为它会全部吐出来。它牙齿不好,所以硬的东西也不行。早上一瓶牛奶和罐头猫食,傍晚一把小鱼干和肉或起司棒。厕所用的猫砂要每天换新的,它讨厌脏。常常会拉肚子,如果连续两天还不好的话,要到兽医那里去拿药给它吃。"

我只说到这里,就侧耳静听电话听筒那边男人用圆珠笔写的声音。

"然后呢?"男人说。

"耳朵正在长虱子,请每天用沾了橄榄油的棉花棒清理一次。虽然它会凶暴地抗拒,不过要小心不要弄破鼓膜,还有如果你担心它会抓伤家具的话,请每星期帮它剪一次指甲。用普遍的指甲剪就行了。我想应该是没有跳蚤,不过为了慎重起见,还是常常用除跳蚤的洗发精洗一洗。洗发精只要宠物店就有得卖。猫洗过之后要用毛巾好好擦干,要帮它梳毛,最后用吹风机吹一吹,要不然它会感冒。"

沙啦沙啦沙啦写着。"其他呢?"

"差不多就这样。"

男人把记录下的事项在电话上复诵一遍,记得很详细。

"这样行了吧?"

"很好。"

"那么再见。"男人说。然后电话挂了。

周遭已经完全暗下来。我把零钱、香烟和打火机塞进裤袋。穿上网球鞋走出门。然后走到常去的附近一家餐厅,点了炸鸡排和面包卷,在送来之前,一面听约翰逊兄弟的新唱片,一面喝啤酒。约翰逊兄弟放完之后，唱片换成比尔·威瑟斯，我一面听比尔·威瑟斯，一面吃炸鸡排。然后一面听梅纳·佛格森的《星球大战》，一面喝咖啡。不太有吃过东西的感觉。

咖啡杯收走之后，我到粉红色电话前丢了三个十圆硬币，拨了搭档家的电话号码。念小学的大儿子来接电话。

"下午好。"我说。

"晚上好。"他纠正道。我看看手表，是他对。

过一会儿搭档出来了。

"怎么样了？"他问。

"现在方便说话吗？是不是正在吃饭？"

"是正在吃饭，不过没关系。反正也不是什么了不起的大餐，而且你那边的事可能比较有意思。"

我把穿黑衣服的男人的谈话概略说一遍。大汽车、大宅子、快要死的老人，这些事情，关于羊则没提。因为我想说了他也不会相信，而且要说也太长了。因此我所说的事情自然变得听起来莫名其妙了。

"我完全听不懂。"搭档说。

"因为这事情不能讲。讲出来会给你带来麻烦。总之，你有家……"我一面说，一面想起他贷款没付清的4LDK（四房一厅带餐厅兼厨房）高级大厦住宅，他低血压的太太和两个人小鬼大的儿子，"反正就是这样。"

"原来如此。"

"总之,我明天开始必须去旅行。我想会是一趟很长的旅行。一个月、两个月或三个月,多长我也不太清楚。也许从此就不回东京也说不定。"

"哦?"

"所以公司的事情希望你承担下来。我要退出不做了。因为不想带给你麻烦。工作大致上都告一段落,而且说是共同经营,其实重要的部分都是你在处理,我好像一半在玩似的。"

"不过你不在的话,现场的很多细节我都不清楚啊。"

"把战线缩小一点吧。也就是恢复以前的样子。把广告和编辑工作全都取消,恢复以前的纯翻译事务所。你上次也好像说过,只要留下一个女孩子,把其他打工的都辞掉。已经不需要了,只要付给他们两个月薪水和遣散费,大概没有人会抱怨吧。办公室也可以搬到小一点的地方。收入虽然可能会减少,不过支出也减少了,我不在的份,你就可以多拿一些,所以对你并没有太大的改变。税金还有你所说的压榨之类的也会大大减少。这样更适合你呀。"

搭档默默考虑了一会儿。

"不行啊。"他说,"一定没那么顺利。"

我把香烟含在嘴上,找打火机,在找着的时候,女服务生已经帮我用火柴点着了。

"没问题的。我一直都跟你一起做,我说没问题就没问题。"

"因为是跟你一起才做得成。"他说,"到现在为止,我一个人做,从来没有做好过。"

"唉呀,我又没有叫你扩大营业对吗? 我叫你缩小啊。回到以前做的产业革命以前的翻译手工业呀。只要你一个人和一个女孩子,翻译底稿可以外包给五六个工读生,再请两个专家审核,没有做不好的道理吧。"

"你对我不够了解呀。"

十圆硬币咔当一声落下。我又塞了三个硬币进去。

"我跟你不一样。"他说,"你可以一个人做。可是我不行。没有人嘀咕,没有人商量,我就没办法前进哪。"

我把听筒压着叹了一口气,还在原地绕圈子。黑山羊把白山羊的信吃掉,白山羊又把黑山羊的信吃掉……

"喂!"他说。

"我在听啊。"我说。

电话那一头听得见两个孩子正在吵架,争着转电视频道的声音。

"你想一想孩子啊。"我试着说,虽然不是很公平的展开方式,可是也没有其他办法,"你不能认输啊,你要是觉得自己不行的话,那么大家都完了。对这世界如果有怨言的话,干吗生什么孩子? 好好工作,别喝酒啦。"

他沉默了好长一阵子。女服务生帮我拿烟灰缸来。我打手势点了啤酒。

"确实你说得没错。"他说,"我会试做做看。虽然对于是不是能做好没什么自信。"

"会做好的。六年前,没钱没人际关系,不也做起来了吗?"

我把啤酒倒进玻璃杯,喝一口之后这么说。

"你不知道,你跟我在一起,让我有多安心啊。"搭档说。

"我会尽快给你电话。"

"嗯。"

"谢谢你这么长久以来的照顾。合作蛮愉快的。"我说。

"如果事情办完回到东京之后,我们再重新合作吧。"

"好啊。"

于是我把电话挂断。

不过我知道,他也知道,我大概再也不会回去工作了。只要六年一起工作过的话,至少也会明白这点。

我拿起啤酒瓶和玻璃杯回到餐桌,继续喝。

失去职业之后心情变得好轻松。我逐渐一点一点地变得更单纯了。我失去了故乡,失去了年少,失去了朋友,失去了妻子,再过三个月就要失去二十几岁的年纪了。等到六十岁的时候我到底会变怎样呢?我试着想一想。光想也没用。连一个月后的事情都不知道呢。

我回到家,刷了牙,换上睡衣,上床继续读《福尔摩斯探案》。然后到十一点把灯关掉,睡得很沉,到早上为止一次也没起来过。

8 沙丁鱼的诞生

早上十点,那部像潜水艇一样的笨车子就停在公寓门口。从三楼窗户看下去,车子看起来与其说像潜水艇,不如说更像金属制的做饼干的模型倒扣着一样。三百个小孩成群聚在一起吃,可能还要花两星期才吃得完的那种巨大饼干的模子。我和她暂时坐在窗台俯视着那部车。

　　天空晴朗得一清二楚,简直教人心情恶劣起来。令人想起战前表现主义电影画面里的天空。在遥远的上空飞着的直升机看起来小得几近不自然。没有一片云的天空简直就像眼睑被切除的巨大的眼睛一样。

　　我把房间的窗户全部关闭,上了锁键,切掉冰箱的电源,检查瓦斯总开关。洗的衣服都收进来了,床上盖了床罩,烟灰缸洗了,浴室庞大数量的药品类都清理得干干净净。两个月的房租事先付清。报纸也停掉了。从门口往里面看,无人的房间静得接近不自然。我一面望着这样的房间,一面回想在这里度过的四年婚姻生活,想想我和妻子之间可能曾经生下的小孩。电梯门开了,她在叫我。于是我把铁门关上。

　　司机在等候我们的时候,用干布拼命擦着车前窗的玻璃。车子依然一尘不染,在太阳下发出令人目眩的接近异样的光辉。好像只要用手轻轻一摸,皮肤就会有什么变化似的。

　　"早安。"司机说。和前天一样宗教化的司机。

　　"早安。"我说。

　　"早安。"我的女朋友说。

　　她抱着猫,我提着装了猫食和厕所用的猫砂的纸袋。

"好好的天气啊!"司机抬头望着天空,"怎么说呢,真是晴得好透明啊。"

我们点点头。

"晴朗成这个样子,也许神的讯息也容易传到吧。"我试着说。

"没这回事。"司机一面眯眯笑着一面说,"讯息已经存在于万物之中了,在花里、石头里、云上都有……"

"车子上呢?"她问。

"车子上也有。"

"可是车子是工厂制造的啊。"我说。

"不过不管是谁制造的,所谓神的意志这东西,早已经进到万物之中了。"

"和耳虱子一样吗?"她问。

"像空气一样。"司机纠正道。

"那么比方说在沙特阿拉伯制造的车子,安拉已经在里面了对吗?"

"沙特阿拉伯不生产汽车。"

"真的?"我问。

"真的。"

"那么在美国制造而输出到沙特阿拉伯的车子,是什么样的神在里面呢?"女朋友问。

很难的问题。

"对了,猫的事我必须告诉你。"我赶快打圆场。

"好可爱的猫啊。"司机也似乎松了一口气似的说。

然而猫是绝对不可爱的。与其这么说,倒不如说正好处在相反的位置。毛像磨损的地毯一样干巴巴的,尾巴尖端弯个六十度角,牙齿发黄,右眼三年前受伤后就不断有脓,现在几乎快要失明了,甚至是不是能够辨别运动鞋和马铃薯都令人怀疑。脚底干干的像长了茧一样,耳朵像宿命一样老是有耳虱子寄生着,因为上了年纪,一天总要放二十次屁。妻从公园长椅下带它回来时还是个年轻正常的雄猫,它在七〇年代的后半,就像被放在斜坡上的保龄球一样,朝着破灭的局面急速滚落。何况它连个名字都没有,没有名字的猫,它的悲剧性是因而减少或增加,这我就不大知道了。

"很好很好。"司机虽然对着猫这么说,然而到底还是没伸出手来,"叫什么名字呢?"

"没有名字。"

"那么平常你们是怎么叫的?"

"不叫啊。"我说,"它只是存在着而已呀。"

"可是它不可能一直不动,总是依照意志在行动啊,有意志会行动的东西,却没有名字,这我总觉得有点奇怪。"

"沙丁鱼也有意志会行动啊,可是谁也没有给沙丁鱼取名字啊。"

"可是沙丁鱼和人类之间,首先既没有情感的交流,其次就算自己被叫到名字也无法理解呀。不过算了,取不取名字是你的自由。"

"照你的说法,拥有意志,能够依照意志行动,能够和人类进行情感交流,而且有听觉的动物,就拥有被取名字的资格是吗?"

"应该是啊。"司机好像认可自己了似的点了几次头,"怎么样,我可以自作主张给它取个名字吗?"

"完全没关系。不过什么样的名字?"

"就叫沙丁鱼怎么样?换句话说,因为它向来就被当作跟沙丁鱼一样地对待呀。"

"不错啊。"我说。

"是吧。"司机得意地说。

"你觉得呢?"我试着问女朋友。

"不坏呀。"她也说,"好像在创世纪似的啊。"

"要有沙丁鱼!"我说。

"沙丁鱼,过来!司机说着抱起了猫。猫胆怯地咬住司机的拇指,然后放了一个屁。

司机开车送我们到机场。猫乖乖地坐在副驾驶座,而且不时的放屁。从司机频频开窗可以知道。我在途中不时给他一些关于猫应该注意什么的提示,诸如清理耳朵的方法、卖厕所用芳香剂的商店或猫饵的量等事情。"

"请放心。"司机说,"我会好好照顾它。因为是我帮它命名的啊。"

道路非常顺畅,车子像产卵期逆流而上的鲑鱼一般,急速往机场飞奔。

"为什么船有名号,飞机没有呢?"我问司机。

"为什么只有971班机或326班机,而不取个像'铃兰号'或'雏菊号'之类个别的名字呢?"

"一定是比起船来,飞机班次多得多的关系吧。mass product(大量生产)的产物啊。"

"是吗?船也相当mass product啊,船只数量比飞机还多呢。"

"不过。"说着司机沉默了几秒钟,"以现实问题来说,都市巴士也总不能一一命名吧。"

"我倒觉得都市巴士如果能一一命名一定很棒啊。"女朋友说。

"可是这么一来,也许乘客会挑东拣西也说不定哦?例如从新宿到千驮谷,就非要搭'驯鹿号'而不搭'驴子号'吧!"司机说。

"你觉得呢?"我试着问女朋友。

"确实'驴子号'我就不搭了。"她说。

"这么一来'驴子号'的司机就太可怜了。"司机发表了司机式的宣言,"可是'驴子号'的司机并没有罪呀。"

"是啊。"我说。

"对呀。"她说,"不过我会搭'驯鹿号'啊。"

"你看,"司机说,"就是这样。船之所以有名号,是从mass product以前一直沿袭下来的习惯。就像给马取名字一样,所以被当作马一样使用的飞机是有名字的。例如'圣路易精神',还有'艾诺拉·盖'之类的。具有明确的意义交流。"

"这表示根本上拥有所谓生命的概念啊。"

"是啊。"

"那么所谓目的性,对于名字来说,是属于次要因素啰?"

"是啊。如果只谈目的性,那么只要号码就够了。就像在奥斯威辛集中营被屠杀的犹太人一样。"

"有道理。"我说,"可是,如果名字的根本在于生命意识的交流作业的话,为什么车站、公园和棒球场要有名字呢? 这些并不是生命体呀。"

"可是车站如果没有名字,不是很伤脑筋吗?"

"所以我们不谈目的性,请你说明一下原理何在?"

司机认真地思考起来,红绿灯变绿了都没注意到。跟在后面的丰田海狮露营车模仿着《豪勇七蛟龙》的前奏按着喇叭。

"也许因为没有互换性吧,例如新宿车站只有一个,不能和涩谷车站交换。因为不具有互换性,也不是mass product。这两点你觉得怎么样?"司机说。

"如果新宿车站在江古田的话一定很棒。"女朋友说。

"如果新宿车站在江古田,就变成江古田车站了啊。"司机反驳道。

"不过小田急线也要一起搬过来哟。"她说。

"话说回来,"我说,"如果车站具有互换性呢? 我是说假定噢,假定国铁车站,全部是mass product的折叠式的,而新宿站和东京站可以完全互相交换的话呢?"

"很简单,如果在新宿,那就是新宿站,如果在东京,那就是东京站。"

"那么这就不是物体上所取的名字,而是功能上所取的名字啰。这不是目的性吗?"

司机沉默,不过这次的沉默没继续那么长。

"我忽然想到,"司机说,"我们是不是应该以比较温和的眼光来看这些事情呢?"

"怎么说?"

"也就是说城区、公园、街道、车站、棒球场或电影,都有名字对吗?作为它们被固定在地上的代价,所以我们给了它们名字。"

新说法。

"那么,"我说,"假如我完全放弃了意识而被完全固定化在某个地方的话,我也可以被人家取一个了不起的名字啰?"

司机从后视镜迅速瞥了一眼我的脸。一副怀疑是不是要掉进什么陷阱似的眼神。"你所谓的固定化是指?"

"也就是说比方被冷冻起来之类的啊,像睡着的森林美女一样啊。"

"可是你不是已经有名字了吗?"

"说得也是。"我说,"我忘了。"

我们在机场柜台拿了登机证之后,就向跟着过来的司机说再见。他本来说要送我们到最后的,不过因为离出发时间还有一个半小时,于是才打消念头先回去。

"蛮奇怪的人噢。"她说。

"就有地方是专门住着像他这样的人。"我说,"在那里乳牛在团团转着到处找钳子。"

"好像《牧场上的家》一样啊。"

"也许吧。"我说。

我们走进机场餐厅提早吃了午餐。我点了焗虾糊,她点了意大利面。窗外747或三星式客机正以令人想起某种宿命的庄重模样起飞或降落着。她一副颇怀疑的样子一面一根一根地检点着意大利面,一面吃。

"我一直以为飞机上供应餐点的。"她不服气地说。

"不。"说着我把一团焗虾糊放在嘴里稍微凉一下之后吞了进去,立刻喝一口冷开水。光是烫而已,几乎没什么味道。"机内供餐只有国际线才有。国内线如果是长一点的距离,也有供应便当,不过也不怎么好吃。"

"有没有电影?"

"没有,因为札幌只要一个钟头多一点就到了啊。"

"那不是什么都没有吗?"

"什么都没有。坐在座位上看一下书就到目的地了。跟坐巴士一样。"

"只差没有红绿灯而已。"

"嗯,没有红绿灯。"

"唉。"说着她叹了一口气。意大利面还剩一半,她就把叉子放下,用纸巾擦擦嘴角。"实在也没有必要给他命名噢。"

"是啊。蛮无聊的。只是尽量把时间缩短而已。如果搭火车去就要花十二个钟头了。"

"那么多出来的时间跑哪里去了呢?"

我也吃一半就不再吃焗虾糊,点了两客咖啡。"多出来的时间?"

"因为搭飞机而节省了十小时以上的时间,对吗?这些个时间到底跑到哪里去了?"

"时间哪里也不去。只是多加出来了。我们可以把这十小时在东京或在札幌使用啊。只要有十小时,就可以看四部电影,吃两顿饭。对吗?"

"如果既不想看电影,也不想吃饭呢?"

"那是你的问题。不是时间的错。"

她咬着嘴唇,眺望了一会儿747圆圆滚滚的机体。我也一起眺望。747每次都让我想起从前住在附近的一个又胖又丑的欧巴桑。没弹性的巨大乳房、肿肿的脚、干干的脖子。飞机场看起来就像是她们的集会场一样。几十个这样的欧巴桑陆陆续续地来来又去去。而那些伸长了脖子在机场大厅走来走去的驾驶员和空中小姐,则使她们看起来好像影子被拧掉了似的奇怪地平面化了。我觉得DC-7或友谊式客机的时代好像还不会这样,真的是不是这样我就记不起来了。或许是747太像又胖又丑的欧巴桑,才使我这样感觉的吧。

"嗨,时间会膨胀吗?"她问我。

"不,时间不会膨胀。"我回答。明明是自己讲的,听起来却简直不像自己的声音。我干咳一声,喝了送来的咖啡。"时间不会膨胀。"

"可是时间实际上不是增加了吗? 就像你也说的多加出来了啊。"

"只是移动所需的时间减少而已。时间的总量并没有改变。只是可以看很多电影而已呀。"

"如果想看电影的话。"她说。

事实上,我们一到札幌立刻就去看了连演两部的电影。

第七章　海豚饭店的冒险

1　在电影院完成移动。到海豚饭店

在飞机上,她坐在窗边,一直眺望着眼底下的风景。我在旁边一直读着《福尔摩斯探案》。不管到哪里,天空还是没有一片云,地上始终映着飞机的影子。准确地说,因为我们坐在飞机里面,所以在那移动于山野的飞机影子之中,应该也包含了我们的影子。那么,我们也就被烙印在地上了。

"我喜欢那个人。"她一面喝着纸杯里的橘子汁一面说。

"哪个人?"

"司机呀。"

"噢。"我说,"我也喜欢。"

"还有沙丁鱼也是个好名字噢。"

"是啊。确实是个好名字。猫在那边或许比我养它的时候幸福也说不定。"

"不是猫,是沙丁鱼呀。"

第七章 海豚饭店的冒险

"对。是沙丁鱼。"

"为什么一直没给猫取名字呢?"

"是啊,到底为什么?"我说,然后用刻有羊的图纹的打火机点着香烟,"一定是不喜欢所谓'名字'这东西吧。我是我,你是你,我们是我们,他们是他们,我觉得这样不是很好吗?"

"噢。"她说,"不过,我蛮喜欢所谓'我们'这个字眼。总觉得好像有一种冰河时代的气氛似的,你觉得呢?"

"冰河时代?"

"例如,我们应该往南迁移,或者我们应该去猎捕长毛象之类的。"

"嗯,有道理。"我说。

在千岁机场提了行李走到外面时,空气比预想的还要冷。我把原来围在脖子上的粗蓝布衬衫穿在T恤外面,她则在衬衫上加穿一件毛背心。比起东京来,秋凉正好早了一个月降临大地之上。

"你去猎捕长毛象,我来养育孩子。"

"好像很棒。"我说。

然后她睡觉,我从巴士车窗往外眺望着道路两旁延续不断的深沉的森林。

我们到了札幌,就走进一家咖啡店喝咖啡。

"先来决定基本方针吧。"我说,"我们分头去找。也就是我试着去找相片上的风景,你试着去找羊。这样可以节省时间。"

"好像蛮合理的。"

"如果顺利的话,"我说,"总之希望你查一下北海道主要牧场的分布和羊的种类。我想只要到图书馆或北海道道厅去查一下就知道了。"

"我喜欢图书馆。"她说。

"很好。"

"现在开始吗"

我看看时钟。三点半。"不,已经晚了,明天再开始吧。今天先轻松一下,然后决定住的地方。吃过东西,洗过澡,上床睡觉。"

"我好想看电影。"她说。

"电影?"

"好不容易因为搭飞机省下很多时间哪。"

"说得也是。"我说。于是我们走进看见的第一家电影院。

我们看的是犯罪片和恐怖片连续上映的两部片。座位空空荡荡的。很久没有进到这么空的电影院了。我们数着观众人数以打发时间。包括我们在内一共是八个人。电影出场人物还比观众多。

至于电影方面也一样相当凄惨。从米高梅的狮子吼完,电影主题浮上银幕的瞬间开始,就让你想站起来转身走出去的那种电影。就有这种电影存在。

虽然如此,她依然聚精会神地睁大眼睛像要吃进去一样认真瞪着

第七章 海豚饭店的冒险

银幕,连插嘴说话的余地都没有。于是我也打消念头,决定看下去。

第一部演的是恐怖片。恶魔支配了城市的电影。恶魔住进教会的简陋地下室,把病弱体质的牧师当作走狗。恶魔为什么想要支配那个城市,我不太清楚,因为那真的只是个被玉米田围绕着的寒酸小城。

可是恶魔非常执着地固守那个城市,对于只有一个少女没有在自己的支配之下也要生气。恶魔一生气,他那乱七八糟的绿色果冻般的身体便气得发抖。那愤怒的方式中仿佛有点可爱的地方。

坐在我们前面座位上的中年男人继续发出像雾笛般悲哀的鼾声。坐在右手边角落的人正在进行激烈的爱抚。后方有人放了一个巨响的屁。巨大得令中年男人的鼾声都瞬间停了下来。两个高中女生咯咯咯地笑起来。

我反射地想起沙丁鱼来。当我想起沙丁鱼时,终于才想到自己已经离开东京来到札幌。反过来说,在还没有听到某人的放屁声之前,我还没办法真正感觉到自己已经远离东京了。

真不可思议。

在想着这事时,我竟然睡着了。梦中出现绿色的恶魔,梦中的恶魔一点也不可爱。只是在黑暗中一直瞪着我而已。

电影演完,场内亮起来时,我也醒了。观众好像约好了似的一个接着一个按顺序打着呵欠。我在小商店买了两个冰淇淋回来和她一起吃。好像去年夏天卖剩的一样硬的冰淇淋。

"你一直在睡觉吗?"

"嗯。"我说,"好看吗?"

"好看得不得了。最后城市爆炸了。"

"哦?"

电影院静得可怕。倒不如说只有我周围静得可怕。感觉怪怪的。

"嗨,"她说,"好像到现在身体还在转动似的,你觉得呢?"

被她这么一说,真的是这样。

她握着我的手。"就这样不要放开,我好担心。"

"嗯。"

"不这样的话,好像会移动到别的地方去似的。一个不可知的地方。"

场内暗下来预告片开始时,我拂开她的头发吻她的耳朵。

"没问题,不用担心。"

"就像你说的,"她小声说,"到底还是应该搭乘有名字的交通工具才好。"

第二部电影从开始到结束为止的一小时半时间内,我们在黑暗中继续进行那种静静的移动。她脸颊一直靠在我的肩膀上。我的肩膀因为她的气息而温温湿湿的。

*

走出电影院之后,我搂着她的肩在黄昏的街道散步。我和她好像变得比以前亲密了似的。街上来来往往的路人的喧闹声听起来很舒

第七章　海豚饭店的冒险

服,天上闪着淡淡的星光。

"我们真的来对了地方吗?"她问。

我抬头看看天空。北极星在正确的位置。可是看起来也好像是个假冒的北极星似的。太大了,也太亮了。

"谁晓得呢。"我说。

"我觉得好像有什么不对劲似的。"

"没到过的地方就是这样。身体还不太适应。"

"不久就会适应吗?"

"大概两三天就会适应的。"我说。

我们走累了之后,就走进一家看见的餐厅。各喝了两杯生啤酒。吃了马铃薯和鲑鱼餐。虽然是胡乱闯进来的,菜倒是相当不错。啤酒味道实在好,白沙司好爽口,而且味道很足。

"好了。"我一面喝着咖啡一面说,"差不多该决定住的地方了。"

"对住的地方我倒已经有了意象。"她说。

"什么样的?"

"总之你先试着把旅馆名字按顺序念出来听听看。"

我请不太热心的服务生把行业分类电话簿拿来。我把"旅馆、饭店"那页从头开始念。持续念了四十个左右之后,她叫我停下来。

"这个好。"

"这个?"

"你刚刚最后念的那家饭店哪。"

"Dolphin Hotel。"我念道。

"什么意思?"

"海豚饭店。"

"就决定住这里。"

"没听过啊。"

"可是我觉得除了这里之外好像不该住别的地方。"

我道过谢,把电话簿还给服务生。试着打电话到海豚饭店。声音不太清晰的男人来接电话,说双人房或单人房还有空房间。我为了慎重起见,再问他除了双人房和单人房之外还有什么样的房间。除了双人房和单人房之外,本来就没有别的房间。我头脑有点混乱,不过反正预订了一间双人房,并试着问住宿费多少。住宿费比我想象的便宜了百分之四十。

海豚饭店在我们进去过的电影院往西走三条路,再往南走一条街的地方。饭店很小,没个性。没个性得令人不免想到不会再有比这更没个性的饭店了。在那无个性里,甚至散发着某种形而上的氛围。既没有霓虹灯,也没有大招牌,连个像样的玄关都没有。只有在一个像是餐厅员工专用出入口的不讲究的玻璃门旁边,镶着一块刻有"Dolphin Hotel"的铜板而已。连海豚的画都没有。

建筑物是五层楼的,那简直就像把一个大型火柴盒直起来放一样平平板板。走近了仔细看,其实并不怎么古老,但也已经古老得够吸引

第七章 海豚饭店的冒险

人的眼光了。一定是在兴建的时候已经就是古老的了。

这就是海豚饭店。

不过她似乎第一眼就喜欢上海豚饭店了。

"蛮好的饭店嘛。"她说。

"怎么说蛮好的?"我反问她。

"很雅致,而且好像没有多余的东西。"

"多余的东西。"我说,"你所说的多余的东西,是指床单上没有沾上污点,或洗脸台不会漏水,或空调调节得很好,或柔软的卫生纸、新的肥皂,或窗帘没有晒旧,这些东西吗?"

"你太过于注意事情的黑暗面了。"她笑着说,"总之,我们又不是来观光旅行的。"

一打开门,里面竟然有一个比预料中还宽大的门厅。门厅正中央摆着一组待客沙发和一部大型彩色电视机。一直开着的电视机正在播出智力问答节目。却不见人影。

门的两边摆着很大的观叶植物盆栽。叶子一半变了色。我把门关上,站在两个盆栽之间眺望了门厅一会儿。仔细看来这门厅并没有那么大。看起来大是因为家具极端少的关系。待客沙发、挂钟和大面的穿衣镜,除此之外,什么也没有。

我靠近墙壁试着看看挂钟和镜子。两者都是人家的赠品。挂钟差了七分钟,而映在镜子里的我的头则和我的身体有点错开。

接待沙发也和饭店本身一样老旧。布料的橘红色是相当奇怪的橘红色。好像被强烈地日晒之后,又淋了一星期雨,然后再丢进地下室故意让它发霉似的那种橘红色。在特艺彩色电影极早期的时代曾经看过这种颜色。

走近一看,原来长沙发上一个头已经秃了一半的中年男人正像鱼干似的躺着睡在那里。他刚开始看起来有点像死掉了一样,其实只是睡着了而已。鼻子不时地抽动一下。鼻梁的地方留有眼镜架的痕迹,却看不见眼镜。这么看来,也不像是电视看到一半睡着的样子,真不明白是怎么回事。

我站在柜台前往柜台里面张望,没人。她按了门铃。叮铃一声响遍了空空荡荡的门厅。

等了三十秒钟,没有任何反应。长沙发上的中年男人也没醒来。

她又再按了一次门铃。

长沙发上的男人哼了一声,好像有点在责备自己似的哼法。然后男人张开眼睛,迷迷糊糊看着我们。

她紧接着又按了第三次铃。

男人像跳起来似的从长沙发上站起来,穿过门厅,从我旁边擦身而过走进柜台里去。男人原来是柜台负责人。

"对不起。"男人说,"真是抱歉,我等着等着就睡着了。"

"把你吵醒真抱歉。"我说。

"哪里、哪里,没这回事。"柜台负责人说。于是把住宿卡和圆珠笔交给我。他左手小指和中指从第二个关节开始就没有指尖。

第七章 海豚饭店的冒险

我在住宿卡上写了一次本名之后,想想又把它揉掉塞进口袋,重新在新的卡纸上填了一个随便想的姓名和随便写的住址。虽然是平凡的住址和平凡的姓名,不过以心血来潮的标准来看,是个不坏的姓名和住址。职业写成不动产业。

柜台负责人把放在电话旁的一副赛璐珞宽边的眼镜戴上之后,非常用心地仔细读。

"东京都杉并区……二十九岁,不动产业。"

我从口袋拿出卫生纸来,把手上沾的圆珠笔油墨擦掉。

"这次是来谈生意的吗?"柜台负责人问。

"嗯,啊。"我说。

"打算住几夜?"

"一个月。"我说。

"一个月?"他以像在看一张雪白图画纸一样的眼神看着我的脸,"一个月一直要住吗?"

"不方便吗?"

"不,没什么不方便的,只是我们希望能够每三天结一次账。"

我把行李放在地上,从口袋掏出信封,数了三十张全新的万圆钞票,放在柜台上。

"不够以后我再补。"我说。

柜台负责人用左手的三根指头拿起钞票,用右手手指数了两次张数。然后在收据上填上金额交给我。"如果你们对房间有什么特别的希望请说。"

"最好是离电梯远一点的靠边的房间。"

柜台负责人转身背向我望着钥匙板,相当犹豫之后拿起了406号的钥匙。钥匙几乎全部都排列在钥匙板上。海豚饭店似乎很难算是一家经营成功的饭店。

海豚饭店里因为没有所谓服务生这种东西存在,所以我们不得不自己提行李去搭电梯。正如她所说的,这家饭店没有一样多余的东西。电梯像一只得了肺病的大型狗一样咔嚓咔嚓地摇晃着。

"要住得久,还是像这种小而清爽的饭店比较好。"她说。

所谓小而清爽的饭店的确是个不坏的说法。就像《anan》杂志的旅行页可能出现的字句。如果要长久停留的话,怎么说还是直截了当、小而清爽的饭店最好。

可是当我走进小而清爽的饭店房间时,首先不得不做的,就是用拖鞋把爬在窗格子上的小蟑螂打死,把掉落在床脚边的两根阴毛捡起来丢进垃圾筒。在北海道看到蟑螂这还是头一次。她在那时间里一面调节着热水的温度,一面准备洗澡。总之是个发出巨大声音的水龙头。

"应该住好一点的饭店的。"我打开浴室门向她吼道,"钱要多少有多少啊。"

"不是钱的问题。我们要找羊就要从这里开始。总之不住这里不行。"

我躺在床上,抽了一根烟,打开电视机开关,把所有频道转过一遍之

第七章 海豚饭店的冒险

后又关掉。只有电视画面的情况是正常的。热水声停止下来,她把衣服从门里丢出来,听得见淋浴莲蓬头的水声。

拉开窗帘,看得见道路对面排列着和海豚饭店相同程度的莫名其妙的小小建筑物。每幢建筑都像被一层灰蒙住了似的脏兮兮的,光眺望着就闻得到小便的气味。已经将近九点了,还有几处窗口的灯还亮着,里面的人很忙碌似的工作着。至于做的是什么样的工作,则看不出来,总之不是很快乐的样子。或许从他们的眼睛看来,我也不像有多快乐吧。

我把窗帘拉上,回到床上,躺在像柏油路一样浆得硬邦邦的床单上想着已经分手的妻,试着想想和她一起生活的男人。关于那个男人的事情,我知道得很清楚。因为本来是我的朋友,所以不可能不清楚。他二十七岁,是个不太有名的爵士吉他手,以不太有名的爵士吉他手来说,他算是比较正常的。个性也不算太坏。只是没格调而已。某一年徘徊于肯尼·布瑞尔和B. B. King之间,另一年又徘徊于拉里·科耶尔和吉姆·霍尔之间。

她为什么会在我之后选择那样的男人呢,我不太清楚。确实每个人的人性里大概有所谓倾向这东西存在吧。他比我优越的点只有能弹吉他,我比他优越的点在于会洗盘子而已。大部分的吉他手是不洗盘子的,因为如果弄伤了手指,就不再有存在理由了。

然后我想到我和她的性生活。而且为了打发时间试着计算了一下四年结婚生活里性行为的次数。可是结果数字是不准确的,不准确的数字我不认为有什么意义。或许我应该记日记的。至少也该在记事本上做个记号之类的。这样我就可以准确掌握四年之间我所进行性行为的次数了。我所需要的是能够以准确数字表示的"现实"。

我已经分手的妻就拥有性行为的准确记录。不是记在日记上。她从有了初潮那年开始一直把准确的生理日期记录在大学笔记本上，其中作为参考资料之用也包含了性行为的记录。大学笔记总共八册，她把那些和重要信件还有相片一起收藏在上锁的抽屉里。她不让任何人看。关于性行为她到底记得多详细，我不知道。和她分手后的今天，更是永远也不会知道了。

"如果我死了，"这是她常说的话，"你把这些笔记烧掉。浇上汽油完全烧尽之后，埋进土里。你要是看了一个字，我都绝对不会原谅你。"

"可是我一直和你睡觉啊。你身体的每个角落我大概都一清二楚，为什么到现在还害羞呢？"

"细胞每个月都在更新一次。即使现在也一样在更新。"她把纤细的手背伸到我眼前，"你以为你知道的事情，大部分对我来说只是记忆而已。"

她——除了离婚前的一个月左右之外——是一个想法这样严谨的女人。她真的是准确地掌握着人生中所谓现实这东西。也就是一旦关闭的门就无法再度打开，虽然如此，但也不能让一切都一直敞开着，就是这样的原则。

我现在关于她所知道的一切，对她来说只是记忆而已。那些记忆

第七章　海豚饭店的冒险

则像衰老的细胞一样逐渐远去。而我连和她进行过的性行为的准确次数都不清楚。

2　羊博士登场

第二天早晨八点醒来,我们穿上衣服搭电梯下楼,到附近的咖啡店吃早餐。海豚饭店里既没有餐厅也没有咖啡厅。

"昨天已经说过了,我们分头开始行动。"说着我把相片的影印交给她,"我想以这张相片背景里的山当线索来找出地点。希望你以有养羊的牧场为中心试着找找看。你知道做法吧? 不管多小的暗示都可以。总比在北海道到处盲目瞎找好吧。"

"没问题,交给我。"

"那么傍晚在饭店房间会合。"

"你不要太担心噢。"她说着戴起太阳眼镜,"我想一定很容易找到。"

"但愿如此。"我说。

然而事情并没那么简单。我到道厅的观光部门去,又走访各种观光服务中心和观光公司,询问登山协会,把几乎所有和观光和山看似有关的地方都跑遍了。然而没有一个人对相片上的山有印象。

"这是形状非常平凡的山哪。"他们说,"而且相片上所显示的又是山的局部而已呀。"

我跑了一整天所得到的结论,说来也只有这样而已。也就是说除非相当有特征的山,否则只看一部分就要猜出山名实在很难。

我中途走进一家书店,买了北海道全图和《北海道之山》的书,到咖啡店一面喝着两瓶姜汁汽水一面读。北海道的山多得令人难以相信,而每座山都有着相似的颜色和相似的形状。我把老鼠那张相片上的山和书上刊登相片的山一一比对,十分钟之后,头开始痛起来。何况书上刊登出的山的相片数目,只是北海道全部的极少一部分而已。而且发现同一座山从不同角度看待,印象也完全不同。"山是活的。"作者在那本书的序文中写道,"山随着看的角度、季节、时刻,或看山者心情的不同,姿态也就截然不同。因此重要的是我们必须认识到,我们经常只能看到山的一部分,只能掌握极小片断的事实。"

唉!我出声地叹道。然后重新再着手去做明知无效的工作。听到五点的钟声响起之后,我坐在公园长椅上,和鸽子一起啃着玉米。

她那边情报收集工作的质量,比我的稍微好一点,不过仍然是以徒劳无功结束则似乎没有两样。我们在海豚饭店后面一家小餐馆一面吃着简单的晚餐,一面交换今天一整天彼此发生的事。

"道厅的畜产部门几乎什么也不知道。"她说,"换句话说,羊已经是被放弃的动物。饲养羊也不合算。至少以大量饲养、放牧的形态来说。"

"那么因为量少,应该比较容易找吧。"

第七章 海豚饭店的冒险

"倒也不见得。如果饲养绵羊兴盛的话,就会有个别的合作社活动,那么政府也就可以掌握固定的通路,然而像今天这种状况,简直就无法掌握中小型绵羊饲养单位的实况了。大家似乎都像养猫养狗一样,随自己的意思只养少数羊只。不过我还是收集了三十家左右已知的绵羊饲养业者的地址,这是四年前的资料,四年之间好像变化也很大。日本农业政策每三年就像猫的眼睛一样变化着。"

"要命。"我一面独自喝着啤酒,一面叹气,"好像束手无策了啊。北海道有上百座相似的山,而绵羊饲养业者的实况也完全不清楚。"

"才过一天而已。一切都刚开始嘛。"

"信息暂时还不会来。"她说着抓一把鱼干吃,喝了味噌汤,"我自己好像有点知道,换句话说,信息是要在我们遇到什么被困住,或精神感到饥饿时才会进来。现在还不是时候。"

"真的要等到快被淹死的时候,才有绳子丢过来吗?"

"对。现在我跟你在这里不缺什么,不缺什么的时候,信息是不会来的。因此我们只好靠自己的手去找出羊来。"

"真搞不懂。"我说,"事实上我们是被逼得走投无路了啊。如果找不到羊,我们会被逼到非常困苦的境地。虽然我也不清楚到底会有多困苦,不过那些家伙说要把我们逼到困苦的境地,那一定就是真正困苦的境地了。因为他们是这方面的专家。就算先生死了组织还留着,那组织在日本全国像下水道一样到处遍布,就是要逼我们到困苦的境地。虽然觉得莫名其妙,可是事情就会变成那样。"

"这样不是像电视剧《入侵者》吗？"

"在莫名其妙这点上。总之我们已经被牵连进来了，我所谓的我们是指你和我。刚开始虽然只有我，可是半路上你加进来。这样还不算快淹死了吗？"

"唉呀，这样我最喜欢哪。比起跟不认识的人睡觉、把耳朵露出来让闪光灯闪着拍照或校对人名辞典，这样要好多了。生活就是这么回事。"

"换句话说，"我说，"你还没快被淹死，绳子也就不会来。"

"对。我们要靠自己的手去找羊。我和你一定还没有那么倒霉吧。"

或许。

我们回到饭店性交。所谓性交这字眼，我非常喜欢。那可以令我联想到某种限定形式的可能性。

*

然而我们在札幌的第三天和第四天也在无为中过去。我们八点起床，吃过早餐，分头出去过了一天，傍晚再一面吃晚餐，一面交换情报。回饭店性交，然后睡觉。我把旧网球鞋丢掉，买了新网球鞋，到处给几百个人看相片。她根据政府和图书馆的资料，制作成绵羊饲养业者的长名单，从头开始打电话。然而收获是零。没有人对这山有印象，所有的绵羊饲养业者都不知道背上有星星记号的羊。有一个老人说记得战前在南桦太曾经看过这样的山，可是我倒不认为老鼠会去到桦太。从

第七章 海豚饭店的冒险

桦太不可能寄限时速递到东京。

然后第五天、第六天也过去了。十月稳稳重重地坐进城里。连日照都暖暖的,然而风却让心变凉了,一到黄昏我就穿上薄棉的风衣。札幌的街道很宽,令人疲劳地呈一直线。我过去从来不知道连续走在光以直线构成的街道上是多么磨耗人的。

我确实被磨耗着。第四天东西南北的感觉已经消失。开始感觉东的相反是南,因此我到文具店买了罗盘。手上一面拿着罗盘,一面到处走,街道逐渐变成一种非现实性的存在。建筑物开始看起来像片厂的大道具,走在路上的行人开始看起来好像从厚纸板上挖下来的平面似的。太阳从扁扁的大地的一方上升,像铅球一样,在天空画一道弧线,然后沉入另一方。

我一天喝到七杯咖啡,每隔一小时就小便一次。然后逐渐丧失食欲。

"在报上登个广告如何?"她提议,"说你希望和你的朋友联络。"

"不坏呀。"我说。有没有效果另当一回事,至少比什么也不做好多了。

我跑了四家报社,请他们在第二天的早报上刊登三行广告。

```
老鼠,请联络
火速!!
    海豚饭店 406
```

然后接下来的两天,我在饭店的房间里等电话。那天有三通电话打进来。一通是一个市民询问:"所谓老鼠是什么意思?"

"是我朋友的绰号。"我回答。

他满足地挂了电话。

另外一通是恶作剧电话。

"吱吱吱。"电话的对方说,"吱吱吱。"

我把电话挂掉。都市真是个奇怪的地方。

还有一通是声音极细的女人打来的。

"大家都叫我老鼠。"她说。好像远方的电线被风摇动着的声音。

"谢谢你特地打电话来,很抱歉,我要找的是男的。"我说。

"我想大概也是这样。"她说,"不过,总之我也叫作老鼠。所以我想还是打个电话比较好……"

"真是很感谢。"

"不,没什么。找到那位先生了吗?"

"还没有。"我说,"很遗憾。"

"如果是我的话就好了……可惜终究不是我。"

"是啊,真可惜。"

她沉默下来,在那之间我用小指头抓抓耳朵后面。

"其实是想和你谈一谈。"她说。

"跟我?"

"我也不明白,从今天早上看到报上的广告开始就一直很犹豫,不

第七章 海豚饭店的冒险

知道该不该打电话给你。因为我想一定会给你惹麻烦……"

"那么,你叫作老鼠也是谎话啰。"

"是的。"她说,"没有人叫我老鼠。本来就没有朋友。所以我想跟什么人说说话看看。"

我叹了一口气。"不过,反正谢谢你。"

"对不起。你是北海道人吗?"

"东京。"我说。

"从东京到这里来找朋友吗?"

"是的。"

"你朋友大概几岁?"

"刚刚满三十岁。"

"那你呢?"

"再过两个月三十。"

"单身吗?"

"是。"

"我二十二岁。是不是上了年纪,很多事情就会变得比较轻松?"

"会吗?"我说,"不知道。有些变轻松,有些不然。"

"真希望能一面吃饭一面慢慢聊。"

"抱歉,我必须一直在这里等电话。"

"对噢。"她说,"很抱歉。"

"总之谢谢你打电话来。"

于是挂了电话。

仔细想一想也有点像设计复杂的卖春劝诱电话。或者也可能正如表面看来的只是孤独女子打来的电话。对我来说两者都一样。结果终究还是零线索。

第二天打来的电话只有一通,说是"老鼠的事情就交给我来办吧"。一个头脑有问题的男人打的。他花了十五分钟谈他在西伯利亚拘留时和老鼠战斗的事。虽然话题蛮有意思的,不过还是不能成为线索。

我在窗边一张弹簧已经凸出一半的椅子上坐下,一面等电话铃响,一面花一整天眺望着对面大楼三楼的一家公司的劳动状况。看了一整天我还是完全弄不清楚那是什么目的的公司。公司有十几个职员,像篮球比赛一样始终有人进进出出。某人把文件交给某人,某人在上面盖章,另一个某人把那放进信封,跑出外面。中午休息时间,一个大乳房的女事务员端茶给每个人。下午有几个人从外面点咖啡进来。于是我也开始想喝咖啡,便拜托柜台负责人帮我接电话留言,我走进附近的咖啡店喝咖啡,顺便买了两罐啤酒回来。回来一看公司里的人数减少到四个。大乳房的事务员和年轻职员在互相开着玩笑。我一面喝着啤酒,一面围绕着她眺望公司的活动状况。

我开始觉得她的乳房好像越看越大得异常。她大概用的是像金门大桥的钢索一样的胸罩吧。几个年轻职员似乎很想跟她睡觉。透过两片玻璃和一条道路,他们的那种性欲传给了我。感觉到别人的性

第七章 海豚饭店的冒险

欲是一件多么奇怪的事。不知不觉之间你仿佛被那是我自己的性欲一样的错觉所捕捉。

五点到了,她换上一件红色连衣裙下班回去了,我把窗帘拉上,看电视重播的《兔八哥》卡通片。海豚饭店的第八天就这样度过了。

*

"要命。"我说。"要命"这句话似乎逐渐变成我的口头禅了。

"就这样一个月的五分之一已经结束,然而我们什么地方都还没到达。"

"是啊。"她说,"沙丁鱼不知道怎么样了?"

我们吃过晚餐之后,就在海豚饭店门厅那套格调很差的橘红色沙发上休息。除了我们之外,只有那位三根手指的柜台负责人在。他正在用梯子换换电灯泡,擦擦窗玻璃,折折报纸。除了我们之外应该还有几个投宿的客人的,可是大家都好像被放在阴影下的木乃伊一样,一声不响地躲在房间里。

"工作进行得怎么样啊?"柜台负责人一面给盆栽浇水,一面战战兢兢地问我。

"不怎么顺利。"我说。

"你们好像在报上刊登了广告啊。"

"是啊。"我说,"为了土地遗产继承的事,正在找一个人。"

"遗产继承?"

"对。因为继承人行踪不明。"

"原来如此。"他会意了,"很有趣的职业。"

"那倒不然。"

"可是好像有点《白鲸》的趣味。"

"白鲸?"我说。

"是啊。寻找某一样东西是蛮有趣的事。"

"例如找长毛象吗?"我的女朋友问道。

"是啊,找什么都一样。"柜台负责人说,"我把这里取名叫海豚饭店,也是因为赫尔曼·麦尔维尔的《白鲸》里有一幕海豚出现的场景。"

"哦!"我说,"如果是这样的话,那何不干脆叫作鲸饭店呢?"

"鲸鱼的形象不怎么好。"他很遗憾似的说。

"海豚饭店是个很棒的名字。"女朋友说。

"谢谢。"柜台负责人微笑着,"不过你们能够住这么久,也算是一种缘分,为了表示谢意,我想送你们葡萄酒好吗?"

"那太好了。"她说。

"谢谢。"我说。

他走进里面的房间,不久拿着冰凉的白葡萄酒和三个玻璃杯走出来。

"我们来干杯庆祝一下,不过因为在工作中,所以我只表示一点诚意。"

第七章 海豚饭店的冒险

"请、请。"我们说。

于是我们喝了葡萄酒。虽然不是怎么高级的葡萄酒,却相当美味爽口。玻璃杯上还有葡萄图纹的雕刻,相当精致。

"你喜欢《白鲸》对吗?"我试着问。

"嗯,所以我从小就想当船员。"

"所以现在经营这家饭店?"她问。

"对,因为手指缺掉了。"男人说,"事实上是在货船卸货时被铁卷轮机卷进去的。"

"好可怜。"她说。

"那时候眼前一片发黑。不过,人生就是这样难以预测。结果现在变成像这样经营一家饭店。虽然不是怎么不得了的饭店,但也总算维持着,到现在已经十年了。"

这么说来,他不只是柜台负责人,还是老板呢。

"这是一家最了不起的饭店。"她鼓励道。

"非常感谢。"老板说着在我们的玻璃杯里倒了第二杯葡萄酒。

"不过以十年来说,怎么说呢,建筑物蛮有风格的。"我放胆试探着。

"喔。这是在战后紧接着盖的。因为有点缘故,所以便宜买下的。"

"在开饭店之前是做什么用的?"

"名字叫北海道绵羊会馆,处理有关绵羊的各种事务和资料……"

"绵羊?"我说。

"是绵羊。"男人说。

*

"建筑物属于北海道绵羊协会所有,虽然一直持续到昭和四十二年,不过由于北海道绵羊事业不振,造成闭馆的结局。"男人说着喝了一口葡萄酒,"那时担任馆长的其实就是我父亲。父亲对自己深爱的绵羊会馆就这样关闭实在于心不忍,于是以保存有关绵羊资料为条件,把这建筑物和土地以比较便宜的价格向协会买下来。所以现在这幢建筑物的二楼,全部辟为绵羊资料室。虽说是资料,但都是些旧东西,已经没有任何用处,只是老人的兴趣而已。其他部分我当饭店营运着。"

"是偶然吗?"我说。

"您说偶然?"

"其实我正在寻找的人就是跟羊有关的。提到线索,只有他寄来的一张相片而已。"

"哦?"他说,"可以让我看看那张相片吗?"

我从口袋拿出夹在手册里的羊的相片给男人。他从柜台拿了眼镜过来,凝神注视着相片。

"这个我记得。"他说。

"你记得?"

"确实记得。"男人说着把刚才一直放在电灯下的梯子搬到相反一面的墙上靠着,把挂在接近天花板的画框拿起,下了梯子。然后用抹布把画框上堆积的灰尘擦掉,再把它交给我。

第七章　海豚饭店的冒险

"风景不是跟这一样吗？"

画框本身也已经十分老旧了，而里面的相片更是老旧得已经变成茶色。那张相片也是一张羊的相片。全部大约有六十只左右。有栅栏，有白桦树林，有山。白桦树林的形状和老鼠的相片完全不同，但背景的山确实是相同的山。连相片的构图都一模一样。

"要命。"我对她说，"我们每天都从这张相片下面经过啊。"

"所以我不是说过应该要住海豚饭店的吗？"她若无其事地说。

"好了。那么，"我叹了一口气，然后问男人，"这风景的地点在那里呢？"

"不知道。"男人说，"这张照片是自从绵羊会馆时代就一直挂在同一个地方的。"

"哦？"我说。

"不过有办法可以知道。"

"什么办法？"

"问我父亲看看。父亲在二楼有个房间，他起居生活在那里。几乎都窝在二楼，一直读着羊的资料。我也已经有半个月没见到他了，不过每次我把饭菜放在门口，三十分钟后就空了，所以可以确定大概还活着。"

"只要问你父亲，就可以知道这相片的地点吗？"

"我想应该知道。我刚才也说过，父亲曾经是绵羊会馆的馆长，关于羊的事，他什么都知道。大家甚至称呼他为羊博士呢。"

"羊博士。"我说。

3　羊博士大吃、大谈

根据羊博士的儿子,海豚饭店的老板说的,羊博士这一生并不幸福。

"父亲是一九○五年生于仙台旧士族家的长男。"儿子说,"我以公元纪年来说,可以吗?"

"请便、请便。"我说。

"虽然不是怎么富裕,不过总是有家业的,过去还是曾经担任过城代家老的世家。幕末曾经出过著名的农学家。"

羊博士从小就表现突出,学业成绩优良,在仙台地方上是无人不晓的神童。不只学业成绩优良而已,小提琴演奏也技高一筹,中学时代曾经在来到县城的皇族御前演奏贝多芬的奏鸣曲,受颁金表。

家族希望他能朝专攻法律的方向进展,然而羊博士却断然拒绝。

"我对法律没兴趣。"年轻的羊博士说。

"那么走向音乐之路也好。"父亲说,"一个家族里有一个音乐家也很好。"

"音乐也没兴趣。"羊博士回答。

沉默持续了一会儿。

"那么,"父亲开口道,"你想走哪一条路?"

第七章 海豚饭店的冒险

"我对农业有兴趣。我想学农政。"

"好吧。"稍后父亲说。因为不得不这样说。羊博士虽然个性坦诚而温和,但却属于一旦说出口绝对不改变的那型青年。连父亲都无法插嘴。

第二年羊博士如愿地进入东京帝国大学农学部。他的神童风采上了大学依然不衰。任何人,连教授,都对他另眼看待。学业依然杰出优秀,人缘也好。总之是个没得挑剔的精英。不但没染上好玩的恶习,而且一有空闲就读书,书读累了,就走到大学校园去拉小提琴。学生制服的口袋里总是放着金表。

他以状元成绩大学毕业之后,就以超级精英身份进了农林省。他的毕业论文主题,简单地说,是关于将朝鲜和中国台湾一体化的广域性计划农业化,这虽然稍微具有过于理想主义的倾向,但在当时确实引起一些话题。

羊博士在农林省本部磨炼了两年之后,就渡海到朝鲜半岛研究稻作,提出《朝鲜半岛稻作试验案》报告并被采用。

一九三四年羊博士被调回东京,引见给陆军的年轻将官。将官说在即将来临的未来,为了在中国大陆北方展开大规模军事行动,希望确立羊毛的自给自足。这是羊博士和羊的第一次接触。羊博士在整理好本土、中国东北地区和蒙古的绵羊增产计划大纲之后,为了实地视察而于次年春天去到中国东北地区。他的衰败从此开始。

一九三五年春天在平稳中过去。事件发生是在七月。羊博士一个人骑着马出去视察绵羊之后,从此不知去向。

经过三天、四天,羊博士都没回来。加上军队在内的搜索队拼命在荒野到处寻找,然而完全没有他的踪影。是不是被狼袭击了,被土匪抢劫了?大家这样想。然而一星期后当每个人都完全放弃之后,羊博士却精疲力竭地回到黄昏夕暮中的帐篷来。脸颊极度消瘦,有几处负了伤,只有眼光闪闪发亮。此外马没了,金表也不见了。他说明是在路上迷了路,马受伤了,大家也就这么认定。

然而从此之后一个月左右,政府内部开始流传一个奇怪的传说。他和羊之间具有"特殊关系"。然而这所谓"特殊关系"到底指什么意思,谁也不知道。于是上司把他叫到房间,询问事实真相。在殖民地社会里,是不能够忽视传统的。

"你和羊之间真的有特殊关系吗?"上司问。

"有。"羊博士回答。

以下就是谈话的内容。

Q:"特殊关系是指性行为吗?"

A:"不是。"

Q:"希望你能说明。"

A:"是精神行为。"

Q:"不成其为说明。"

A:"我找不到合适的字眼,不过我想大概是接近所谓交灵吧。"

第七章　海豚饭店的冒险

Q:"你是说你和羊交灵了吗?"

A:"是的。"

Q:"你是说行踪不明的一星期里,你和羊在交灵?"

A:"是的。"

Q:"你不觉得这是擅离职守的行为吗?"

A:"研究羊是我的职务啊。"

Q:"交灵不能被认定为研究事项。以后希望你谨慎一点,你本来就以优秀的成绩从东京帝国大学农学部毕业,进入农林省也留下卓越的工作成绩,换句话说,是将来应该担任东亚农政重任的人物。你要有这样的认识。"

A:"我知道。"

Q:"交灵的事情就忘了吧。羊只是个家畜而已。"

A:"可是不可能忘记。"

Q:"原因你说来听听。"

A:"因为羊在我体内。"

Q:"不成其为说明。"

A:"再下去我就无法说明了。"

一九三六年二月,羊博士被调回国,在接受过几次类似的询问之后,那年春天被分派到农林省资料室。从事制作资料目录、整理书架之类的工作。换句话说,他被逐出东亚农政的权力中枢。

"羊从我体内跑出去了。"当时羊博士对亲密的朋友说,"可是,以前是在我体内的。"

一九三七年,羊博士辞掉农林省的工作,他利用过去以他为中心,担任过本土、中国东北地区和蒙古绵羊三百万头增殖计划的关系,向农林省申请了民间贷款,到北海道去养羊。养了五十六头羊。

一九三九年,羊博士结婚。羊一百二十八头。
一九四二年,长男诞生(现在的海豚饭店老板)。羊一百八十一头。
一九四六年,羊博士的绵羊牧场被美国占领军接收为演习场。羊六十二头。
一九四七年,任职北海道绵羊协会。
一九四九年,夫人肺结核死去。
一九五〇年,就任北海道绵羊会馆馆长。
一九六〇年,长男在小樽港手指被切断。
一九六七年,北海道绵羊会馆闭馆。
一九六八年,"Dolphin Hotel"开业。
一九七八年,被年轻不动产业者询问有关羊的照片——指我的事。

*

"要命。"我说。

第七章 海豚饭店的冒险

*

"请务必让我见见你父亲。"我说。

"见面没关系。可是我父亲很讨厌我,所以很抱歉,您自己去,我就不陪您了。可以吗?"羊博士的儿子说。

"讨厌你?"

"因为我失去两根手指,而且开始秃头。"

"原来如此。"我说,"你父亲好像很特别。"

"做儿子这样说似乎不恰当,不过确实是很特别。父亲自从和羊有关系之后,整个人都变了。变得脾气很古怪,有时近乎残酷。可是,其实他的心很好。只要听他演奏小提琴,就会知道。父亲是受了伤的。而且羊透过父亲,也伤害了我。"

"你很喜欢你父亲对吗?"她问。

"嗯,对,我很喜欢。"海豚饭店的老板说,"不过父亲讨厌我。自从我出生以后,他一次也没抱过我。也从来没对我说过一次温和的话。自从我失去手指又开始秃头之后,他更经常以这个来作弄我。"

"他一定没有作弄你的意思。"她安慰道。

"我也这样想。"我说。

"谢谢。"老板说。

"我们直接去找他,他会见我们吗?"我试着问。

"不知道。"老板说,"不过只要注意两件事,大概会接见吧。一件事是诚恳地说明想问有关羊的事情。"

"另一件呢?"

"不要说是听我说的。"

"我知道了。"我说。

我们向羊博士的儿子道过谢之后上了楼梯。楼梯上冷冷的,空气很潮湿。电灯昏暗,走廊角落积着灰尘。周围飘散着旧纸的气味和体臭。我们走过长长的走廊,依照那儿子说的,敲了尽头的老旧房门。门上贴着一块"馆长室"的塑胶旧牌子。没有回答。我又试着再敲一次。还是没有回答,第三次敲门时听得见里面有人呻吟的声音。

"少来烦我。"男人说,"吵什么。"

"我们是来请教有关羊的事情的。"

"去吃屎!"羊博士在里面吼。以七十三岁来说,声音还很健朗。

"请让我们见见面。"我隔着门吼道。

"关于羊没什么好说的了。呆蛋。"羊博士说。

"可是应该说的。"我说,"关于一九三六年不见的羊。"

暂时有一段沉默,然后门突然猛地开了。羊博士站在我们前面。

羊博士头发很长,白得像雪一样。眉毛也白了,像冰柱一样覆盖在眼睛上。身高大约一六五公分,身体挺直。骨骼粗壮,鼻梁从脸的正中央以滑雪跳台一般的角度向前挑战性地挺出来。

第七章 海豚饭店的冒险

房间里散发着体臭。不,那甚至不能称为体臭。在超越某一点之后已经放弃作为体臭而与时间调和,与光调和起来了。宽阔的房间里拥挤地堆积着旧书籍和文件,以至于几乎看不见地板。书籍几乎全是外文的学术书,每一件都斑斑点点的。右手墙边有一张满是污垢的床,正面窗前有一张巨大的桃花心木桌子和旋转椅。桌上整理得稍微整齐,文件上有压着羊形的玻璃文镇。电灯昏暗,只有布满灰尘的台灯在桌子上方投射着六十瓦特的光。

羊博士穿着灰色衬衫、黑色毛衣外套,和几乎已经变形的斜纹宽西裤。灰衬衫和黑毛衣由于光线明暗程度的不同,也可能看起来像是白衬衫和灰毛衣。或许原来就是那种颜色的。

羊博士坐在向着桌子的旋转椅上,以手指示意要我们坐在床上。我们像在拔掉地雷源似的,跨过书本,跋涉到床边,在那儿坐下。那床单脏得让我担心我的李维斯牛仔裤是否会永远粘在床单上。羊博士双手交叉放在桌上,就那样一直盯着我们瞧。手指一直到关节为止长着黑色的毛。手指的黑毛和白发描绘出令人目眩的奇妙对比。

然后羊博士拿起电话,对着听筒吼道:"快把饭菜端过来。"

"好了。"羊博士说,"你们是来问有关一九三六年失踪的羊的事的对吗?"

"对的。"我说。

"噢。"他说,然后发出巨大的声响擤着鼻涕,"想说什么?还是想听什么?"

211

"两方面都想。"

"那么,请先讲。"

"一九三六年春天从您这里逃走的羊,我知道后来到哪里了。"

"哦?"羊博士鼻子哼着,"我花了四十二年的时间,什么都豁出去一直在到处寻找的东西,你说你知道?"

"我知道。"我说。

"也许是胡说八道。"

我从口袋掏出银制打火机和老鼠寄来的相片放在桌上。他伸出长了毛的手拿起打火机和相片。在台灯下花很长时间检查。沉默像粒子一样长久飘在屋子里。牢固的二重玻璃窗把都市的噪声关闭在外面,只有老旧的台灯发出叽哩叽哩的声音,使沉默的沉重更加凸显。

老人检查完打火机和相片之后,啪吱一声把台灯关掉。用粗壮的手指揉着眼睛。那看起来简直就像要把眼球压进头盖骨里似的。手指离开时,眼睛像兔子一样红红浊浊的。

"真抱歉。"羊博士说,"因为一直被一些呆子包围着,因此变得不相信人了。"

"没关系。"我说。

女朋友微微笑着。

"你们能够想象只有意念存在,而表达则被连根拔起的状态吗?"羊博士问。

"不知道。"我说。

第七章 海豚饭店的冒险

"那真是地狱呀。只有意念团团转着的地狱。一丝光线也没有,一捧水也没有的地底下的地狱。那就是这四十二年之间我的生活。"

"是因为羊吗?"

"是啊。因为羊。羊把我丢在这样的状态里走掉。那是一九三六年春天的事。"

"于是您为了寻找羊而辞掉农林省的职务?"

"官员都是些傻瓜。他们根本不懂得什么是事物的真正价值。他们也永远不懂得那只羊所拥有的意义之重大。"

门被敲响了。"饭菜送来了。"女人的声音说。

"放着吧。"羊博士吼道。

托盘放在地板上发出声音,然后脚步声走远了。我的女朋友把门打开,把餐点送到羊博士桌上。托盘上放着为羊博士准备的汤、沙拉、面包卷、肉丸子和两杯为我们准备的咖啡。

"你们吃过饭了吗?"羊博士问。

"吃过了。"我们说。

"吃了什么?"

"葡萄酒煮的小牛肉。"我说。

"炸虾。"她说。

"噢。"羊博士哼道,然后喝汤,咔啦咔啦地咬着炸吐司,"抱歉,让我一面吃一面谈。肚子饿了。"

"请便、请便。"我们说。

羊博士喝着汤,我们喝着咖啡。羊博士一面一直盯着汤盘一面喝汤。

"请问您知道那张相片的拍摄地点吗?"我问道。

"知道啊,太知道了。"

"可以告诉我们吗?"

"等一等。"羊博士说,然后把空了的汤盘推到旁边,"事情总有个顺序。首先从一九三六年的事说起。我先说,然后你说。"

我点点头。

"简单说明是这样的,"羊博士说,"羊进到我体内是一九三五年夏天的事。我在中国东北地区与蒙古国境附近的放牧调查途中迷了路,于是钻进偶然看见的一个洞窟里过了一夜。梦中羊出现了,问我可以进入我的身体里吗。我说没关系。那时候我想不是什么大不了的事。而且我很清楚这是梦境。"老人一面咯咯地笑着,一面吃着沙拉,"那是我从来没见过的羊的种类。在我的职业生涯里,虽然很清楚全世界的羊,然而那只却是特别的羊。角以奇怪的角度弯曲着,脚是肥肥短短的,眼睛的颜色像要涌出水一般的透明。毛是纯白的,背上长有茶色星形的毛。这样的羊哪里也没过。所以我说那只羊进到我体内也没关系。以一个羊的研究者来说,并不想让这样珍奇品种的羊轻易溜走。"

"所谓羊进入体内,到底是什么样的感觉呢?"

"没什么特别。只是感觉有羊在而已。早上起来时感觉到了,羊在

第七章 海豚饭店的冒险

我里面啊。非常自然的感觉。"

"有没有头痛的经验?"

"从出生到现在一次也没有过。"

羊博士把肉丸子蘸了满满的酱送进嘴里,大口咀嚼着。"羊进入人体里面,在中国北方和蒙古地方并不是怎么稀奇的事。在他们心目中羊进入人体是神的恩惠。例如有一本元朝时代出版的书里就曾经写道,成吉思汗体内有一只'背负星星的白羊'。怎么样? 有意思吧?"

"有意思。"

"能够进入人体里面的羊,是被认为不死的,而拥有羊在体内的人也是不死的。然而羊如果逃出去了,那么那不死性就丧失了。完全取决于羊。如果喜欢的话,可能几十年都在同一个地方,但如果不高兴的话,就一下子出走了。被羊逃走的人,一般被称为'羊拔'。也就是像我这样的人了。"

继续咀嚼。

"我自从羊进到体内之后,就开始研究有关羊的民俗学和传承。听一听当地人的话啦,查一查古书啦。不久那些人之间逐渐散播着羊已经进入我身体里的传说,甚至也传到我上司的耳里。我上司不喜欢这说法。于是我被贴上'精神错乱'的标签被送回国。也就是所谓殖民地痴呆症。"

羊博士解决了三个肉丸子之后,开始解决面包卷。光是在旁边看着,那食欲就令人觉得好舒服。

"日本近代愚劣的本质,是我们从来没有从和亚洲其他民族的交流中学到任何东西。关于羊的事也一样。日本饲养绵羊失败是因为我们只从羊毛、食肉自给自足的观点来掌握这件事。却缺乏所谓生活层次的思想这东西。只想高效率地盗取切除时间后的结论。一切都是这样。也就是说脚没着地。战败也难怪呀。"

"那只羊也一起来到日本了吗?"我把话题引回去。

"是啊。"羊博士说,"我从釜山搭船回来。羊也跟着一起过来。"

"羊的目的到底是什么?"

"不知道。"羊博士吐出来似的说,"不知道啊。羊没有告诉我。可是那家伙是有很大目的的。这点我也知道。想让人类和人类的世界来个大转变似的巨大计划。"

"那是一只羊要做的吗?"

羊博士点点头,把面包卷的最后残片塞进嘴里,然后啪哒啪哒拍拍手。"没什么可吃惊的。想想看成吉思汗所做的事吧。"

"那倒是。"我说,"可是为什么到现在还有这样的事,羊又为什么选日本呢?"

"或许是我把羊唤醒了吧。羊一定是在那个洞窟里沉睡了数百年之久。然而我,这个我竟然把它吵醒了。"

"不是因为您的关系。"我说。

"不,"羊博士说,"就是因为我。我应该更早发现的。这样一来我就有办法对付。然而我却花了很多时间才发现。而当我发现的时候,

第七章 海豚饭店的冒险

羊早已经逃出去了。"

羊博士沉默下来,用手指揉着冰柱一般的白眉毛。四十二年的时间的重量,似乎渗透进他全身的每一个部位。

"有一天早晨醒来,羊已经不见踪影了。那时我才终于理解到所谓'羊拔'是怎么回事。是地狱呀。羊只留下了意念而去。然而没有羊就无法把那意念释放出来。这就是'羊拔'啊。"

羊博士又再用卫生纸擤了一次鼻子。"好了,现在轮到你来说了。"

我谈到羊离开羊博士之后的事。羊进入狱中右翼青年体内的事。他出狱后立刻成为右翼大人物的事。其次渡海到中国大陆,建立起情报网和财产的事。战后虽然变成战犯,但又因以中国大陆的情报网作为交换而被释放的事。并依靠从大陆带回来的财宝,掌握了战后政治、经济、情报的幕后等等的事。

"我听过这个人物的事。"羊博士十分痛心地说,"羊似乎找到了适任者啊。"

"可是今年春天,羊又从他的身体离开了。他本人现在意识不清,快要死了。过去羊一直在支撑着他脑子的缺陷。"

"真幸运哪。以'羊拔'来说,最好不要有清楚的意识,会比较轻松。"

"为什么羊离开了他的身体呢?在这么漫长的一段岁月里,他已经建立起巨大的组织了。"

羊博士深深叹一口气。"你还不明白吗？那个人物的情形和我一样啊，失去利用价值了。人是有限度的，一个达到限度的人对羊来说已经没用了。他可能没有完全了解羊真正追求的东西。他的任务是建立起巨大的组织，这完成时，他就被丢弃了。正如羊利用我当作运输工具一样。"

"那么，羊从此以后怎么样了？"

羊博士从桌上拿起羊的相片，用手指啪啪弹着。"在全日本徘徊呀。它在寻找新的宿主。羊可能打算借着某种手段，把那新的人物放在那个组织上吧。"

"羊所追求的是什么呢？"

"就像我刚才说过的，很遗憾我无法用语言来表达这件事。羊所追求的，只是将羊的意念具现化而已。"

"那是善的吗？"

"对于羊的意念而言当然是善的。"

"对您来说呢？"

"不知道。"老人说，"真的不知道。羊走掉以后，到什么地方是我，到什么地方是羊的影子，连这点我都不清楚。"

"您刚才说过你有应该采取的手段，是指什么？"

羊博士摇头。"我不打算跟你谈这个。"

沉默再度覆盖了房间。窗外开始下起激烈的雨。来到札幌第一次

第七章 海豚饭店的冒险

下雨。

"最后请告诉我们这张相片的拍摄地点。"我说。

"这是我生活了九年的牧场。我在那儿养羊。战后立刻被美军接收,归还的时候卖给一个有钱人,作为附有牧场的别墅地。到现在还是同一个主人。"

"现在还养羊吗?"

"不知道。不过看这张照片好像现在还养着。反正是个偏远的地方,极目眺望都没有别的人家。冬天交通完全断绝。主人使用的时间一年只有两三个月吧,不过倒是个安静的好地方。"

"不用的时候有人管理吗?"

"冬天可能没人吧。除了我之外,一定没有人想在那样的地方过一个冬天吧。至于羊的照料,只要付些钱给山麓的村营绵羊饲养场,就可以委托他们代办。屋顶设计成雪自然能够落到地面的样子,而且不必担心小偷。在那样的山里,就算能偷到什么,要回到村子里可不容易呀。因为降雪量实在可怕啊。"

"现在有人在吗?"

"这个嘛,大概已经没人住了吧。不久就要开始下雪,而且熊也开始到处找过冬的食物……你打算去那里吗?"

"我想是会去。除此之外,我们也没什么特定目标啊。"

羊博士闭起嘴巴,停了一会儿。嘴唇旁边还沾着肉丸子的番茄酱。

"其实在你们之前,还有一个人来问过关于那个牧场的事。大概是今年二月吧。年纪,对了,和你差不多。听说是看了饭店门口那张相片后觉得有兴趣。因为我那个时候正好很无聊,所以就告诉他很多事情。他说是想当作小说的素材。"

我从口袋里掏出和老鼠一起拍的相片,交给羊博士。那是一九七〇年夏天在杰氏酒吧,杰为我们拍的。我的脸转向旁边喷着烟,老鼠朝着相机伸出拇指头。两个人都还年轻,晒得黑黑的。

"一个是你啊。"羊博士打开台灯看着相片,"比现在年轻。"

"这是八年前的相片。"我说。

"另外一个可能是那个男的,年纪稍微大一些,留了胡子,大概没错吧。"

"胡子?"

"整齐的口髭和不修边幅的胡子。"

我试着想象留了胡子的老鼠,却不怎么想象得出。

羊博士帮我们画了牧场的详细地图。在旭川附近转搭支线,走三个小时左右之后,就到一个山麓车站。从那个站到牧场还要再开车三小时。

"非常感谢。"我说。

"说真的,我觉得从今以后最好不要再和那只羊有什么牵连了。我就是一个最好的例子。跟那只羊有关系的人没有一个是幸福的。因为在那只羊的存在面前,一个人的价值观不抱有任何力量。不过,我想你也有你的各种原因吧。"

"正如您所说的。"

"那就小心点啰。"羊博士说,"还有麻烦把餐具放在门外。"

4　告别海豚饭店

我们花了一天的时间准备出发。

在体育用品店买齐了登山装备和便携装食品,在百货公司买了厚厚的渔夫穿的毛衣和毛袜。在书店买了一比五万的地图和有关地域史的书。靴子是可以在雪地上走的坚固笨重的防滑靴,内衣是厚厚的防寒用内衣。

"这些东西和我的职业好像不怎么搭配啊。"她说。

"走进雪地之后,就没有时间再多考虑这些了。"我说。

"你想待到积雪的季节吗?"

"不清楚啊。可是十月底已经开始下雪了,最好还是要有准备。谁也不知道会发生什么啊。"

我们回到饭店,把这些行李塞进大型背包,把东京带来的多余行李整理成一件,托给海豚饭店的老板保管。事实上她包包里的东西,几乎全是多余的行李。一套化妆品、五本书、六个卡式录音带、连衣裙、高跟鞋、满满一纸袋的丝袜和内衣、T恤、短裤、旅行用闹钟、素描簿和二十四色的彩色铅笔、信封、信纸、浴巾、小型急救箱、吹风机、棉花棒。

"为什么还带连衣裙和高跟鞋呢?"我问。

"因为如果有派对不是很伤脑筋吗?"

"怎么可能有什么派对嘛。"我说。

结果,她还是在我的背包里塞进了卷起来的连衣裙和高跟鞋。化妆品则在附近店里另外买了一套旅行用的。

老板很乐意帮我们保管行李。我把到第二天为止的住宿费付清,并说好再过一星期或两星期会回来。

"我父亲是不是对你们有帮助?"老板担心地问。我说很有帮助。

"我真希望我也能偶尔去寻找一些什么。"老板说,"不过在那之前,我连自己到底该寻找什么才好都不知道呢。我父亲是不断在寻找什么的人。现在还在寻找。我也从小就一直听父亲说做梦都会梦见白羊的事。所以我一直以为人生就是这么回事。觉得好像一直不断地在寻找什么,才是真正的人生似的。"

海豚饭店的门厅,就像平常一样静悄悄的。上了年纪的女佣拿着拖把在楼梯上走上走下。

"可是父亲已经七十三岁,还没找到羊。我连羊是不是真的存在都不知道。我觉得对他本人来说,也不是怎么快乐的人生,虽然我现在还是希望父亲能够快乐,可是父亲老是把我当傻瓜,我说什么他都不听。这也是因为我的人生没有所谓目的这东西的关系。"

"可是你有海豚饭店哪。"女朋友亲切地说。

第七章　海豚饭店的冒险

"而且你父亲的寻羊行动应该也已经告一段落了。"我补充道,"剩下的部分由我们来继续下去。"

老板微笑起来。

"既然这样,就没什么话说了。从今以后我们两个应该可以快快乐乐过日子了。"

"果真这样就太好了。"我说。

*

"那两个人真的能快乐吗?"过一会儿只剩我们两个人时,她问我。

"也许需要一点时间,不过一定没问题的。因为毕竟四十二年的空白已经被掩埋了。羊博士的任务已经结束。以后羊的足迹必须由我们去探寻。"

"我好喜欢那对父子噢。"

"我也很喜欢哪。"

行李整理好之后,我们性交。然后到街上看电影。电影里也有很多男女和我们一样在性交。觉得看别人性交似乎也不坏。

第八章　寻羊冒险记Ⅲ

1　十二泷町的诞生、发展和衰落

从札幌往旭川的清晨列车里,我一面喝着啤酒,一面读着厚重的名为《十二泷町之历史》的盒装书。所谓十二泷町,就是羊博士牧场所在的地方。或许没有什么太大的帮助,不过读了也没什么损失。作者在昭和十五年生于十二泷町,毕业于北海道大学文学部之后,便以乡土史学家的身份活跃着。虽说活跃,著书却仅这一册而已。发行是在昭和四十五年五月,当然是初版。

根据书上记载,现在的十二泷町这块土地,最初有开拓民进住,是在明治十三年的夏天。他们总数是十八名,全部是贫穷的津轻小佃农,称得上财产的,只有少数农具、衣服、寝具,还有锅碗、菜刀之类的东西而已。

他们经过札幌附近的爱奴部落,把最后剩下的一点点钱倾囊而出,雇了一个爱奴青年当向导。眼睛乌黑、瘦瘦的青年,叫作爱奴语"月之圆缺"意思的名字。(作者推测他或许具有躁郁症倾向吧。)

其实在做向导这方面,这个青年比他外表看起来要优秀得多。他虽然在语言几乎完全不通的情况下,却能够率领这满腹疑云而阴沉沉的十八个农民北上到石狩川。他心里非常清楚到什么地方能找到肥沃的土地。

第四天,一行人到达一个地方。辽阔而水源充足,周遭开满了一望无际的美丽花朵。

"这里很好。"青年满足地说,"野兽少,土地肥,又有鲑鱼。"

"不行。"带头的农民摇摇头,"再往里走比较好。"

农民们或许认为再往里走一定可以发现更好的土地,青年这样想。也好,那么就再往里走吧。

一行人从此又往北边走了两天。然后找到一个就算不比最初那块土地肥沃,但总也不怕洪水的高地。

"怎么样?"青年问道,"这里也很好。你们说呢?"

农民们摇摇头。

这种对答方式重复了几次以后,他们终于跋涉到现在的旭川。也就是从札幌走了七天,大约一四〇公里的旅程。

"这里怎么样?"青年并不特别抱着什么期望地问。

"不行。"农民们回答。

"可是,从这里再过去,就要爬山了噢。"青年说。

"没关系。"农民们很高兴地说。

于是他们越过了盐狩山。

农民们刻意避开肥沃的平原地带而专门探寻未开发的深山僻地，当然有他们的理由。其实他们全体都是背了巨额的债，连夜逃出故乡的村庄，因此不得不极力避开人家容易看见的平原地带。

当然爱奴青年对这一点却并不知情。因此，当他看到农民们一直拒绝肥沃的耕地而要继续往北走时，先是觉得惊奇、懊恼、困惑、混乱，后来甚至对自己丧失了信心。

不过青年似乎是个个性相当复杂的人，当越过盐狩山顶时，他已经完全被那必须引导农民不断往北再往北的不可解的宿命性所同化。而且故意选一些荒凉小路或危险的沼地来让农民们高兴。

越过盐狩山又往北走了四天之后，一行人遇到了一条由东向西流的河川。经过一番商议之后，他们决定往东走。

那确实是非常糟糕的土地，非常糟糕的路。他们劈开长得像海一样繁茂的箭竹，花了半天才穿过草比个头还高的草原，再涉过泥沼高到胸部的湿地，攀爬过岩石山壁，一心一意地往东前进。夜里就在河床上搭帐篷，一面听着狼嚎一面睡觉。手被箭竹割划得血迹斑斑，蚊虫到处乱咬，连耳朵洞里都要钻进去吸血。

往东走的第五天，他们来到一个被山遮住、从此无法再往前进的地方。怎么说呢，再往前走就无法住人了，青年宣布道。于是农民们才好不容易停下脚步。这是明治十三年七月八日，从札幌启程后二六〇公里的地点。

他们首先调查地形,调查水质,调查土质,发现这里相当适合农耕。于是每个家庭各分配到一些土地之后,又在那中央用原木建了一座共同小屋。

爱奴青年捉到一群偶然来到这附近打猎的爱奴人,问他们:"这地方叫什么名字?"他们回答道:"这样一个鸟不生蛋的地方怎么会有名字呢?"

因此这片开拓地从此之后暂时有一段时间连名字也没有。方圆六十公里之内没有人烟(就算有也并不希望交际)的部落,本来就不需要什么名字。明治二十一年北海道厅的地方政府人员来到这里,要编全体开拓民的户籍,提到这部落没名字很伤脑筋,然而开拓民自己却一点也不感觉伤脑筋。开拓民甚至拿着镰刀、带着锄头到共同小屋集合,结果还获得一个决议:"部落不取名字"。政府人员没办法,就以部落旁边流过的河上有十二道瀑布为由,将其取名为"十二泷部落",报告到道厅去。从此"十二泷部落"(后为十二泷村)就成为这个集落的正式名称。不过这些当然是后日谭。我们再回到明治十四年。

土地被夹在大约张开六十度角的两座山之间,中央有一条河形成深谷贯穿流过。确实是像"屁股的肛门"一样的光景。地面密密麻麻长着细竹子,巨大的针叶树根部伸张到地底下。狼、鹿、熊、野鼠和各种大大小小的鸟,在这大地之上徘徊寻觅着贫乏的树叶,或肉和鱼。蚊子和苍蝇真的很多。

"你们真的要在这里住吗?"爱奴青年试着问道。

"当然。"农民们回答。

虽然不太清楚是为了什么理由,不过总之爱奴青年并没有回到生长的故乡,却和那批开拓民一起留在那片土地上。很可能是好奇心使然吧,作者如此推测。(作者真是经常在推测。)不过要不是有他,那些开拓民是否能够平安无事地度过那年冬天就极为可疑了。青年教开拓民们如何采集冬季蔬菜,如何防雪,如何在冻结的河川捕鱼,如何做狼的陷阱,如何把冬眠前的熊赶走,如何根据风向测知天候的变化,如何预防冻伤,如何烧细竹根,针叶树如何朝一定的方向砍倒。如此这般之下,这些人对青年逐渐地信服,青年也恢复了信心。他后来和开拓民的女儿结婚,生了三个孩子,并取了日本名字,他已经不再是"月之圆缺"。

尽管爱奴青年如此奋斗,但开拓民们的生活依然是极严酷的。八月里才好不容易把每个家庭的小屋都盖齐了,但因为只是用不整齐的纵剖原木堆积起来的程度而已,冬天的风雪便毫不容情地吹进来。早晨起床时,枕头边积雪高达一尺也并不怎么稀奇。而棉被多半一家只有一条,男人们便生起柴火,在火前卷个草席睡。手边的食物吃光后,他们就捕捉河里的鱼,或挖开雪,寻找已经变黑的蕨类来吃。那年冬天虽然特别严寒,但是没有一个人死去。既没有争执,也没有哭泣。唯有与生俱来的贫穷是他们唯一的武器。

春天来了。两个婴儿出生,部落的人口变成二十一个人。孕妇在生产前的两个钟头还在野地里工作,生完第二天就又到田里干活了,新开垦的田里种了玉米和马铃薯,男人们伐木,烧根,开垦荒地。生命在地表探出头来,结出幼嫩的果实。当人人刚刚松下一口气时,一大群的蝗虫飞来了。

大群的蝗虫翻山越岭而来,刚开始,看起来像是一大块巨大的乌云。接着传来一阵轰隆隆的地鸣。到底发生了什么事?谁也不知道,只有爱奴青年知道。他命令男人们在田里到处烧起火来。把所有的家具,浇上所有的石油,点起火来。并叫女人们拿起锅子用研磨棒用力敲打。他做了一切能做的事(正如后来每个人都一致如此承认)。然而一切还是徒劳无功。几十万只蝗虫降落田里,把农作物随心所欲地吃个精光。蝗虫过后什么也没剩下。

蝗虫走掉之后,青年跪在田里痛哭。农民们没有人哭。他们把死掉的蝗虫堆在一起烧,烧完之后立刻着手继续开垦。

他们还是靠着吃河鱼、蕨类度过冬天。然后春天来的时候,又生了三个小孩。他们在田里种作物。夏天蝗虫又来了。把作物连根吃掉,这次爱奴青年没有哭。

蝗虫的来袭终于在第三年停止了。漫长的雨水把蝗虫的卵泡腐了。然而同时也因为雨季过长,作物也泡烂了。接下来的一年金龟子异常多,再下来的一年夏天则非常冷。

我读到这里,把书合起来,又喝了一罐啤酒。从包包里拿出鱼子便当来吃。

她在对面的位子上双手交叉抱在胸前睡觉。从窗外照进来的秋天早晨的阳光,在她膝头轻轻罩上一层薄薄的光。不知从什么地方飞进来的小蛾,像被风吹动的纸片一样轻飘飘地飞着。小蛾最后终于停在她的乳房上,在那里休息了一会儿,又不知道飞到什么地方去了。小蛾飞走之后,她看起来似乎老了一点点。

我抽了一根烟之后,把书翻开,开始继续读《十二泷町之历史》。

进入第六年之后,开拓村才好不容易开始现出一点生机,农作物结了果实,小屋改良过了,人们也逐渐习惯寒冷地方的生活。原本的小屋改建成木板整齐搭建的房子。炉灶搭建起来,洋铁煤油提灯吊起来了。他们把仅有的少量剩余作物、鱼干和鹿角堆在船上,花两天工夫运到别的村子,去换钱买些盐、衣服和酒。有几个人学会了用开垦时砍掉的树烧成木炭。河川下游也形成了几个类似的村落,他们之间开始互相交流。

随着开拓的进展,人手不足成了严重的问题。村民召开会议,经过两天热烈的议论之后,决定从故乡找几个后继者来。问题是债还没还,悄悄写信回去打听之后,从回信得知债主已经不再追究。于是年纪最大的农民便写信给村子里几个昔日的朋友,邀他们一起来开垦。明治二十一年,实施户籍调查,根据官方人员记载,也就是和村子被取名为

"十二泷部落"的同一年。

第二年,六个家族,一行十九人来到这新开拓民的部落。他们被迎进修补过的共同小屋,每个人流着眼泪庆幸重相逢的喜悦。新住民都分配到一些土地,并在先住民的协助之下开辟田园,兴建住宅。

明治二十五年又来了四个家族,十六口人。明治二十九年来了七个家族,二十四口人。

就这样居民继续增加,共同小屋扩建成气派的集会所,旁边还盖起了神社。十二泷部落改名为"十二泷村"。人们的主食依然还是小米饭,偶尔才混杂一些白米。渐渐地不定期地也可以看到邮差出现了。

当然并不是没有不愉快的事发生。官员偶尔会出现,来征收税捐和征兵。对这件事觉得最不高兴的,要算是爱奴青年了(他那时候已经三十五岁左右了)。他无论如何也无法理解纳税和服兵役的必要性。

"我总觉得还是以前比较好。"他说。

虽然如此,村子还是继续发展下去。

明治三十五年,他们发现村子附近的台地非常适合做牧草地,于是就把它当作村营绵羊牧场。道厅派员来指导栅栏的做法、引水的方法、牧舍的建筑等,并派囚犯工人沿河修路,最后羊群终于沿着这条路来了,政府以几乎等于以免费的价钱卖给他们。农民们完全摸不清楚政府为什么要对他们这么好,很多人认为是因为他们这些年吃了太多苦,偶尔也该有一点好处发生吧。

当然,政府并不是出于好心才给农民羊的。而是军部为了进军大陆,预先储备自给自足的防寒用羊毛,而催促政府,政府又命令农商务省扩大绵羊饲养,而农商务省再对道厅施加压力。因为日俄战争正逐渐逼近。

村子里对绵羊最感兴趣的就是那位爱奴青年。他跟着道厅的官员学习绵羊饲养法,成为牧场负责人。他不知道为什么对绵羊这么感兴趣。或许因为他不习惯村子里随着人口增加而急速开始混乱的集体生活吧。

来到牧场的有三十六头Southdown羊、二十一头Shropshire羊,还有两只边境牧羊犬。爱奴青年立刻变成一个能干的牧羊人。羊和犬每年继续繁殖。他打内心里爱上这些羊和犬。官员们都很满意。小狗们都长成优秀的牧羊犬而被各地的牧场分别收养。

日俄战争开始之后,村子里有五个年轻人被征兵,送到中国大陆的前线去。他们五个人虽然都进入同一个部队,但在一次小型山丘争夺战中,部队的右翼被敌人的手榴弹攻击而冲散,两个死了,一个失掉左手臂。战斗在三天后结束,剩下的两个人收集战死同乡四分五裂的尸骨。他们都是第一期和第二期移民们的孩子。战死者之一就是后来成为牧羊人的爱奴青年的长子。他们都是穿着羊毛军用外套死去的。

"为什么要跑到遥远的外国去打仗呢?"爱奴牧羊人逢人便这样问。那时候他已经四十五岁了。

谁都回答不了他的问题,爱奴牧羊人于是离开村子,整天躲在牧场里和羊群一起作息。他妻子已经在五年前得了肺炎死去,留下的两个女儿也已经出嫁。村子里为了报答他对羊的照顾而给了他一些薪俸和食粮。

自从儿子死了之后,他完全变成一个脾气古怪的老人,六十二岁时死去。帮忙照顾羊群的少年,在一个冬天的早晨,发现他躺在牧舍地上的尸体。是冻死的。两只相当于第一代牧羊犬的孙子的边境牧羊犬,守在他尸体两旁,以绝望的眼神,鼻子哼哼地呻吟着。羊群什么也不知道,正在吃着铺满栅栏里的牧草。羊群牙齿摩擦的咔哒咔哒声在安静的牧舍中听起来仿佛响板的合奏似的。

虽然十二泷村的历史依然继续下去,但对爱奴青年来说的历史就在这里结束了。我站在厕所解了两罐啤酒量的小便。回到座位一看,她已经醒了,正出神地望着窗外的风景。窗外水田无止境地延伸出去。偶尔可以看到储存粮草的仓库。河川近了,又远去。我一面抽着烟,一面望着风景,和正在眺望那样的风景的她的侧面。有好一阵子她一句话也没说。我抽完烟,重新回到书本。铁桥的影子在书上闪闪摇晃着。

变成老牧羊人而死去的薄命的爱奴青年的故事结束之后,历史变得枯燥乏味。有一年,由于鼓胀症死了十只羊,除了因为受到冷害,稻作一时受到打击之外,村子依然顺利地继续发展下去,大正时代升格为町。町变得富裕了,各项设施也就更完善了,建了小学,成立了町办事处,还设了邮局的支局。北海道的开拓几乎已经完成了。

耕地已经达到极限，零星农民的孩子之中甚至开始有人到中国东北地区和库页岛去寻找新天地。昭和十二年中也有一项关于羊博士的报导。他曾经以农林省的技官身份到朝鲜和中国东北地区累积了丰富的研究经验——（三十二岁）因故退职，到十二泷町北方山上一个盆地开设绵羊牧场。有关羊博士的报导，前前后后只有这样而已。这本书的作者，乡土史学家，在进入昭和之后，似乎也对村子的历史感到相当无趣吧。记述变得零碎而形式化。文体也比在描述爱奴青年时大为失色。

我跳过从昭和十三年到四十四年之间的三十一年，决定读"现在的町"这一项。然而这本书所考虑的"现在"指的是一九七〇年，并不是真正的现在。真正的现在是一九七八年十月。不过从写一个町的通史来说，毕竟有必要在最后提到"现在"。就算那现在会立刻丧失其现在性，但谁也不能否定现在就是现在的事实。如果放弃现在就是现在的事实，那么历史也就不成其为历史了。

根据《十二泷町之历史》记载，一九六九年四月的时点，町里人口为一万五千人，比十年前少了六千人，减少的部分几乎全是离农者。除了经济高度成长下产业结构的变化之外，寒冷地农业这一北海道所具有的特殊性，也使离农率呈现异常高的比率。

那么他们所离开的农地后来变成什么样了呢？变成了林地。曾祖父们流尽血汗，砍倒树林所开垦出来的土地，又由他们的子孙再度种上了树木。真是不可思议的事。

就这样,现在的十二泷町主要产业是林业和木材加工业。町里有几个小型制材工厂,人们在那里制作电视的木框、镜台、礼品用的熊雕和玩偶。过去的共同小屋,现在变成开拓资料馆,在里面展示一些当时的农具、餐具等。也有一些日俄战争时战死的村里青年的遗物。还有北海道熊齿形的便当盒。询问故乡村落有关债务消息的信件也留着。

不过说真的,现在的十二泷町是极无聊的地方,大部分的村民工作回家之后,一个人平均看四小时电视,然后就睡觉。虽然投票率相当高,不过当选的人都是预先知道的。町的标语是"丰富的自然中丰富的人性"。至少车站前面是立了一块那样的看板。

我合上书之后,打了一个呵欠,然后睡觉。

2 十二泷町的再度衰落和羊群

我们在旭川转车,朝北方前进,越过了盐狩山。几乎和九十八年前爱奴青年与十八个贫穷农民曾经跋涉过的同一条路。

秋天的日照将原生林的遗迹和红得像火在燃烧一般的七灶树红叶清晰地映照出来。空气静悄悄的,清澈到极点。一直眺望着好像眼睛都要痛起来了似的。

列车刚开始是空空的,不过从途中开始上来一些走读的高中男生女生,挤得变成客满。他们嘈杂的声音、欢笑的声音、头皮的气息、莫名其妙的对话和无处宣泄的性的欲望充满了车厢。这样的状态大约持续三十分钟之后,他们又在某一个车站一瞬间就消失了。然后列车再度变成空空的,连一句话的声音都听不见。

我和她一面各自咬着平分一半的巧克力,各自望着外面的风景。光线安静地降落在地面。简直像用望远镜从反方向看进来似的,觉得各种东西都变得好远。她有一阵子小声地用沙哑的口哨吹着《Johnny B. Goode》的旋律。我们从来没有过这样长久一直沉默着。

我们走下列车时是十二点过后。一站到月台上,我就尽情伸展全身并做了深呼吸。空气澄清得肺好像要缩起来似的。阳光温暖地照在皮肤上,感觉好舒服。然而气温确实比札幌低了两度。

沿着铁道排列着几幢红砖瓦建造的老旧仓库,那旁边堆积着一些直径有三米的粗大圆木,堆得像金字塔一样,吸满了昨夜的雨,染成了黑色。我们所搭的列车开出去之后,就再也看不到人影,只有花坛里的万寿菊被冷风吹得直摇动。

从月台上所能看见的街容,正是一个典型的小规模地方都市。有小型的百货公司,有一条杂乱无章的主要街道,只有十条路线的巴士站,有一个观光服务处。看起来好像没什么趣味的地方。

"这就是目的地吗？"她问。

"不，不是。在这里还要换一趟车。我们的目的地比这里还要小得多。"

我打了一个呵欠，又再深呼吸一次。

"这里就是所谓的中继地点。最初的开拓者就是从这里改变方向朝东走去的。"

"什么最初的开拓者？"

我在候车室一个没点火的暖炉前坐下，趁着下一班车还没来以前，把十二泷町的历史大概说给她听。因为年号变得有点麻烦，所以我根据《十二泷町之历史》的卷末资料，在笔记本的空白页做了一个简单的年表。笔记左边写出十二泷町的历史，右边写出日本史上发生的主要大事。变成一张相当可观的历史年表。

例如一九〇五年／明治三十八年，旅顺开城，爱奴青年的儿子战死。根据我的记忆，那也是羊博士出生的那年。历史逐渐在某些地方串联起来。

"这么看起来，日本人好像是活在战争的夹缝里似的。"她一面左右对照地望着年表一面说。

"好像是噢。"我说。

"为什么会变成这样呢？"

"有点复杂。真是一言难尽。"

"哦？"

候车室就像大部分的候车室一样,空荡荡的没什么味道,也没什么特色。椅子难坐得要命,烟灰缸塞满吸了水的烟蒂,空气沉淀着。墙上挂着几张观光地的海报和指名负责人的名单。除了我们之外,只有一位穿着骆驼色毛衣的老人和一个牵着四岁左右男孩的妈妈而已。老人一度决定姿势之后,便再也不动一下地专心看着小说杂志。好像在撕绷带一样地翻着书页,翻过一页之后到翻下一页为止大概要花十五分钟。那对母子看起来则像一对倦怠期的夫妇一样。

"结果大家都很穷,其实如果顺利一点的话,我觉得应该可以脱离贫穷的。"我说。

"像十二泷町的人一样?"

"对。所以大家拼命疯狂地耕种,不过大部分的开拓者到死都还是贫穷的。"

"为什么?"

"因为土地的关系呀。北海道是一块寒冷的大地,几年总有一次冷害,作物无法收成时,连自己吃的东西都没有,既然没有收入,也就不能买石油,不能买第二年所需要的种苗。所以就拿土地去抵押借高利贷。可是这地方的农业生产力又没有高得能够付得起那利息,最后土地就被拿走了。因此很多农民就这样沦落成佃农。"

我噼哩叭啦地翻着《十二泷町之历史》。

"昭和五年十二泷町的自耕农占人口的比率下降到百分之四十六。因为昭和初年不景气和冷害接二连三地发生。"

第八章 寻羊冒险记 Ⅲ

"辛辛苦苦开拓的土地、耕作的农田,终于逃不过贷款的劫数。"

*

因为还有四十几分钟,于是她就一个人到街上去逛。我留在候车室一面喝着可乐,一面打开读了一半的书,试着看十分钟又作罢,把书放回口袋。脑子里什么也没有。我的脑子里有十二泷町的羊群,把我送进去的活字一面发出咔哒咔哒的声音,一面一一吃个精光。我闭上眼睛,叹了一口气。通过的运货列车发出一声汽笛声。

*

开车十分钟之前,她买了一袋苹果回来,我们把它当午餐吃了之后就上了列车。

列车简直接近报废的地步。地板从软的部分开始磨损成波浪状。走在通道上身体会左右摇晃。座位的绒毛几乎已经消失了,椅垫子像一个月前的面包一样。厕所和油的气味混成宿命性的空气支配着整个车厢。我花了十分钟把车窗推上去,暂时让外面的空气流进来,但列车一开出之后,就有细沙飞进来,因此我又花了和打开时同样的时间,再把车窗关上。

列车是由两辆组成的,一共载了大约十五个乘客。而且全体都被漠不关心和倦怠的粗壮绳索紧紧绊在一起。穿骆驼色毛衣的老人还在继续读着杂志。从他的阅读速度看来,就算读的是三个月前的刊物也不奇怪。发胖的中年女人就像正在专心听着斯克里亚宾的钢琴奏鸣曲的音乐评论家一样的表情,眼睛一直盯着空中的一点。我悄悄沿着她的视线追寻,然而空中什么也没有。

孩子们也都很安静。谁也不吵,谁也不乱跑,连外面的风景都不看。只有某一个人偶尔发出像用火筷子敲木乃伊脑袋似的干干的咳嗽声。

列车每在一站停下来,就有人下车。有人下车时,车掌就一起下去收车票,车掌上车后,车子又开出。是一位即使不蒙面也已经很像银行强盗的面无表情的车掌,没有一个新乘客上车。

窗外河流继续延伸,河里汇集了雨水,混浊成茶色。在秋天的阳光下看起来像是闪闪发光的牛奶咖啡下水道一样。沿着河流有一条柏油路忽隐忽现。偶尔可以看见堆满木材的巨大卡车朝西边驶去。整体来说交通量极为稀少。沿着道路排列的广告板,朝向空荡荡的空白继续发出漫无目的的信息。我为了打发无聊的时间,便逐一望着每一片出现眼前的时髦而充满都市味道的广告板。在那上面,艳阳下比基尼泳装女郎正喝着可口可乐,中年性格演员皱起额头纹,正拿着苏格兰威士忌的玻璃杯在喝酒,潜水手表正溅起猛烈的水花,花了多得可怕的钱装潢的豪华房间里,模特儿正在涂着指甲油。以广告产业为名的新开拓者们,似乎正在巧妙地切开这块大地。

列车到达终点十二泷町车站时是两点四十分。我们两个都不知在什么时候已经沉沉睡着,没听见入站时的站名广播。柴油引擎像挤出最后一口气似的排出之后,完全的沉默便降临了。让皮肤感到刺痛似的沉默使我醒了过来。当我注意到的时候,车子里除了我们之外已经没有其他乘客的影子。

我匆匆忙忙从网架上把两个人的行李搬下来,并敲了几次她的肩膀,把她叫醒,下了车。吹过月台的风已经冷得令人想起秋天的结束。太阳早已滑下天空,而黑黑的山影像宿命般的污点似的爬在地面。不同方向的山棱波线在眼前的街道合流,像要护着火柴焰火免得被风吹熄而弓起手掌一般,把街道整个包住了。而细长的月台则简直就是一艘正要冲向耸立的巨大波浪的瘦弱小船。

我们呆住了,一时望着那样的风景不动。

"羊博士从前的牧场在哪里?"她问。

"在山上。开车还要三个钟头。"

"现在立刻去吗?"

"不。"我说,"现在就去的话,半夜才会到。今天先找个地方住,明天早上出发。"

车站正面有一个空荡荡没什么人的小型环形交叉口。计程车上车处没有计程车的影子,环形交叉口正中央有一个鸟形的喷水池却没有水。鸟张着嘴巴也不怎么样,只是面无表情地仰望着天空。喷水池周围绕着一圈万寿菊的花坛。一眼就可以看出这个地方比十年前没落多了。街上几乎看不见人,偶尔迎面走过的人们,脸上都露出住在没落地方特有的没落的表情。

环形交叉口左手边排列着半打靠铁道运输时代所建起来的老旧仓库。古老的红砖砌造,屋顶很高,铁门重漆多次之后,已经放弃不管了。仓库的屋顶上排着一列巨大的乌鸦,无言地俯视着街道。仓库旁的空地上,高高的麒麟草长得像茂密的森林一样。那正中央有两部旧汽车丢在那里随便让日晒雨淋。两部都没有轮胎,车盖打开着,内脏被拖出来。

一个像是已经关闭的溜冰场一样的圆形广场上,立着这个町的指示地图,大部分的文字几乎都被风雨摧残得无法判读出来了。能够读出来的只有"十二泷町"这几个字和"大规模稻作北限地"这一句话。

环形交叉口正面有一条小商店街。商店街和大体一般的商店街类似,只是道路特别宽阔,使得这地方给人的印象更加寒冷。虽然宽阔的道路两旁种的七灶树叶正染成鲜明的红叶,然而寒冷的感受并没有稍减。这些生物与地方的命运无关,各自恣意地享受着生命的乐趣。只有住在这里的人们和他们微不足道的日常营生,在寒冷中被整个吞没了。

我背着背包一直走到大约有五百米的商店街尽头,寻找旅馆。但没有旅馆。商店有三分之一的铁卷门是关闭着的。钟表店前面的看板脱落了一半,被风吹得啪哒啪哒响。

商店街忽然中断的地方,有一个杂草蔓生的停车场,停着奶油色的本田淑女和红色丰田赛利卡。两部都是新车。虽然感觉有点奇怪,不过那面无表情的新和空荡荡乡镇氛围并不觉得不合。

商店街再过去几乎什么也没有了,宽阔的街道变成和缓的坡道一直下到河边,遇到河的地方,路变成T字形往左右分出去。坡道两边排列着小小的木造平房。庭园的树带着灰尘的颜色向天空伸出虬结的枝丫。每一棵树都有某种奇妙的伸出枝丫的方法,每一家玄关都装有很大的石油桶和一式的牛乳箱。每一家屋顶都立着高得惊人的电视天线。电视天线像要向这村子背后耸立的山岭挑战似的,朝空中张牙舞爪地伸出那银色的触手。

"好像没有旅馆嘛!"她似乎很担心地说。

"没问题。任何地方都一定有旅馆的。"

我们退回车站,向车站职员打听旅馆的所在地。两个年龄差别像父子一样的职员好像快要无聊死了似的,非常亲切有礼地详细说明旅馆的所在地点。

"旅馆有两家。"年纪大的说,"一家比较贵一点,一家比较便宜。贵的是道厅的大人物来的时候,或举行正式宴会的时候使用的。"

"餐点相当好噢。"年轻的说。

"另一家是往来商人,或年轻人,唉,反正是普通人住的。外观看起来是差一点,不过倒不至于不干净,洗澡堂相当不错噢。"

"可是墙壁薄一点。"年轻的说。

然后两个人继续不断地为墙壁的厚薄议论不停。

"我们选择贵的。"我说。信封里的钱还剩下相当不少,而且也没有任何必须节省的理由。

年轻的职员撕下一张便条纸，帮我们画出旅馆的路线图。

"谢谢。"我说，"不过跟十年前比起来，这里好像冷清多了啊。"

"嗯，是啊。"年纪大的说，"现在木材工厂只剩一家，既没有其他什么像样的产业，农业也缩减了，连人口都减少了呢。"

"甚至学校都没办法适当地编班。"年轻的补充道。

"人口大概有多少？"

"说是大约七千，其实还不到。我想五千左右吧。"年轻的说。

"这条路线哪，先生！说不定哪一天就不见了。因为这是全国第三名的亏损路线。"年纪大的说。

我很惊讶居然还有两条路线比这条更没落的，不过我道过谢之后便离开了车站。

旅馆从商店街尽头的坡道往下走，向右转大约走三百米，就在河边上。是一家感觉不错的老旅馆，还残留着镇上还热闹时候的影子。面向着河流，精心整理的庭园相当宽阔，角落里有一只小狼犬正把脸埋进餐具里吃着过早的晚餐。

"来登山的吗？"带我们到房间的女服务生问道。

"是来登山的。"我简单说。

二楼只有两个房间。相当宽敞的房间，走出走廊就可以俯视和在火车上看到的一样的牛奶咖啡色的河川。

因为她说想要洗个澡，于是我决定趁那时间一个人到町公所去看一看。町公所虽然位于和商店街隔两条街的西边一条空旷的路上，不过建筑物却远比想象中新而且像样。

我在町公所的畜产部门窗口把两年前远是个半吊子自由作家时所用过的印有杂志名称的名片拿出来，表明想要请教有关绵羊饲养方面的问题。虽然说女性周刊要采访报导有关绵羊的事实在有点奇怪，不过对方倒是立刻答应，并让我进到里面去。

"町里现在有两百多头绵羊，全部都是Suffolk。也就是说食肉用的。肉卖到附近的旅馆和餐厅，评价非常好。"

我拿出手册大概记了点笔记。我猜他接下来的几个星期可能会持续买这本女性周刊吧。想到这里，心情暗淡下来。

"是为了写关于食谱的文章吗？"一直为我讲述绵羊的饲养状况之后对方问道。

"也有啦。"我说，"不过我们的主题其实是偏向于捕捉羊的全貌。"

"全貌？"

"也就是性格、生态之类的。"

"哦？"对方说。

我合上手册，喝了送来的茶。"我听说山上有一个老牧场。"

"嗯，有啊。到战前为止还是一个很像样的牧场，战后被美军接收，现在已经不经营了。美军还回来之后，不知道什么地方的有钱人买下来当别墅使用，不过因为交通实在很不方便，所以渐渐地就没人来了，变成和空屋一样。所以町里就向他们租，其实如果干脆买下来当作观光牧场也不错的，只是贫穷的町也没这能力。何况首先就必须把道路整理过。"

"租？"

"夏天町里的绵羊牧场有五十头左右赶到山上去。以牧场来说，倒是个相当不错的牧场，因为光是町营的牧草地草还不够。然后九月的后半段，天气开始变坏之后，再把羊群赶回来。"

"那些羊在山上的时期可以确定吗？"

"每年多少有点变动，不过大概是在五月初到九月中。"

"有几个人带羊上山？"

"一个。这十年来同一个人持续做着这件事。"

"我想见见这个人。"

职员为我拨了一通电话到绵羊饲养场。

"你现在过去的话，可以见到他。"他说，"我开车送你去。"

我刚开始说不用，后来问清楚之后，才知道除了让人开车送之外就没有其他办法可以到饲养场。町里既没有计程车，也没有租车，而走路要花一个半钟头。

职员驾驶的轻型汽车经过旅馆前面向西行进。穿过一条很长的水泥桥，走过冷冷的潮湿地带，开上一条上山的和缓坡道。轮胎卷起的沙石发出啪吱啪吱干干的声音。

"从东京过来的人看起来，这里好像个死掉的乡镇吧？"他说。

我含糊地回答。

"不过实际上是正在死去中噢。铁路还通的话还好,如果不通以后,大概就真的要死去了。一个地方死去,好像很奇怪。人死可以理解,可是一个地方死去实在有点那个。"

"死去以后会怎么样呢?"

"是啊,会怎样呢? 谁也不知道。在还不知道的时候,大家就纷纷逃出去。等到町民少于一千人——这也很有可能——我们的工作机会就会几乎消失,所以或许我们也应该逃出去吧。"

我请他抽烟,用刻有羊的图纹的都彭打火机点火。

"到札幌去还有好的工作噢。我叔叔在开印刷厂,还人手不够,因为是以学校为主要服务对象,所以经营还算安定。其实去帮他的忙是最好的办法,总比在这样的地方数羊和牛的出货头数要好得多吧。"

"是啊。"我说。

"不过一想到要离开这里,就不行了。你明白吗? 如果这地方真的会死的话,我反而有一种很强烈的感觉,想要亲眼看着那死的情形。"

"你是在这里出生的吗?"我试着问他。

"是啊。"他说。从此不再说话。色调阴郁的太阳已经有三分之一沉到山后去了。

绵羊饲养场入口立了两根柱子,柱子之间横挂着一块"十二泷町营绵羊饲养场"的招牌。从招牌下穿过之后,有一条斜坡,斜坡末端隐没入红叶的杂木林里。

"穿过树林就是牧舍,管理员的住处就在那里面。回程怎么办?"

"因为是下坡路，我可以用走的。非常谢谢。"

看不见车子的影子之后，我穿过柱子中间，走上斜坡。被太阳最后的光线染黄的枫叶更添加了橘红的色调。树木都很高，斑斑点点的光影在穿过树林的沙石道上闪烁摇动着。

穿过树林之后，可以看见山丘的斜坡上细长的牧舍，闻得到家畜的气味。牧舍的屋顶是复式斜屋顶，贴着红色铁皮板，为了通风设了三个烟囱。

牧舍入口有狗舍，一只拴着颈链的小型牧羊犬一看见我就吠了两三声。是一只眼神惺忪、上了年纪的狗，叫声并没有敌意。用手抚摸它的脖子周围之后，立刻乖顺下来。狗舍前放着装有狗食和水的黄色塑胶碗。我一放手，狗就满足地回到狗舍里，前脚整齐地并排伏在地上。

牧舍里已经有些暗了，不见人的影子。中央有一条水泥砌的宽大道路，两旁是关羊的栅栏。道路两旁设有U形沟，让羊的小便和清扫冲洗的水流出。贴了木板的墙壁有几个地方装了玻璃窗。从那里看得见山的棱线。夕阳将右侧的羊群染红，并把蓝色阴沉的影子投在左侧的羊群上。

我一走进牧舍，两百只羊一起转向我这边。大约一半的羊站着，另外一半则坐在铺了枯草的地上。它们的眼睛蓝得几乎不自然，看起来简直就像脸的两端涌出的小井一样。这眼睛从正面受光时，便像义眼一样闪着光。它们一直凝视我，没有任何一只羊动一下。有几只继续咀嚼着嘴里的枯草，发出咔哒咔哒的声音。除此以外，没有任何声音。

＊　＊　＊　＊　＊

虽然有几只原本正从栅栏内伸出头来喝着水,但它们也停止了喝水,就以那样的姿势抬起头来看着我。它们看起来简直就像在集体思考似的,它们的思考因为我在门口站定而一时中断。一切都停止了,谁都保留住判断。当我又开始活动起来时,它们的思考工作也再度展开。被分为八格的栅栏里,羊群再度开始活动起来。聚集了母羊的栅栏里,母羊都回到种羊周围来。而只有公羊的栅栏里,它们一面后退,一面分别采取了戒备的姿势。只有好奇心强的几只并不离开栅栏,一直不动地注视着我的活动。

这些羊的脸两侧水平凸出的黑色细长的耳朵上附有塑胶小薄片。有些羊附的是蓝色薄片,有些羊附的是黄色薄片,有些羊附的是红色薄片。它们背上也有用彩色马克笔画了很大记号的。

我为了不去惊吓它们,尽量不发出声音地慢慢走。而且装成对羊不关心的样子靠近栅栏边,悄悄伸出手触摸了一头公羊。羊只是身体轻微颤抖了一下,并没有逃走。其他的羊疑心深重地一直注视着羊和我的姿势。年轻的公羊简直就像从整个羊群悄悄伸出的不确定的触手一样,紧张地注视着我,身体绷得僵硬。

Suffolk这种羊不知道什么地方有一种奇妙的氛围。它们浑身都是黑色,只有体毛是白色。耳朵大大的,像蛾的羽翅一般横向笔直伸出。在阴暗中闪着亮光的蓝眼睛和高高挺挺的长鼻梁,总觉得有点异国趣味。它们对于我的存在,既不拒绝,也不接受,也就是只当作一时所出现的情景那样地望着。有几只羊发出很大的声音在小便。小便流过地上流进U形沟,流过我脚下。太阳正预备沉没到山后去。浅蓝色的阴影像用水溶化了的蓝墨水一样覆盖了山的斜面。

我走出牧舍,又再摸一次牧羊犬的头,然后深呼吸,绕到牧舍后面去,走过一条架在小河上的木桥,往管理员住的地方走。管理员的家是一幢小巧的平房,旁边有一间很大的储存牧草和农具的仓库。仓库比家大得多。

管理员正在仓库旁一条宽一米、深一米左右的水泥沟旁堆放消毒药塑胶袋。他远远地瞄了一眼正在走近的我之后,就像并不怎么开心地继续着他的作业。我走到沟边时,他才终于停下手,用卷在脖子上的毛巾擦擦脸上的汗。

"明天决定要把羊全部消毒好。"男人说,然后从工作服的口袋里掏出变得皱巴巴的香烟,用手指拉拉直,点上火,"消毒液倒进这里面,然后让羊从一边游到另一边,要不然冬天会长满身的虫子。"

"一个人做吗?"

"怎么可能。有两个帮手会来,加上我和狗一起做。狗最能干。羊也最信任狗。如果得不到羊的信任,也就当不成牧羊犬了。"

男人虽然比我矮了大约五公分左右,但体格很结实强壮。年龄在四十五以上,剪得短短的粗硬头发,简直像发刷一样笔直立起来。他把工作用的塑胶手套像在剥一层皮似的从手指上扒下来,在腰的地方砰砰地拍打两下再塞进裤子的贴袋里。他看起来与其说是绵羊的饲养员,不如说更像新兵训练的下士官。

"是不是想打听什么?"

"是啊。"

"你问吧。"

"这工作做很久了吗?"

"十年。"男人说,"可以说长,也可以说不长。不过关于羊的事我都知道。以前我在自卫队。"

他把毛巾挂在脖子上,抬头看天空。

"冬天也一直住在这里吗?"

"嗯。"男人说,"是啊。"他干咳一声,"也没别的地方可去。而且冬天还有很多杂事要做。这一带积雪将近两米,要不去管它,屋顶倒下来会压死羊的。而且也要喂饲料,打扫牧舍,忙东忙西的。"

"然后夏天到了,就带着一半羊群上山去。"

"是啊。"

"带着羊走路是不是很难?"

"简单哪。人类自古以来都这样做啊。养羊在一个固定的放牧场养还是最近的事呢。在那之前,都是整年带着羊到处旅行的。十六世纪西班牙全国到处都遍布着只有赶羊的才能走的路,连国王都进不去呢。"

男人在地上吐一口痰,用工作鞋底踩擦掉。

"总之羊只要不受惊,是很乖顺的动物。它们会跟在狗的后面默不作声地一直走。"

我从口袋里拿出老鼠寄来的相片交给男人。"这是山上的牧场吧。"

"对。"男人说,"不错。羊也是我们这里的羊。"

"这头呢?"我用圆珠笔尖指着背上有星星记号的矮胖羊。

男人盯着相片看了一会儿。"这头不是。不是我们的羊。可是奇怪了。不可能混进来呀。周围都有铁丝网,而且我每天早晚都会一头一头清点过啊,如果有什么奇怪的东西混进来,狗也会发现,羊也会骚动。何况这种羊,我这辈子都没看见过呢。"

"今年从五月赶羊上山到回来为止,都没发生什么吗?"

"什么也没发生。"男人说,"平安无事。"

"你一个人在山上过一个夏天吗?"

"不是一个人。町里的职员两天会来一次,也有官员会来视察。我每星期下山一次,有代理人会照顾羊。而且也必须补充食品、杂货之类的。"

"那么也不是一个人隐居在上面啰?"

"那当然。只要不积雪,吉普车只要一个半钟头就可以到牧场,就像散步一样。不过只要一积雪,车子就派不上用场了,那才真叫作冬隐呢。"

"现在山上没有人吗?"

"除了别墅主人之外。"

"别墅主人? 我听说别墅已经一直没用了啊?"

管理员把香烟丢在地上,用鞋子踏熄。"之前是一直没用了。不过现在有人在用。如果想要用随时都能用。房子的整理工作都是我在负责的,水、电、瓦斯、电话都能用,玻璃窗也没有一片是破的。"

"町公所的人跟我说那里没有人住呢。"

"他们不知道的事才多呢,我除了町上的工作之外,还私下受屋主雇用。这些你就不要对外说,因为屋主不让我说的。"

他想从工作服口袋拿出香烟,可是烟盒里是空的。我把抽了一半的云雀烟盒和一张折成一半的万圆钞票交给他。男人看了一下收起来,并把一根烟含在嘴上,剩下的塞进胸前口袋。"不好意思。"

"那么,屋主是什么时候来的?"

"春天。雪还没开始融化,所以应该是三月。大概已经五年没来了。为什么今年又来了,我不清楚,不过那是屋主的自由,我们没什么话可说。因为他要我别告诉任何人,所以我想可能有什么原因。总之从此以后就一直在上面。食品和燃料是我悄悄买了,再用吉普车一点一点送上去。有了那些存货,还可以再过一年的。"

"那个人是不是跟我差不多年纪,留了胡子的?"

"对。"管理员说,"没错。"

"太好了。"我说。相片也不用给他看了。

3　十二泷町之夜

和管理员的交涉,由于给了钱,所以进行得真是顺利。管理员决定第二天早晨八点到旅馆来接我们,然后送我们到山上的牧场。

"这样好了,羊的消毒下午做也来得及。"管理员说。真是干脆而现实。

"不过我有一点担心。"他说,"昨天那场雨之后,地盘有点不稳,有一个地方可能过不去。到时候,你们可能要下来走,这可不是因为我噢。"

"没关系。"我说。

我一面走在回程的山路上,一面好不容易终于想起老鼠的父亲在北海道拥有别墅的事。从前,老鼠曾经告诉过我几次。在山上,一个宽阔的草原,老旧的两层楼房。我总是要在很久以后才会想起重要的事。第一次收到信的时候就该立刻想起来的事。如果一开始就能想起来的话,早就可以查出来了。

我一面对自己感到懊恼,一面有气无力地走过逐渐变黑的山路回到町上。在一个半小时里只遇到三辆车子。两辆是装满木材的大型卡车,一辆是小型卡车。三辆都往山下走,可是没有谁开口问我要不要搭车。不过这样对我来说反而好。

回到旅馆已经七点过了,四周全都暗了下来。一直冷到骨髓里去了。小牧羊犬从狗屋伸出头来,朝我哼哼地用鼻子叫两声。她穿着牛仔裤和我的圆领毛衣,在入口附近的游戏室入神地玩着电视游戏机。游戏室好像是从旧客厅改的,还留有相当气派的壁炉面饰。是可以真正烧柴的壁炉。屋子里有四部电视游戏机和两部弹珠玩具,不过弹珠玩具已经是旧得几乎没办法碰的西班牙产的便宜货。

"肚子都快饿死了。"她好像已经等得受不了似的说。

我点过吃的东西之后就去冲了个澡,擦干身体时,顺便称了一下好久没称的体重。六十公斤,和十年前一样。侧腹部正在开始长的赘肉,这一星期下来也完全消了下去。

回到房间,晚餐已经准备好了。我夹了火锅里的菜,一面喝着啤酒,一面谈起绵羊饲养场和从自卫队退伍下来的管理员。她因为没看见羊而觉得遗憾。

"不过这么一来,好像终于已经来到终点之前了啊。"

"但愿如此。"我说。

*

我们看了电视上的希区柯克电影之后,就钻进棉被里把灯熄了。走廊的钟敲了十一下。

"明天要早起。"我说。

没有回答。她已经发出规律的鼻息。我把旅行闹钟的时间设定好,在月光下抽了一根烟。除了河水的声音之外,什么都听不到。整个町似乎都睡着了。

因为一整天都在移动,所以身体已经疲倦极了,但意识却很亢奋,怎么也睡不着。烦人的杂音一直粘在脑子里。

我在安静的黑暗中一直屏息着,周围町上的风景正在溶解。房屋

——腐朽,铁路失去原来的形迹生了锈,耕地杂草茂盛地蔓生。就这样,町结束了百年短暂的历史,沉没到大地之中。简直像影片逆转一样,时间倒退着。大地出现了虾夷鹿、熊和狼,大群的蝗虫黑压压地覆盖了天空,箭竹像海浪般被秋风吹动翻滚着,苍郁的针叶树林遮蔽了太阳。

于是在人们丧失了一切营生之后,只剩下羊群。在黑暗中它们的瞳孔闪闪发光,一直注视着我。它们什么也没说,什么也没想,只是注视着我。数以万计的羊。咔哒咔哒咔哒的平板齿音覆盖了大地。

时钟敲两下时,羊群才消失。

于是我睡着了。

4 绕过不祥的弯路

一个昏暗阴沉而有点冷的早晨。我想到在这样的日子里羊群要被赶进冷冷的消毒液里游泳,就觉得很同情。或许羊群对于寒冷并不怎么觉得苦。应该是不觉得苦吧。

北海道短暂的秋天即将结束了。厚厚的灰色的云,正孕育着雪的预感。由于从东京的九月一下跳进北海道的十月,我的一九七八年的秋季好像几乎完全丧失了。只有秋天的开始和秋天的结束,而没有秋天的中心。

第八章　寻羊冒险记 Ⅲ

六点钟醒来,洗过脸,在等候早餐做好之前,我一个人坐在走廊望着河里的流水。河水比昨天少了一些,混浊也完全消失了。河的对岸是宽阔的水田,一望无际都是结实累累的稻穗,被不规则的晓风描绘出奇妙的波浪线条。水泥桥上拖拉机正朝山上开。拖拉机突突突的引擎声随风吹来,很久以后还小声地响着。三只乌鸦从已成红叶的白桦树林间出现,在河上转了一圈之后停在栏杆上。停在栏杆上的乌鸦们看起来好像是出来看先锋剧的旁观者一样。不过当它们对于这样的角色觉得腻了之后,便依次离开了栏杆,朝河的上游飞去。

*

八点整绵羊管理员的旧吉普车就停在旅馆前。吉普车是附有屋顶的箱型车,看来像是美军处理掉的东西,引擎盖旁边还淡淡地留有自卫队所属的部队名称。

"很奇怪耶。"管理员一看见我就说,"昨天我为了慎重起见,试着先打一通电话到山上,可是完全不通。"

我和她在后座坐下。车里有一点轻微的汽油味。"你最后一次打电话是什么时候?"我试着问他。

"这个嘛,是上个月。上个月的二十号左右。然后就一直没联络。通常有事的话,都是对方打来的。比方说采购单之类的。"

"电话铃响不响?"

"噢,一点声音都没有。大概电话线在什么地方被切断了吧。下大雪的时候,有时候也会这样。"

"可是没下雪呀。"

管理员脸朝向车顶脖子咔啦咔啦地转动着。"总之上去看看。去了就知道。"

我默默点头。由于汽油的气味,我的头昏昏的。

车子开过水泥桥,走和昨天一样的路上山。通过绵羊饲养场前面时,我们三个人都望着那两根柱子和招牌。饲养场安安静静的。绵羊们是不是正瞪着那蓝眼睛,凝视着各自沉默的空间呢?

"下午开始要消毒吗?"

"嗯,应该是。不过也并不那么急。只要在下雪前做就可以了。"

"什么时候会开始下雪呢?"

"就是下星期下也不奇怪哟。"管理员说,然后一只手还放在方向盘上,脸朝下咳了一会儿,"积雪是进入十一月初以后。你清楚这一带的冬天吗?"

"不清楚。"我说。

"一旦开始积雪之后,就像水库决堤一样积得无边无际。这么一来,一点办法都没有。只能躲在家里,缩着脖子。这里本来就不是人住的地方。"

"不过你不是一直住着吗?"

"因为我喜欢羊。羊是一种个性很好的动物。还会记得人的脸。唉!照顾羊的工作一年转眼就过去了,就这样一直团团转着而已。秋天交尾,冬天平安过冬,春天生小羊,夏天放牧。小羊长大,同一年的秋天已经又可以交尾了。就这样反复重复着。羊每年更替,只有我年纪越来越大。年纪大了就更没有勇气离开町上了。"

"冬天羊做什么呢?"她问。

管理员好像第一次发现她的存在似的。手放在方向盘上却转头朝向这边,把她的脸像要吞进去一般瞧着。柏油路是一直线的,对面也没有车子的影子,应该没事,但虽然如此,仍然令人冷汗直流。

"冬天里羊就安静地待在牧舍里呀。"管理员终于面向前方之后这样说。

"不会无聊吗?"

"你觉得自己的人生很无聊吗?"

"不知道。"

"羊也差不多是这样啊。"管理员说,"这种事想都没想,想了也想不通。就吃吃干草,小小便,彼此轻微地打打架,一面想着小孩一面过冬。"

山的坡度稍微变陡,而且路面也开始画着巨大的S字形弯路。田园式的风景逐渐消失,道路两边开始被悬崖绝壁似的高耸的阴暗原生林所支配。偶尔从树林的间隙才看得见平原。

"一积雪这一带就完全不能通车了。"管理员说,"不过也没有必要就是了。"

"没有滑雪场或登山活动吗?"我试着问。

"没有。什么也没有。因为什么也没有，观光客也不来，所以町上就快要没落了。虽然昭和三十年代中期之前，还以寒冷地带农业的模范城镇而相当活跃过，可是在稻米生产过剩之后，谁都没有兴趣再在冰箱里继续搞什么农业。本来就是这样嘛。"

"那么木材工厂呢？"

"因为人手不足，所以都往比较方便的地方移了。町上虽然还有几家小工厂，不过都不怎么样。在山上锯好的木头只路过町上就直接运往名寄或旭川。所以只有路修得很气派，町却逐渐衰退了。附有粗壮防滑轮胎的大型卡车多半不怕雪。"

我无意识地把香烟叼在嘴上，又因汽油气味有点难受而把烟放回盒里。于是决定从口袋拿出剩下的柠檬糖来含在嘴里。柠檬的香味和汽油味在嘴里混合在一起。

"羊也会打架吗？"她问。

"羊常常会打架噢。"管理员说，"虽然群体行动的动物都这样，不过在羊的社会里每一头都有它们严格的顺位。如果一个羊栏里有五十头羊，那么就有第1号到第50号的羊。而且每一头都对自己的位置认识得很清楚。"

"真不得了。"她说。

"这样我们也比较容易管理。只要拉住带头的羊，其他的都会默默地跟着来。"

"可是如果顺位都决定了的话，那为什么还会打架呢？"

"如果有一头羊受伤力气减弱的话,顺位就变得不安定。底下的羊会想挑战往上爬。于是就有三天左右打打闹闹的。"

"真可怜。"

"嗯,这不过是轮回而已。被踢下来的羊,年轻时候也曾经把别人踢下去过。而且一旦被屠杀之后,就不再分什么1号还是50号了。大家一起变烤肉。"

"噢。"她说。

"不过最可怜的,说什么还是种羊,你们知道羊的女眷内室(harem)吗?"

不知道,我们说。

"养羊最重要的事情是交尾的管理。因此公羊归公羊,母羊归母羊,分别隔离,在母羊圈里只放进一头公羊,通常都是最强的1号公羊。也就是为了得到最优良的品种。然后大概一个月左右那件事完成之后,种羊再放回原来的公羊圈子里。可是在那之间,圈子里已经有了新的顺位。种羊因为交尾的关系,体重都已经减少了一半,因此打架自然也打不赢。然而其他的羊却全体发动循环赛向它挑战。真可怜。"

"羊是怎么打架的?"

"头跟头互相冲撞,羊的额头像铁一样硬,中间是空洞的噢。"

她沉默着好像在想什么。或许正在想象羊以额头互相打斗的光景吧。

大约开了三十分钟左右,柏油路突然消失,路宽也减成一半。两侧的阴暗原生林像巨大的波浪一般向车子猛然压下来。空气的温度又下降了几度。

路况非常糟糕,车子像地震仪的针一样上下摇动。放在脚下塑胶桶子里的汽油开始发出不祥的声音。简直像头盖骨中的脑浆四处飞溅似的声音。耳朵听着,头就开始痛。

这样的路继续开了大约二十到三十分钟。连手表的指针都晃动得无法准确看清。这当中谁也没说一句话。我紧紧抓住座位背后附的带子,而她则紧紧抓住我的手臂,管理员专心集中精神在方向盘上。

"左边。"过了一会儿,管理员简短地说。我摸不着头绪地眼睛向道路左边看。黑暗而阴森森的原生林之壁像从地面被拔除似的消失了,大地陷落到虚无之中。一个巨大的谷。视野壮阔极了。其中一点暖和的感觉都没有。垂直切割的岩壁把所有生命的影子都从这里除去,这还不够,并朝周围的风景吐出它不祥的气息。

沿着谷走的道路前方,看得见一座有点奇怪的圆锥形滑溜溜的山。山的尖端简直像被巨大的力量折弯了似的歪斜着。

管理员手握着咕啦咕啦摇晃的方向盘,用下颚指着那山的方向。

"我们要绕到那座山的背后。"

从谷底吹上来的沉重的风,将右手边斜坡上茂密的草从下面往上抚动着。车窗玻璃被细沙吹打得发出啪吱啪吱的声音。

穿过几个危险弯路,随着车子接近圆锥形的上方,右边的缓坡逐渐变成危险岩山的模样,最后终于变成垂直的岩壁。而我们就像好不容易在巨大的平平的岩壁上凿出来的狭窄凸出的地方勉强贴着一样。

天气急速转坏,淡淡的灰色之中仅仅混有一点蓝色,好像对这不安定的微妙已经感到倦怠了似的,逐渐变成暗淡的灰色,并流入一些煤炭般不均匀的黑色。周围的群山也随之被染上一层阴暗的暗影。

风从研磨钵形的底部涡旋而起,像卷着舌尖吐气似的发出令人厌恶的声音。我用手背擦擦额头的汗。毛衣里也流着冷汗。

管理员紧闭着嘴唇,继续往右再往右地大幅度切着方向盘。而且好像要听取什么似的,脸朝前方伸出,并逐渐降低车子的速度,在道路稍微变宽的地方踩刹车。引擎停下之后,我们才从凝冻了似的沉默中解放出来。只有风的声音徘徊于大地之上。

管理员的双手还放在方向盘上沉默了很久。然后走下吉普车,用工作鞋底敲一敲地面。我也下车站在他旁边,看着路面。

"还是不行。"管理员说,"下得比我想象中大得多。"

我并不觉得路有那么湿。看起来还不如说有变干硬的样子。

"里面是湿的。"他说明道,"所以大家都会上当。这地方啊,是有点奇怪。"

"奇怪?"

他并不回答,只从上衣口袋拿出香烟用火柴点着。"我们稍微走一下看看吧。"

我们在下一个弯路走了大约两百米。一股讨厌的寒气缠着身体,我把风衣拉链一直拉到脖子上,把衣领立起来。虽然如此,寒气还是没有消失。

走到弯路开始弯曲的地方，管理员停了下来。嘴边还含着烟，一直凝神注视右手边的断崖。断崖正中央一带涌出水来，水流到下面形成小溪流，缓缓地横切过道路。水因含着黏土而混浊成浅茶色。用手指触摸一下断崖潮湿的部分，岩土比想象中脆弱多了，表面松松地崩垮下来。

"这是个令人讨厌的弯路。"管理员说。

"地面很脆弱，而且不光是这样，好像有一点不祥。连羊来到这里都会害怕。"

管理员咳嗽了一下之后把香烟丢在地上。"抱歉，我不想冒险勉强开。"

我默默点点头。

"可以走路吗？"

"走路的话，应该没问题。主要是怕震动。"

管理员再一次用鞋底猛力敲着路面。时间稍微错开一点，听见一声钝重的声音。

令人背脊一凉的声音。"嗯，走路的话，没问题。"

我们往回朝吉普车走。

"从这里大概再走四公里的地方。"管理员一面和我们并排走一面说，"带着女孩子一个半钟头也走得到。路只有一条，而且也没什么太陡的上坡路，抱歉不能送你们到最后。"

第八章 寻羊冒险记 Ⅲ

"没关系。非常谢谢你。"

"会一直在上面吗?"

"不知道。也许明天就回来,也许要一星期,总之看情形再说。"

他又再叼起一根烟,不过这次是在点火之前就开始咳嗽。"你要小心才好,看样子今年的雪可能来得早。一开始积雪之后,就会被困在这里哟。"

"我会小心。"我说。

"玄关前面有信箱。钥匙就藏在那底下,如果没人在的话,你就用那个好了。"

在阴沉沉的乌云天空下,从吉普车上把行李拿下来。我脱下薄风衣,从头上套下厚登山外套。虽然如此,还是无法抵挡透进身体来的寒冷。

管理员一面让车体在狭窄的道路上悬崖的各处碰碰撞撞,一面很辛苦地调转方向。每碰撞一次,悬崖的土就纷纷落下。方向好不容易调转好之后,管理员按按喇叭挥挥手。我们也挥挥手。吉普车顺着大转弯的弧度消失了,只剩下我们两人孤零零地被留下来。感觉好像被遗弃在世界的尽头一样。

我们把背包放在地上,也没什么特别要说的话,两个人就那样看了看周遭的风景。眼底下的深谷底,银色的河川正描绘出一条和缓的纤细曲线,两侧则被厚厚的绿林所覆盖。隔着谷的对面,被红叶上了彩的低矮山群波涛起伏地连绵出去,而那遥远的尽头则可以看见平原隐约在云霞间。稻子收割之后,升起几条烧稻草的烟。以视野本身来说是很壮观,可是怎么看,心情都不会觉得愉快。一切都那么陌生,而且不知道什么地方竟然有点异教的感觉。

天空被潮湿的灰色的云密密覆盖着。那看起来与其说是云,不如说更像均匀的布料一样。在那下面黑色的云块正低低地流动着。低得如果把手伸出去好像指尖就会碰到似的。它们正以令人难以相信的速度朝东方飞去。从中国大陆越过日本海,横切过北海道,正朝鄂霍茨克海飞去的沉重的云,一直望着这些飞来又飞去的云群时,我们所站立的落脚点之不切实,逐渐令人难以忍受。它们只要随便一吹,就可以把贴在岩壁上的这条脆弱的弯路和我们一起拉进虚无的深谷底下。

"快走吧。"说着我背起沉重的背包。我希望能够在雨或雨夹雪降临之前,早一步接近有屋顶的地方。不希望在这样寒冷的地方被淋得湿湿的。

我以急速的脚步通过"令人讨厌的弯路"。正如管理员所说的,那弯路确实有不祥的地方。首先是身体感到一股模糊的不祥感,那模糊的不祥感敲着头脑的某个部位发出警告。渡过河流时,觉得好像两脚忽然踏入一股温度有急速差异的淤水中。

在通过那五百米左右的路程中,踏在地面的脚步声变化了好几次。有几道像蛇行一般弯弯曲曲的涌泉横切过地面。

我们在通过那段弯路之后,为了尽量远离那里而丝毫没有减速地继续走着。走了三十分左右之后,当山崖的倾斜转成比较和缓,而且也看得见少数树木的姿态时,我们才松了一口气,肩膀的力气放松下来。

只要来到这里,往后的路就没什么问题了。路变得很平坦,周围尖锐刺激的感觉也减淡了,逐渐变成一副和平稳重的高原风景。甚至也看得见鸟的身影了。

大约又过了三十分左右,我们已经完全离开那圆锥形的山,来到一个平得像桌面一样的宽阔台地。台地被切割耸立似的山所围绕。感觉好像一个巨大的火山的上半部完完整整地陷落下来似的。已经转为红叶的白桦树海无止境地延伸着。白桦之间茂密地生长着一些色彩鲜艳的灌木和柔软的野草,有些地方可以看见被风吹倒的白桦变成茶色腐朽的枯干零星散布着。

"这地方好像不错噢。"她说。

通过那个弯路之后,看起来确实是个很不错的地方。

一条笔直的路穿过白桦树海。是一条吉普车可以勉强通过的路,笔直得几乎让人头痛。既没有弯曲,也没有斜坡。往前看时,一切的一切都被吸进一点里去。而黑云就在那一点的上空流动着。

可怕的安静。连风的声音都被这广大的树林吞没了。黑黑胖胖的鸟偶尔伸出红色舌头锐利地切开周遭的空气,但鸟消失无踪之后,沉默就像柔软的果冻一样把那缝隙填满。把路埋没的落叶吸满了两天前的雨水而依旧湿答答的。除了鸟之外,没有任何东西划破沉默。白桦树林无止境地延伸,道路无止境地延伸。刚才还那样地压迫着我们的低云,从树林之间看起来,也多少有点非现实的感觉。

走了十五分钟之后,碰到一条澄清的小河,小河上架着一座由白桦树干捆扎成排并附有扶手的坚固的桥,而周围则有一片像是休憩用的空地。我们在那里放下行李,走下河边去喝水。从来没有喝过这么美味的水。水很冷,把手冻得红红的,而且甜甜的。有一股柔软的泥土气味。

云行依然不变,只是天候似乎挺住了。她重新调整了登山鞋的带子,我坐在桥的扶手上抽烟。下游的方向可以听见瀑布的声音。从声音判断并不是怎么大的瀑布。从道路左手边吹来一阵零散不定的风,把落叶纷纷卷起一阵波浪,并向右手边远去。

抽完烟用鞋底踏熄时,我发现旁边另外有一根烟蒂。我把它捡起来试着仔细检查。是一根踏熄的七星。从没有湿气来看,是在雨后抽的。也就是昨天或今天。

我试着回想老鼠是抽什么烟的。想不起来。连有没有抽烟都想不起来了。我放弃地把烟蒂丢到河里。河水转瞬间就把它运到下游去了。

"怎么了?"她问。

"发现一根新的烟蒂。"我说,"好像就在最近有人坐在这里,和我一样地抽过一根烟。"

"你的朋友?"

"不知道,不知道是不是。"

她在我旁边坐下,用两手把头发往上撩,露出好久没看见的耳朵。

瀑布的声音在我的意识中忽然变淡,然后又回来。

"还喜欢我的耳朵吗?"她问。

我微笑着轻轻伸出手,用指尖触摸她的耳朵。

"喜欢。"我说。

然后再走十五分钟之后,路突然终止。白桦树海也像被切断了似的终止了。于是我们前面展开一片湖一般宽阔的草原。

*

草原周围每隔五米钉着一根木桩。木桩之间绑着铁丝网。生了锈的旧铁丝网。我们好像已经来到羊的牧场了。我推开两扇对开的磨损木门走进里面。草是柔软的,大地黑黑湿湿的。

草原上流动着黑色的云。云流去的方向看得见一座高耸的山。虽然眺望的角度不同,不过确实是和老鼠拍的相片上的山一样。不用拿出相片对照就可以确定。

然而透过相片看过几百次的风景,实际亲眼看到时,感觉真是奇妙。深度觉得极端的人工化。与其说我跋涉到达这里,不如说有人根据相片匆匆忙忙把那风景拼拼凑凑做出来放在那里来得更恰当。

"到了噢。"她抓住我的手臂说。

"到了。"我说。除此之外,不需要任何语言。

隔着草原,正面看得见一幢美国乡村风格的古老木造两层楼房。

四十年前羊博士盖好，然后老鼠的父亲买下的建筑物。因为没有可以比较的东西，因此从远处看来，无法正确掌握房子的大小，不过是一幢浑厚而面无表情的房子。油漆的白色在乌云天空下不祥地阴沉着。从接近铁锈的黄芥末色复式斜屋顶的正中央，朝天空凸出一根红砖造的四角形烟囱。房子周围没有围墙，作为代替的是经过岁月滋长的一群常绿灌木的枝叶扩展开来，在风雨和冰雪中守护着建筑物。房子不可思议地令人感觉不到一点人的气息。看起来就有点奇怪的房子。并不是感觉不好或冷冷的，也不是盖得有什么特别，也不是旧到无可救药的程度。只是——奇怪。那看起来就像一个无法适当表达感情便老去的巨大生物一样。不是如何表达的问题，是不知道要表达什么才好。

周围飘散着雨的气味。动作要快才行。我们朝着建筑物的方向一直线横切过草原。云从西方向这边接近，不像刚才那样细碎零星，而是孕含着雨的厚重云块。

草原宽阔得令人倦怠。不管多么努力地快走，却似乎一点也没有前进的感觉。简直无法掌握距离感。

仔细想想，这辈子还是第一次走在这样宽阔平坦的土地上。遥远的地方风的动向都好像伸手可以摸到似的看得一清二楚。成群的鸟和云的流向好像交叉似的，朝北方横飞过头上。

当我们花了长久的时间跋涉到那幢建筑物时，雨已经开始大滴大滴地降下来。建筑物比从远处看时大得多，也旧得多。白色油漆到处结块斑斑驳驳的，剥落的部分被雨打之后经过漫长时日已经变黑。斑驳到这样的地步,如果要重新涂油漆的话,大概必须把旧的油漆全部剥掉才行吧。一想到这么费事,虽然是别人的事,也觉得累。没人住的房子确实是会逐渐腐朽的。这幢别墅毫无疑问已经超越可以修复的地步了。

和房子的老旧恰成对比,树木却无休止地继续生长着。简直像出现在《瑞士的鲁宾逊一家》里的树上房屋一样,树完全把房子包起来。由于长久之间没有修剪的关系,使得树木的枝干恣意地向四面八方伸展着。

试着想想那山路的险恶,我不知道羊博士是如何在四十年前运送兴建这样一幢房屋的建材到这里的。恐怕是把所有的劳力和财产都耗尽在这里了吧。我一想起窝在札幌的饭店二楼阴暗房间的羊博士,心就痛。如果说有所谓未得报偿的人生典型存在的话,那就是羊博士的人生吧。我站在冷雨中,抬头望着建筑物。

和从远处看的时候一样,完全感觉不到人的气息。附在细长的双层悬窗外侧的木板百叶窗上粘着一层细沙灰尘。雨将沙尘以奇怪的形状固定下来,而那上面又再堆积上新的沙尘,新的雨又把它固定下来。

玄关门上附着一面十公分见方的玻璃窗,从窗的内侧以窗帘遮住视线。黄铜把手的缝隙里填满了灰尘,我的手一碰上,灰尘就纷纷落下。把手像年老的大臼齿一样动摇着,门却打不开。三片厚樫木拼成的旧板门实际比外观更坚实牢固。我试着用拳头敲了几下,果然不出所料没有回答。只有手痛而已。头上巨大的椎树枝干被风吹动着,发出像沙山崩溃时的声音一样。

我依照管理员告诉我的方法在信箱底下试探了一下。钥匙挂在里面的金属挂钩上。样子古老的黄铜钥匙，手摸的部分变得洁白。

"钥匙一直放在这样的地方不是太粗心大意了吗？"她说。

"没有人会特地跑到这里来偷东西，再费力搬回去吧？"我说。

钥匙和钥匙孔密合得有点不自然。钥匙在我手中转了一圈，发出咔吱一声爽快的声音，锁就开了。

*

由于百叶窗长久关闭的关系，屋子里阴暗得有点不自然，过了好一会儿之后眼睛才习惯过来。阴暗渗透进房屋的每一个角落。

房子很宽大。宽大、安静，有一股仓库般的气味。好像小时候闻过的气味。古老家具和被遗弃的褥子所酝酿而成的古老时间的气味。我反手把门关上时，风声便悄然停止。

"喂！"我试着大声叫，"有人在吗？"

当然叫也没有。谁都不在。只有暖炉旁的挂钟还滴答滴答地响着。

在数秒钟之间，我的头脑一片混乱。在黑暗中时间忽前忽后，有几个地方互相重叠。沉重的感情记忆像沙一样纷纷崩溃。然而那只是一瞬间的事。张开眼睛时一切又都恢复原样。眼前只是一片奇妙而平板的灰色空间宽阔地延伸着而已。

"你没事吧？"她担心地问。

"没什么。"我说,"先进去再说吧。"

她在寻找电源开关时,我在阴暗中试着检查了一下挂钟。钟是以链子将三块砝码往上卷着上发条的式样。三块砝码都已经降到下面了,但钟还在挤出最后的力量继续走着。从链子的长短看,砝码要降到下面所需的时间是一星期。也就是在一星期前有人在这里上过钟的发条。

我把三块砝码卷到最上面,然后坐在沙发上把脚伸出去。好像是从战前用到现在的老沙发,但坐起来依然很舒服。不软也不硬,和身体很服帖。有一股人的手掌般的气味。

过了一会儿之后随着啪吱小声的一响之后,电灯亮了。她从厨房走出来。她身手矫健地在客厅到处巡视一周,然后在长椅子上坐下来抽着薄荷烟。我也抽了一根薄荷烟。自从和她交往以来,我也逐渐喜欢上薄荷烟了。

"你的朋友好像打算在这里过冬的样子。"她说,"我大概看了一下厨房,储存着可以过一个冬天的燃料和食品,喏,好像超级市场一样。"

"可是他本人却不在。"

"去看看二楼吧。"

我们从厨房旁的楼梯上去。楼梯在中途以不可思议的角度突然转一个弯。上了二楼,空气的层次似乎有点不同。

"头有点痛。"她说。

"很痛吗?"

"不,没关系。不用担心。我很习惯这样。"

二楼有三个房间。走廊夹在中间,左边是一个大房间,右边是两个小房间。我们依次打开三个房间的门看了看。每间都只有最小限度的家具,空荡而阴暗。比较宽大的那间有两张单人床和一个梳妆台,床只有赤裸的床架。有一股死去的时间的气味。

只有靠里面的小房间,还留有人的气味。床铺得很整齐,枕头还稍微留下凹痕,蓝色素色的睡衣折放在枕头旁。床头柜上放着老式的台灯,旁边盖着一本书,是康拉德的小说。

床的旁边有一个橡木料的坚固衣柜,抽屉里整齐地放着男人的毛衣、衬衫、长裤、袜子和内衣。毛衣和衬衫是旧的,有些地方磨损了或有点脱线,但东西是好的。记得其中有几件我见过。是老鼠的东西。尺寸37号的衬衫,73号的长裤。没错。

靠窗边有一组设计式样简单,最近已经很不容易看到的老式桌椅。书桌抽屉里放着便宜的钢笔和三盒备用墨水,成套的信封信纸,信纸都是白纸。第二格里放着吃剩一半的止咳喉糖罐和零碎的杂物。第三格是空的。既没有日记、笔记,也没有手册,什么都没有。看起来好像是把多余的东西都清出来全部处理掉了似的。一切的一切都太过于整齐了,令人难以接受。手指在桌上一抹,指尖附上了灰尘,并不怎么严重的灰尘,到底还是一星期左右。

我把面向草原的双悬窗推上去,打开外侧的百叶窗。吹越草原的风更加强了,黑色的云流动得更低了一些。草原像是一个正在四处滚动的生物般在风中扭曲着,远方看得见白桦树,看得见山,和照片上完

第八章 寻羊冒险记 Ⅲ

全一样的风景。只是没有羊。

*

我们下了楼,又在沙发上坐下。挂钟响了一阵子之后,敲到第十二下。在最后一响被吸进空气里之前,我们沉默着。

"现在怎么办?"她问。

"大概只有等吧。"我说,"一星期以前老鼠还在这里,行李也还留在这里,他一定会回来的。"

"可是在那之前如果开始积雪,我们只能在这里过冬,而且你一个月的期限也会到期呀。"

正如她所说的。

"你的耳朵没什么感觉吗?"

"不行。一露出耳朵头就开始痛。"

"那我们就在这里慢慢等老鼠回来吧。"我说。

总之,除了这样,没有其他办法。

她在厨房泡咖啡的时候,我在宽大的客厅里转了一圈,试着检查每个角落。客厅中央有一个真正的壁炉。虽然没有最近用过的痕迹,但整理得只要想用随时都可以用的状态。有几片樫木叶子从烟囱上掉了下来。在没有冷得需要烧柴的日子,另外也备有一个大型的石油暖炉可以用。燃料计的指针显示石油已经装满了。

壁炉旁边有一个定做的有玻璃门的书柜。满满排列着多得不得了的旧书。我拿起几本啪啦啪啦试翻了翻,都是些战前的书,其中大多没什么价值。多半是些关于地理、科学、历史、思想、政治等的书,那些除了研究四十年前一般知识人的基础教养之外没有任何用处。虽然也有一些战后发行的读物,但以价值来说,也是相同程度的东西。只有《希腊罗马名人传》《希腊戏剧选》和其他几本小说免于风化地残存下来。像这样的东西,对于度过漫长的冬季或许还蛮有用的。不过不管怎么说,看见这么多册无价值的书齐聚一堂,我还是初次经历。

书柜旁放着一个同样是定做的装饰柜,里面设有六〇年代中期流行过的书架型音箱、功放和唱机组合。两百张左右的唱片都是老旧得盘面刮痕累累的,不过至少并非没价值的。音乐不像思想那么容易风化。我把真空管式功放开关打开,随便选了一张唱片,试着把唱针放下。纳京高开始唱起《国境之南》。房间的空气似乎回到了一九五〇年代。

墙壁对面等间隔地并排着四扇高一百八十公分左右的双悬窗。从窗里可以看到草原上正在下着灰色的雨。雨势增强,群山在远处隐约在云雨中。

房间地面铺了木板,中央铺有大约六叠榻榻米宽的地毯,上面摆设着沙发组和地板立灯。坚固厚重的餐桌椅则被推到房间的角落,覆盖着一层白色的灰尘。

真是一个空旷的客厅。

客厅墙上有一扇不起眼的门,打开门里面是一间大约六叠榻榻米大的仓库。仓库里拥挤地堆放着多余的家具、地毯、餐具、高尔夫球具、摆饰品、吉他、床垫子、大衣、登山鞋、旧杂志之类的东西。连中学考试的参考书和遥控飞机都有。这些多半是五〇年代中期到六〇年代中期之间的产物。

在这建筑物里,时间以很奇特的方式流动着。和挂在客厅墙上的老式挂钟一样。人们意乱情迷地来到这里把砝码卷上去。砝码只要在上面,时间便发出滴答滴答的声音流动着。然而人们离去之后,砝码降下来了,时间便停在那里。然后静止的时间的块状,将褪色的生活一层一层堆积在地上。

我拿了几本旧电影杂志回到客厅,在那里翻开来看,封面介绍的电影是《锦绣山河烈士血》,说是约翰·韦恩第一次导演的电影,约翰·福特也全力支援。约翰·韦恩说要制作一部永远留在美国人心中的伟大电影。然而海狸毛礼帽却一点也不配约翰·韦恩。

她端着咖啡出来,我们面对面地喝着。雨点断续地敲着窗子。偶尔加重一些,和冷冷的阴影混合在一起浸透了这房子。电灯的黄色光线像花粉般飘在空中。

"累了吗?"她问。

"大概吧。"我一面恍惚地望着窗外的风景一面说,"因为一直团团转着寻找,现在忽然停了下来的关系。一定是不太习惯。而且好不容易跋涉到相片上的风景里来,老鼠和羊却都不在。"

"睡一下吧。我去准备一点吃的东西。"

她从二楼拿了毛毯来，帮我盖上。然后点着石油暖炉，把香烟放进我嘴里，帮我点火。

"打起精神来，事情一定会顺利的。"

"谢谢。"我说。

于是她消失到厨房去了。

剩下一个人之后，身体好像变得好沉重。我吸了两口就把烟熄了，毛毯拉到脖子上，眼睛闭起。只花了短短几秒钟就睡着了。

5 她离开山上走掉。饥饿感接着来袭

钟敲了六下时，我在沙发上醒过来。电灯关掉了，屋子覆盖在浓重的黑暗中。身体从体内到手指尖都是麻木的。觉得蓝墨水色黄昏的黑暗好像透过皮肤渗透进全身似的。

雨似乎停了，透过玻璃可以听见夜鸟的叫声。只有石油暖炉的火焰在屋里的白色墙壁上制造出奇异拉长的淡淡的影子。我从沙发站起来，打开地板立灯的开关，走到厨房喝了两玻璃杯冷水。瓦斯炉上放着奶油炖肉的锅子。锅子还留有微微的温度。烟灰缸里有女朋友吸过的薄荷烟的烟蒂，好像是被揉熄的样子立在那里。

我本能地感觉到她已经离开这幢屋子了。她已经不在这里了。

我两手支在烹饪台上，试着整理头脑里的东西。

第八章　寻羊冒险记 Ⅲ

　　她已经不在这里了，这点是确定的。既不是理论上，也不是推理上，而是实际上不在了。空空的屋子的空气告诉我这件事。自从妻子离开家之后，到和她相遇为止的两个多月之间，我所体验过的令人讨厌的那种空气。

　　我为了慎重起见还是走到二楼，一一检查了三个房间，连衣柜的门都打开来看过。就是没有她的影子。她的单肩包和厚厚的短外套也不见了。玄关里的登山鞋也不见了。她确实走掉了没错。她可能留下字条的地方我都一一试着找过，但并没有留下字条。从时间来看，她已经下山去了。

　　她已经消失的事实令我不太能够接受。因为刚刚睡醒，头脑还不太灵活，就算头脑够灵活，要对陆续发生在我身边的每一件事，一一赋与意义，也已经早就超越我的能力范围。总之，只有顺其自然了。

　　我坐在客厅的沙发上出神时，突然发现肚子很饿。一种有些异样的空腹感。

　　我从厨房走下楼梯，走进当作食品储藏室的地下室，随手拿起红葡萄酒把瓶栓拔开，试喝看看。虽然有点凉得过头，不过味道很醇。回到厨房，我用刀子切几片烹饪台上的面包，顺便削了苹果。在等炖肉热的时间里喝了三杯葡萄酒。

　　炖肉热了之后，我把葡萄酒和菜一起排在客厅桌上，一面听着珀西·费斯乐队的《Perfidia》一面吃晚餐。吃完之后又喝了长柄锅里剩下的咖啡，一个人玩了一下在壁炉上找到的扑克牌。十九世纪英国发明之后流行了一段时期，但由于太过复杂而逐渐衰落的游戏。根据某位数学家的计算，好像二十五万次只有一次会成功的几率。我只玩了三次，不用说自然不顺利。把扑克牌和餐具收拾好之后，继续喝着瓶里还剩三分之一的葡萄酒。

窗外已经夜幕低垂。我把百叶窗关上，躺在长沙发上继续听了几张发出啪吱啪吱杂音的老唱片。

老鼠会回来吗？

大概会回来吧。这里储藏着准备让他过一个冬季的食品和燃料。

然而那都只不过是大概而已。说不定老鼠已经觉得太麻烦而回到"町上"去了，或者已经决定和什么地方的女孩子在人世间一起过日子了。那并不是完全不可能的事。

如果真是那样的话，那么我的处境将会很惨。在找不到老鼠和羊之下一个月的期限过去后，那个穿黑衣服的男人大概真的要把我拉进所谓"众神的黄昏"去吧。虽然明知把我拉进去毫无意义，但他们一定会这样做。他们就是这种人。

约定的一个月正好快过一半了。十月的第二周，都会看起来最像都会的季节。如果没有这些事，我现在一定正在某个酒吧里一面吃着煎蛋卷，一面喝着威士忌。美好季节的美好时刻，而且雨后的黄昏，咬起来会咔啦响的碎冰块和厚厚的一整块木板做成的柜台，像和缓的河一般慢慢流动的时间。

恍惚地想着这些事的时候，开始感觉到好像这个世界还有另外一个我存在着,现在这个时分正在某个酒吧里心情愉快地喝着威士忌。而且越想越觉得那边那个我是现实的我。在某个地方某一点没对准,真正的我变成不是现实的我了。

我摇摇头,把这幻想抖掉。

外面夜鸟正继续低低地叫着。

*

我走上二楼,到老鼠没用的另一个小房间,把床铺好。床垫、床单和毛毯都整齐地折放在楼梯旁的储藏柜里。

房间里的家具和老鼠房间的完全一样。床头柜、书桌、柜子和台灯。形式是老旧的,不过是只考虑机能、把东西制造得极牢固的时代的产物。没有任何多余的东西。

从枕头边的窗户同样也可以眺望草原。雨完全停了,厚厚的云也有好几处地方出现一些切口。从那缝隙偶尔会露出美丽的半月,把草原的风景清晰地浮现出来。那看起来就像用探照灯照出深海的海底似的。

我衣服还穿着就钻进床里,一直眺望着消失又重现的那种风景,绕着那不祥的弯路,一个人下山去的女朋友的形象一时在那里重叠,那形象消失后,这回出现了羊群和正在拍着相片的老鼠的身影。不过当月亮隐藏到云中又再度出现时,那些都消失了。

我就着台灯的光线读《福尔摩斯探案》。

6　车库里发现的东西·在草原正中央想到的事

从来没看过的那种鸟,像圣诞树上的装饰品一样成群停在玄关前的椎树上啼叫着。在清晨的光线里,所有的东西都湿湿的闪着光。

我用令人怀念的手动式烤面包机烤了面包,用平底锅涂上黄油煎了一个荷包蛋,喝了两杯冰箱里放着的葡萄果汁。虽然她不在很寂寞,可是觉得好像光是能够感到寂寞就稍微有救了似的。所谓寂寞这东西,倒也是不坏的感情。就像小鸟飞走了之后静悄悄的椎树一样。

洗完盘子之后,我在洗脸台把嘴边沾上的蛋黄洗掉,花了足足五分钟刷牙。接着在相当犹豫之后,还是刮了胡子。洗脸台上有看上去全新的刮胡膏和吉利刮胡刀。连牙刷、牙膏、洗脸肥皂、保养乳液、古龙水等全都有。架子上整齐地叠放着十条左右的各色毛巾。完全像老鼠那一丝不苟的作风。镜子和洗脸台都没有一点灰尘。

厕所和浴室也大致和这一样。瓷砖接缝的地方都用旧牙刷沾清洁剂刷得雪白。真是不得了。一进厕所就从某个香料盒里飘出在高级酒吧喝金青柠酒似的香气。

走出洗手间,坐在客厅的沙发上,抽一根早晨的香烟。背包里还有三盒云雀烟,其他就没了。如果抽完这些,以后就只好戒烟了。一面这样想着,一面又抽了一根。早晨的光线好舒服。沙发完全和身体亲合为一体。就这样一小时转眼就过了。挂钟悠闲地敲了九下。

我似乎有点明白老鼠为什么把家中的家具、用具一一整理，厕所瓷砖接缝刷得雪白，明明不可能和谁见面，却把衬衫烫平，还费心刮胡子的理由了。在这里如果不继续不断地让身体活动着，就会失去对时间的正常感觉了。

我从沙发站起来，抱着双臂绕了屋里一周，可是简直想不到接下来该做什么才好。需要打扫的地方老鼠都已经打扫过了，连高高的天花板的污垢都扫得干干净净。

算了！不久总会想到吧。

暂且到房子附近散散步吧。天气好极了。天空好像用毛刷刷过似的流动着几丝白云。到处都听得到鸟啼声。

屋子后面有个大车库。老旧的双开门前掉了一个烟蒂。七星。这次这根烟蒂比较久了，卷纸已经破裂，滤嘴露了出来。我想起家里只有一个烟灰缸。而且是一个很久以来一直没被使用过的旧烟灰缸。老鼠是不抽烟的。我把烟蒂在手掌拨弄着，然后丢回原来的地方。

拉开沉重的门闩打开门，里面宽宽大大的，从木板缝隙射进来的日光在黑色的土上清晰地描出几条平行线。一股汽油和泥土的气味。

车子是丰田的老式陆地巡洋舰。车体和轮胎都没沾一点泥土，汽油是将近满的。我伸手试探一下老鼠每次藏车钥匙的地方。果然有钥匙在那里。把钥匙插进去试着转动看看，引擎立刻发出爽快的声音。平常老鼠整理汽车的功夫就是一流的。我把引擎关掉，钥匙放回原位，仍然坐在驾驶座上回头看看四周。车子里没有任何重要的东西。只有地图、毛巾和吃剩一半的巧克力。后座上有一卷铁丝和一个大型的老虎钳子。后座以老鼠的车子来说是难得这么脏的。我打开后车门，把掉在座位上的杂物用手掌收集起来，移到墙壁的木板节孔漏出的阳光下照着看看。好像是从坐垫里漏出来的填充物，也好像是羊的毛似的。我从口袋里拿出卫生纸，把它包起来放进胸前的口袋里。

为什么老鼠没开车出去呢？我无法理解。车库里有车子，表示他是走下山去的，或者没下山，只有这两种可能，可是两种都说不通。三天前崖下的路应该还十分畅通，而且我也不觉得老鼠会让屋子空着不住而到这台地的某个地方去持续露宿。

我放弃思考，关上车库门，走出草原看看。不管怎么想，要从没道理的状况中抽出有道理的结论是不可能的。

随着太阳逐渐升高，水蒸气也开始从草原上冒出来。透过水蒸气，正面的山看起来朦朦胧胧的。到处都是草的气味。

一面踏着湿湿的草，一面走到草原中央，就在正中央那里放着一个旧轮胎。橡皮已经完全变白而破裂了。我坐在那上面，转头向四周围看看。我走出来的那幢房子，看起来好像是凸出在海岸上的白色岩石一样。

在草原正中央的轮胎上坐着一个人，忽然想起小时候常参加的远距离游泳大会。在从一个岛游到另一个岛之间的正中央一带，我常常站起来眺望四周的风景。而且每次心情都会变得很奇怪。从两个地点过来都是等距离是多么奇妙的事情,而且在遥远的大地之上人们现在依然继续过着日常的营生也很奇怪。最奇怪的是社会没有了我,还照常运转着。

坐在那里呆呆想了十五分钟之后,又走回家,坐在沙发上继续读《福尔摩斯探案》。

两点钟,羊男来了。

7　羊男来了

钟刚敲过两点之后,门上就有敲门的声音。起初是两下,然后隔了两次呼吸的时间,又敲了三下。

稍微花了一点时间才意识到那是敲门的声音。我想都没想过会有人来敲这房子的门。如果是老鼠大概会不敲门就进来吧——因为这里毕竟是老鼠的家啊。如果是管理员的话,敲过一次应该不等答应就立刻开门了吧。如果是她——不,不可能是她。她会从厨房的门悄悄进来,一个人喝着咖啡。她不是会敲玄关门的那种人。

打开门,羊男就站在那里。羊男似乎对打开的门和开门的我都没什么兴趣的样子,只是望着离门两米左右的信箱,好像在看一件珍贵的东西似的一直注视着。羊男身高只比信箱稍微高一点而已。大概一百五十公分左右吧。而且还像猫一样弓着背,弯着膝盖。

加上我站的地方离地面还有十五公分的差距,因此我简直就像从巴士的窗口往下看人一样。羊男似乎要忽视这决定性的落差似的,脸朝旁边热心地继续凝视着信箱。信箱里不用说,是什么也没有的。

"可以进去里面吗?"羊男还是脸向着旁边飞快地问我。好像在生什么气似的那种说法。

"请进。"我说。

他弯着身子以一板一眼的动作解开登山鞋的鞋带。登山鞋上好像菠萝面包的皮一样粘着硬化的泥土。羊男两手拿起脱下的鞋子,以熟练的手法啪啪互相敲打着。厚厚的泥土便像放弃了似的纷纷掉落地上。然后羊男一副差一点要说这屋里我很熟的样子,穿上拖鞋便啪哒啪哒地快速走进里面,一个人在沙发上坐下,脸上一副好不容易终于松一口气的表情。

羊男从头套着一件羊皮。他那胖嘟嘟的身体和那衣裳完全吻合。手和脚的部分是仿制出来的。头部盖的帽子也是仿制出来的,而那顶上两根圆圆的卷起来的角则是真的。帽子两侧好像用铁丝撑出形状来似的水平地凸出平平的两个耳朵。遮住脸的上半部的皮面具和手套、袜子全都是黑色的。衣服从头上到屁股附有拉链,好像可以很简单地穿脱的样子。

胸部有个口袋也是附有拉链的,里面放着香烟和火柴。羊男嘴上叼起七星用火柴点着,呼地叹了一口气。我走到厨房去把洗过的烟灰缸拿过来。

"好想喝酒。"羊男说。我又走到厨房,找出剩下一半左右的四玫瑰酒瓶,拿着两个玻璃杯和冰块出来。

我们调好自己的威士忌加冰块,也没举杯相敬,就各自喝起来。羊男在喝干一杯之前,还继续一个人嘀嘀咕咕地自言自语。羊男的鼻子比身体的比例大,每次呼吸鼻腔就像翅膀般左右扩张。从面具的洞看进去,两只眼睛正不安地在我周围的空间骨碌碌地徘徊扫射。

一杯干了之后,羊男好像镇定了些。他把香烟熄掉,两只手指伸进面罩下揉着眼睛。

"毛跑进眼睛里了。"羊男说。

我不知道该说什么,于是没开口。

"昨天上午来到这里的吧?"羊男一面揉眼睛一面说,"我一直在看着你们。"

羊男在溶化一半的冰上咕嘟咕嘟地注入威士忌,也不搅拌就喝了一口。

"然后,下午女的一个人走了。"

"这你也看到了吗?"

"不是看到,是我把她赶回去的。"

"赶回去?"

"嗯,我到厨房门口露个脸,说你还是回去比较好。"

"为什么?"

寻羊冒险记

羊男好像有点别扭似的沉默下来。为什么？这种质问方式，或许并不适合他吧。可是当我转念在思考其他问法时，他的眼睛却逐渐露出不同的光彩。

"女人回到海豚饭店去了。"羊男说。

"女人这样说的吗？"

"她什么也没说噢。只是回去海豚饭店了。"

"那你怎么知道这件事？"

羊男沉默下来。两手放在膝盖上，默默凝视着桌上的玻璃杯。

"不过真的是回到海豚饭店吗？"我说。

"嗯，海豚饭店是一家好饭店喏。有羊的味道。"羊男说。

我们再度沉默。仔细看看羊男身上穿的羊的毛皮非常脏，毛被油沾得硬邦邦的。

"她走的时候有没有留下什么话？"

"没有。"羊男摇摇头，"女人什么也没说，我什么也没问。"

"你说你还是走比较好，她就一声不响地走了吗？"

"是啊。因为女人本来就想走，所以我才说你还是走比较好。"

"她是自己愿意来这里的。"

"不是！"羊男大声吼，"女人想要走。可是自己又非常混乱。所以我才把她赶回去。是你让她混乱的。"羊男站起来，用右手掌啪一声拍在桌上。威士忌酒杯往旁边滑了五公分。

羊男暂时保持那样的姿势站着，终于眼睛里的光彩减弱，好像力气消失了似的坐回沙发。

"是你让女人混乱的噢。"羊男这次安静地说,"这样是很不对的。你什么也不知道。你只想着自己的事。"

"她不应该来这里是吗?"

"是啊。那个女人是不该来这里的。你只想着你自己的事啊。"

我沉进沙发里舔着威士忌。

"不过,算了。不管怎么样,一切都已经完了。"羊男说。

"完了?"

"你再也不会看到那个女人了。"

"因为我只想着自己的事的关系吗?"

"是啊。因为你只想着自己的事啊。这是报应。"

羊男站起来走到窗边,一只手把沉重的窗子往上一推,呼吸着外面的空气。力气真了得。

"这么晴朗的天气窗户应该打开。"羊男说。然后羊男在屋里转了半圈,在书柜前停下,交叉抱着双臂望着书背的封面。衣服的尾巴部分还附有小小的尾巴。从后面看来只会觉得是真的羊用两只脚站着。

"我在找朋友。"我说。

"噢。"羊男依然背向着这边,似乎没兴趣似的说。

"他应该是在这里住了一阵子的,一直到一星期以前。"

"我不知道。"

羊男站在壁炉前面,把架子上的扑克牌拿起来啪啦啪啦地翻着。

"我也在找背上有星星记号的羊。"我说。

"没看见过啊。"羊男说。

可是羊男显然知道老鼠和羊的事。因为他太刻意做出不关心的样子,回答的速度太快了,而且语调也不自然。

我改变战术,装成已经对对方失去兴趣的样子,故意打了个呵欠,拿起桌上的书翻着看。羊男感觉有点坐立不安地回到沙发。并且暂时沉默地望着我在读书。

"读书很有意思吗?"羊男问。

"嗯。"我简单回答。

然后羊男还是磨磨蹭蹭的。我不理他,继续读书。

"抱歉,刚才我那么大声吼。"羊男小声说,"有时候啊,那种羊性的东西和人性的东西会互相抵触,就会变成那个样子。我并没有什么恶意。而且你也说了责备我的话啊。"

"没关系。"我说。

"你已经不能再见那个女人的事,我也觉得蛮可怜的,可是那不能怪我。"

"嗯。"

我从背包的口袋里掏出三包云雀烟来给羊男。羊男有点吃惊的样子。

"谢谢。这种烟我没抽过。可是你不用吗?"

"我戒烟了。"我说。

"喔,那很好。"羊男认真地点着头,"因为真的对身体不好。"

羊男很珍惜地把烟收进手臂上附的口袋里。那个部分隆起了四角形。

"我必须要见朋友一面,我就是特地为这个从很远很远的地方跑来的。"

羊男点点头。

"还有关于羊也一样。"

羊男点点头。

"可是这些你都不知道吗?"

羊男悲哀地往左右摇着头。做出来的耳朵摇啊摇的,然而这次的否定比先前的否定弱得多了。

"这里是个好地方噢,"羊男改变话题,"景色优美,空气清新,我想你也一定会喜欢。"

"是个好地方啊。"我说。

"到冬天还要更好。四周全都是雪,咔吱咔吱地结冻起来。动物们都睡着了,人也不会来哟。"

"你一直都在这里吗?"

"嗯。"

我除此之外决定什么也不多问了。羊男和动物一样。你越接近它,它就越向后退,你往后退,它反而会走近来。既然一直都住在这里,就不用着急了。只要花时间慢慢探问出来就行了。

羊男用左手把右手上的黑色手套尖端从拇指一一拉着。拉了几次之后,手套终于拉开,露出干巴巴的浅黑色的手。虽然小,但手很厚,从拇指根部到手背的正中央有一个烫伤的旧痕。

羊男一直凝视着手背,然后手翻过来又凝视着手掌。这倒和老鼠平常经常做的动作一模一样。不过老鼠不可能是羊男。身高差了二十公分以上。

"你会一直住在这里吗?"羊男问。

"不,只要找到朋友或羊中的任何一方就离开。因为我就是为这个而来的啊。"

"这里的冬天很好噢。"羊男重复地说,"白茫茫的一片,一切都冰冻了。"

羊男独自吃吃地笑着,巨大的鼻腔鼓了起来。每次一开口就露出肮脏的牙齿。前齿掉了两颗。羊男的思考韵律有点不太平均,那就好像屋里的空气忽而伸长忽而缩短一样的感觉。

"差不多该走了。"羊男突然说,"谢谢你的香烟。"

我默默点点头。

"希望你早一点找到朋友和那头羊。"

"嗯。"我说,"如果你在这方面有什么消息,请告诉我。"

羊男坐立不安蠢蠢欲动的样子。"嗯,好啊,我会告诉你。"

我觉得有点好笑,却忍住了。羊男实在很不会说谎。

羊男把手套戴上站了起来。"我会再来。虽然不确定是几天后,不过还会来。"然后眼睛暗淡下来,"不知道会不会打扰你?"

"怎么会呢?"我急忙摇摇头,"你一定要来哟。"

"好,那我就来。"羊男说。然后反手把门啪哒一声关上。尾巴差一点夹到,不过没事。

我从百叶窗的缝隙看出去,羊男正和来的时候一样,站在信箱前面,一直凝神注视着那油漆已经斑驳的白色箱子。然后悄悄扭扭身子让身体和衣裳吻合之后,便快步穿过草原朝东边的树林冲过去。水平地凸出的耳朵像游泳池的跳台一样摇晃着。羊男走远之后变成一团暗淡的白点,终于被吸进同样颜色的白桦树干之间去了。

羊男消失之后,我还一直凝视着草原和白桦树林。越凝视越无法确定羊男是否刚才还在这屋子里。

不过桌上还留有威士忌酒瓶和七星香烟的烟蒂,对面的沙发上附着几根羊的毛。我把在陆地巡洋舰的后座发现的羊毛拿出来比对。果然一样。

*

羊男回去之后,我为了整理头脑而到厨房做汉堡牛排。洋葱切碎放进平底锅里炒,在那时间里从冰箱拿出牛肉解冻,再用绞肉机的粗细中等刻度绞过。

虽然厨房算是空荡荡的,不过里面从调理器具到调味料倒也一应俱全。只要道路能够修好,这房子照现况就可以开起一家山中别墅风格的餐厅。把窗户打开,一面眺望羊群和蓝天一面用餐应该也不错。带了家小的可以到草原和羊玩耍,情人们可以到白桦树林里散步,一定会很成功。

老鼠负责经营,我做菜。羊男应该也能派上什么用场。如果是山中别墅餐厅的话,他那标新立异的服装可能也就很自然地被接受了。然后也可以把现实的绵羊管理员加进来负责养羊。现实的人有一个左右也很好。狗也必要。相信羊博士也一定会来玩的。

我用木勺子一面搅拌着洋葱,一面恍惚地想着这些事情。

想着想着,跟着想到我可能会永远失去拥有美丽耳朵的女朋友,心情忽然沉重起来。或许正如羊男所说的,我是应该自己一个人来这里的。我大概……我摇摇头。然后我决定继续想开餐厅的事。

杰,如果他能够来这里的话,很多事情一定可以顺利解决。一切都应该以他为中心去运转。以容许、怜惜和接受为中心。

在洋葱冷却之前,我坐在窗边,又再眺望着草原。

8 风的特殊通道

接下来的三天在无为中度过。没有发生任何一件事。羊男也没出现。我做了吃的东西,把东西吃掉,读读书,天黑之后就喝威士忌。然后睡觉。早晨六点起床,到草原跑半月形半圈,然后冲澡,刮胡子。

清晨草原的空气急速地增添寒冷的程度。鲜艳地转红的白桦树叶,一天一天变稀疏,纷纷脱离枯枝,被冬天最早的风从这台地往东南方吹去。慢跑途中,只要在草原中央站定,就可以清晰听到这样的风声。它们好像在宣告着"已经不能回到从前了"似的。短暂的秋季已经远去。

由于运动不足和戒烟的关系,我在前三天胖了两公斤,因为慢跑又削减了一公斤。不能抽烟是有点痛苦,可是在方圆三十公里之内没有卖香烟的,所以除了忍耐,没有别的办法。我每次想抽烟,就想起她和她的耳朵。比起我过去所失去的东西,失去香烟似乎显得非常微不足道。而且实际上也是这样。

我利用空闲时间试着做了各式的餐点。甚至用烤箱做烤牛排。把冷冻鲑鱼解冻软化切片,做成腌渍鱼。因为生鲜蔬菜不够,还到草原上寻找可以吃的野菜,削鲣鱼干煮汤。用卷心菜试做简单的泡菜。也为羊男来时预备了几种下酒的小菜。可是羊男并没有出现。

我下午大多在眺望草原中度过。长久眺望着草原时,会被一种好像白桦树林之间有人马上要突然出现,就那样穿过草原往这边走来似的错觉所袭击。那多半是羊男,有时则是老鼠,或女朋友。也有时是那头附有星星记号的羊。

然而终究谁也没有出现。只有风吹过草原而已。看来简直好像这个草原就是风的特殊通道似的。就像是说风正带着很重要的使命急着

第八章　寻羊冒险记 Ⅲ

赶路似的，头也不回地跑过草原。

我来到这个台地之后的第七天开始降下第一次的雪。那天非常稀奇，从早上开始就没有风，天空阴阴的，铅色的云沉重低垂。我慢跑回来冲过澡，一面喝咖啡一面听唱片时，开始下雪。是那种形状歪扭的硬雪。每次碰到玻璃窗就会发出一声咔吱的声音。有一点风开始吹，雪片一面画着三十度左右的斜线，一面以很快的速度落到地上。当雪还很稀疏的时候，那斜线看起来像百货公司包装纸的图纹一样，但是不久雪下大了之后，外面一片白茫茫的，山和树林都看不见了。那可不是像东京偶尔会下的那种小巧精致的雪，而是真正北国的雪。将要覆盖掉一切，冰冻到地心去的雪。

一直注视着雪，眼睛立刻痛起来。我把窗帘放下，在石油暖炉旁看书。唱片唱完了，自动回转的唱针转回来之后，四周安静得可怕。简直像所有的生物都死绝了之后的那种沉默。我把书放下；也没有什么特别的理由，只是试着把整个房子依照顺序走了一圈。从客厅走到厨房，检查一下储藏室、浴室、洗手间和地下室，打开二楼房间的门看一看。没有任何人在。只有沉默像油一样渗透了房间的每一个角落。因房间的大小，沉默的响度稍许有一点不同而已。

我是孤零零的一个人，这辈子从生下来到现在，从来没有像现在这样觉得孤独过。只有这两天开始强烈地想抽烟，但不用说没有香烟。

于是我以喝威士忌不加冰块来代替。如果就这样过一个冬天的话，我很可能会变成酒精中毒。幸亏屋子里并没有能够让我变成酒精中毒的那么大量的酒。只有威士忌三瓶、白兰地一瓶,还有罐装啤酒十二箱而已。大概老鼠也和我一样想到这些了吧。

我的搭档是不是还继续喝着酒呢?有没有把公司整顿好,依照希望的那样重新恢复为小翻译事务所了呢?他应该会那样做,而且即使没我也还能过得去吧。不管怎么说,我们也正好面临这样的时期了。我们竟然花了六年时间却又回到出发点。

中午过后雪停了。和开始下时一样唐突的停法。厚厚的云像黏土一样到处出现断裂,从那些地方射进来的阳光化为壮大的光柱在草原的各处移动着,相当壮观。

走到外面一看,地上稀稀落落坚硬的雪像小小的砂糖甜点一样散落了一地。它们每一片都好像在紧紧地守着自己,拒绝融化似的。然而钟敲过三点时,大部分的雪已经融化。地面湿湿的,接近黄昏的太阳以温柔的光线包住了草原。小鸟简直像获得解放了一般开始啼叫。

*

吃过晚饭后,我从老鼠房间借了一本《烤面包的方法》和康拉德的小说,到客厅沙发坐下来读。读了三分之一左右的地方,碰到一张老鼠代替书签夹在里面的十公分见方的剪报。虽然不知道日期,但从颜色来看就知道是比较新的报纸。剪下来的报导内容是地方资讯。札幌某个饭店正召开一个有关高龄化社会的专题讨论会,旭川附近举办长跑接力赛,还有关于中东危机的演讲会。里面没有一件是会引起老鼠或我的兴趣的东西。背面是新闻广告。我打个呵欠把书合上,到厨房把剩的咖啡烧开了喝掉。

好久没看报纸了,我这才第一次发现自己已经整整一星期被世界的流动排除在外。既没有收音机也没有电视机,没有报纸也没有杂志。现在,这一瞬间东京说不定已被核导弹所摧毁,或许疫病正覆盖山下。或许火星人已经占领了澳大利亚。就算是这样,我也无从知道。虽然只要到车库去打开陆地巡洋舰的收音机就可以听到,但也不怎么特别想听。如果不知道也过得去的话,也就没什么必要知道,何况我已经抱着一颗有必要担心的种子了。

不过我内部还是有一个东西卡住了。就像眼前明明有什么东西通过,却因为正在想着事情而没注意到时的那种感觉。但视网膜上依旧燃烧着有什么通过的无意识的记忆……我把咖啡杯放进水槽,回到客厅,重新拿起剪报来看。我所找的东西果然在那背面。

> 老鼠,请联络
> 火速!!
> 　　　海豚饭店406

我把纸片放回书里,让身体埋进沙发。

老鼠知道我在找他。疑问——他是怎么找到那篇启事的?是不是从山上下去时偶然发现的?还是因为正在找什么而一次阅读好几周的报纸？

虽然如此，他竟然没和我联络。（或许他看到那篇启事时，我已经离开海豚饭店了。或者想联络，可是电话已经死了。）

不，不对。不是老鼠没办法和我联络，而是他不想联络。他应该能够从我在海豚饭店推测到我总有一天会找到这里来，如果想见我的话，应该会在这里等候，至少也该留下留言条的。

也就是说老鼠由于某种理由而不想跟我见面。可是，他并没有拒绝我。如果他不想把我留在这里的话，应该有很多方法可以把我关在门外的。因为，这是他的家啊。

我一直抱着这两种命题，望着钟的长针慢慢绕了文字盘一周。针绕完一周之后，我还是没办法走近那两个命题的核心。

羊男一定知道一些什么。这点可以确定。能够敏锐地发现我来到这里的同一个人，没有理由不知道住在这里将近半年的老鼠。

越想越觉得羊男的行为正是反映着老鼠的意志。羊男把我的女朋友赶下山去，留下我一个人。他的出现一定是什么的前兆。我周围确实在进行着什么。旁边先清扫干净，有事情要发生了。

我把灯熄掉走上二楼，躺在床上眺望月亮、雪和草原。从云的缝隙看得见冷冷的星光。我把窗户打开，嗅嗅夜的气息。夹杂着树叶摩擦的声音，听得见远处有什么在叫着。分不清是鸟的声音还是兽的声音的奇怪叫声。

就这样，山上的第七天过去了。

第八章 寻羊冒险记 Ⅲ

*

醒来之后到草原跑步，冲过澡吃早餐。和平常一样的早晨。天空是和昨天一样的阴云迷蒙，不过气温稍微上升了一些。似乎不会下雪的样子。

我在牛仔裤、毛衣之上套了一件薄登山外套，穿上轻运动鞋横越过草原。然后从羊男消失的那一带进入东边的树林，试着在树林里走一走。没有像路的路，也没有人的痕迹，偶尔有白桦树倒在地面。地面虽然是平坦的，但有好些地方像干枯的河一样，或者是堑壕的遗迹一样，有一米宽左右的壕沟。壕沟弯弯曲曲地在树林里连续了几公里。有时候深，有时候浅，底下积了有一个拳头深的枯叶。沿着壕沟走终于来到像马背一样耸立的道路。道路两旁是有和缓斜坡的干枯谷地。枯叶色圆嘟嘟的鸟发出喀沙喀沙的声音横切过路面，消失在斜坡的密草丛里。满天星红得简直像燃烧的烈火一样在树林里到处纷杂着。

我走了大约一小时左右时，竟然失去了方向感。照这样是很难找到羊男的。我沿着干枯的谷地走，直到听到水声为止，找到河之后再顺着水流往下游走。如果我的记忆正确的话，应该可以碰到瀑布，而瀑布附近应该可以通到我们来的时候走过的路。

走了十分钟左右就听到瀑布的声音了。溪流像被岩石弹出去一般，随处改变方向，到处形成一些像冰一样冷的淤塞水洼。没有鱼的踪影，水洼的表面有几片枯叶正慢慢画着圆圈。我从一块岩石跳到另一块岩石,走下瀑布,再攀爬上滑溜的斜坡,走出记忆中看过的路。

羊男正坐在桥边看我。羊男肩膀上挂着一个塞满薪柴的帆布袋。

"你到处乱跑会遇到熊噢。"他说,"这一带好像有一头走失的熊。昨天下雪后我发现有脚印。如果你一定要走的话,就要像我一样在腰上绑一个铃子。"

羊男把衣裳的腰上用安全别针别着的一个铃子弄得叮铃响。

"我在找你呀。"我喘过一口气以后说。

"我知道。"羊男说,"我看得见你在找。"

"那么,你怎么不叫我呢?"

"我想你是想自己找嘛,所以我就没出声。"

羊男从手臂上的口袋里掏出香烟,抽得很美味的样子。我在羊男旁边坐下。

"你住在这里吗?"

"嗯。"羊男说,"不过我希望你不要告诉任何人。因为没有人知道。"

"不过我的朋友知道你吧?"

沉默。

"我有非常重要的事。"

沉默。

"如果你跟我的朋友是朋友的话,那么我和你也就是朋友了,对吗?"

"对呀。"羊男很小心地说,"一定是这样吧。"

"如果你是我的朋友的话,就不会对我说谎,对吗?"

"嗯。"羊男似乎很为难地说。

"能不能以一个朋友的立场,告诉我?"

羊男用舌头舔舔干燥的嘴唇。"不能讲啊。真抱歉,不能讲。说出来就糟了。"

"是谁要你闭嘴的?"

羊男像贝壳一样沉默不语。风在枯树之间响着。

"没有人在听啊。"我悄悄说。

羊男凝视着我的眼睛。"你对这片土地的事情什么也不知道哦?"

"不知道啊。"

"你听着啊,这可不是普通的地方噢。这一点你最好能够记住。"

"可是上次你不是说过这是一块很好的土地吗?"

"对我来说是。"羊男说,"因为对我来说,只有这里可以住。如果被赶出这里,我就没地方可去了。"

羊男沉默。我觉得已经没有可能从他这里再引出什么话来了。我看看塞满薪柴的帆布袋。

"你就用这些在冬天里取暖吗?"

羊男默默点头。

"可是没看见冒烟哪。"

"还没点火啊。在积雪之前不会点。不过即使积雪后我点了火,你也看不见烟的。就是有那种点火法。"

羊男这样说完，就很得意似的调皮地笑笑。

"什么时候会开始积雪呢？"

羊男看看天空，然后看看我的脸。"今年的雪比平常早噢。大概再十天左右吧。"

"再过十天，路就会冰冻起来吗？"

"大概吧。谁也不上来，谁也不下去。是个好季节哟。"

"你一直都住在这里吗？"

"对。"羊男说，"一直住了很久。"

"那你都吃什么？"

"蕗、野蕨、树上的果子、小鸟，还有也捉得到小鱼和小螃蟹。"

"不冷吗？"

"冬天很冷噢。"

"如果有什么不够的东西，我想我可以分一些给你。"

"谢谢。不过现在还不缺什么。"

羊男突然站起来，往草原方向的路开始走去。我也站起来跟在他后面。

"你为什么会隐居在这里呢？"

"你一定会笑。"羊男说。

"我想大概不会笑吧。"我说。我想不到到底有什么好笑的。

"不能告诉别人喏？"

"不会告诉别人啦。"

"因为不想去打仗。"

我们就那样默默走了一会儿。并排走着,羊男的头就在我的肩膀边摇晃。

"跟哪一国打仗?"

"不知道。"羊男喀喀地咳嗽着,"可是我不想去打仗,所以就当羊。当羊就不能离开这里。"

"你是生在十二泷町的吗?"

"嗯。不过你不能告诉别人喏。"

"我不说。"我说,"你不喜欢町上吗?"

"下面的町上吗?"

"嗯。"

"不喜欢。因为有好多士兵。"羊男又再咳了一次,"你是从哪里来的?"

"从东京。"

"听到过战争的事情吗?"

"没有。"

羊男似乎因此对我失去兴趣了。我们一直走到草原入口为止都没再说什么。

"要不要到屋子里去?"我试着问羊男。

"我还要准备过冬的事。"他说,"今天很忙,下次吧。"

"我想见我的朋友。"我说,"我有一个理由,无论如何必须在接下来的一星期之内见到他。"

羊男悲哀地摇摇头。耳朵啪啦啪啦地摇着。"很抱歉,刚才我也说过了,我什么忙也帮不上。"

"你只要帮我传话就行了。"

"嗯。"羊男说。

"非常谢谢。"我说。

于是我们就分开了。

"出去走动的时候,千万别忘记挂个铃子啊。"临走之前羊男说。

然后我就直接回家,羊男和上次一样消失到东边的树林里。沉在冬色中无言的绿色草原隔在我们之间。

*

那天下午,我烤了面包。在老鼠房间里发现的那本《烤面包的方法》说得很详细,封面上写着"只要会读文字,你也很简单地能够烤面包",不过确实也是这样。我照着书上写的做,真的很简单就烤出面包来了。屋子里飘散着香喷喷的面包香,从这里营造出一股温暖的气氛。味道方面以初学者来说还不坏。厨房里有足够的面粉和酵母菌,如果不得不在这里过一冬的话,至少不必担心面包问题就过得去的样子。米和通心粉也多得不得了。

我傍晚吃面包、沙拉和火腿蛋,饭后吃罐头桃子。

第二天早晨我煮了米饭,用鲑鱼罐头、海带芽和蘑菇做了意大利炒饭。

中午吃冷冻过的起司蛋糕,喝浓浓的奶茶。

三点吃榛果冰淇淋,上面浇一点君度利口酒。

傍晚用烤箱烤带骨头的鸡,喝金宝汤。

*

我又再继续胖起来。

*

第九天下午。我正查看着书柜,发现一本我最近好像看过的旧书。从书上的灰尘来看,只有这本变清洁了,书脊也比其他的书稍微凸出书列。

我把它抽出来,坐在长椅上试着翻一翻。是一本名叫《亚细亚主义之系谱》的战时发行的书。纸质非常差,每翻一页就有霉味。也因为是战时发行的,内容都偏向一方非常幼稚,无聊到每翻三页就要打一次呵欠的程度,就算这样,还有很多地方用符号代替的避讳缺字。关于二·二六事件则一行也没有记述。

随便翻翻并没有真的仔细读,发现最后夹了一张白色便条纸。一直看着发黄的纸之后,那白色纸条就像某种奇迹般出现。该页的右端是卷末资料。上面刊载着所谓亚细亚主义者们不管有名无名的姓名、生平、本籍。从头依照顺序看到中间一带时,出现了"先生"的姓名。把我带到这里来的"被羊附身"的先生。本籍是北海道——郡十二泷町。

我把书放在膝盖上，茫然地呆了一会儿。头脑里面语言花了很长时间才固定下来。好像头脑后面被什么东西猛然捶了一下似的。

我应该注意到的啊。一开始就应该注意的啊。刚开始听说"先生"是北海道的贫农出身时，就应该先查清楚才对呀。不管"先生"如何巧妙地抹煞他的过去，也一定有办法调查出来的。那位穿黑衣服的秘书一定能够立刻帮忙调查得出的。

不，不对。

我摇摇头。

他不可能没调查过。他不是那么粗心大意的人。不管那是多么细微的事情，他都应该查出所有可能性的。就像他已经查过有关我的反应和行动的所有可能性一样。

他已经完全了解一切了。

除此之外，无法想象。可是虽然如此，他又为什么费尽心血去说服我，或者威胁我，把我送到这里来呢？不管做什么，他都应该可以做得比我更利落才对呀。还有，就算有一定要利用我的理由存在，也可以一开始就把场所告诉我啊。

混乱逐渐平息之后，我开始生起气来。我觉得一切都很畸形且错误。老鼠一定知道什么。而且那个穿黑衣服的男人也一定知道什么。只有我什么也不知道地被摆在事情的中心。我所想的一切都偏差了，我所有的行动都是错误的。当然我的人生也许始终就是这样。在这意义上，或许我也不能责备谁。不过至少他们不应该这样利用我。因为他们所利用、所压榨、所敲打的东西，正是我所剩下的最后的，真正最后的一滴呀。

我真想丢下一切，现在就马上下山去，但这样也不行。要想丢下一切，却已经陷得太深了。最简单的事就是放声大哭，可是也不能哭。我觉得好像更早更早以前就已经有真正值得我哭的某种理由存在了。

我走到厨房拿了威士忌酒瓶和玻璃杯出来，喝了五公分左右。除了喝威士忌之外，其他什么也不想。

9 镜子映出来的东西・镜子没映出来的东西

第十天的早晨，我决定忘掉一切。该失去的东西已经失去了。

那天早晨正在慢跑时，开始降下第二次的雪。湿答答的雨雪变成确实的冰碴，再变成不透明的雪。和第一次那种干爽的雪不同，这次的是会缠上身体的讨厌的雪。我跑到中途放弃再跑而转回家，烧热水洗澡。在洗澡水热之前一直坐在壁炉前面，但身体就是不暖。湿湿的冷气完全渗透到身体的骨髓里去。手套脱掉之后，手指头还弯不起来，耳朵到现在还觉得好像会脱落似的刺痛。全身像劣质的纸张一样粗粗糙糙的。

我泡了三十分钟热水澡，喝过放了白兰地的红茶之后，身体才好不容易恢复原状，但偶尔来袭的断断续续的恶寒仍然持续了两小时。这就是山上的冬天。

雪就那样一直继续下到黄昏，草原被全面的白色所覆盖。夜的黑暗正包围四周时，雪停了，深深的沉默像雾一样再度来临。这是我无法防备的沉默。我把平·克劳斯贝的《白色圣诞节》用唱机以循环播放的模式听了二十六次。

当然积雪并不是恒久的。就像羊男所预言的一样，大地要真正冻结之前还稍微有点时间。第二天忽然放晴，久久的太阳光慢慢花时间把雪融化。草原的雪变成花白斑斑，残余的雪把阳光反射得十分炫眼。复式斜屋顶上的积雪化成大块滑下斜面，发出声音落地破碎。雪融化成的水，一滴滴落在窗外。一切都那么清晰而闪亮。小水滴紧紧抱着槲木的一片片叶子尖端，闪着晶光。

我双手插在口袋里，站在客厅的窗边，一直凝神眺望着这样的风景。一切都和我无关地运转着。和我的存在没有关系——和谁的存在都没有关系——一切都兀自在流动着。雪下，雪融解。

一面听着雪融化崩塌的声音，我一面打扫房子。由于下雪的关系，身体整个变迟钝了，因为形式上我是肆意闯进别人家里来的，所以至少打扫打扫也是应该的。而且我本来也不讨厌做菜和打扫。

只是这么大的房子，要好好扫干净倒是比想象中辛苦多了。还是跑十公里慢跑比较轻松。我把每个角落先用鸡毛掸子掸过，再用大型吸尘器吸灰尘，木头地板先轻轻用水擦过，再趴在地板上打蜡。只打了一半就喘不过气来了。可是因为戒了烟的关系，气喘得还不算严重，并没有喉头卡住似的那种讨厌的感觉。我到厨房喝了冰葡萄汁，喘过一口气之后，中午以前就一口气把剩下的地方打蜡完毕。百叶窗全部拉开，由于打过蜡的关系，整个屋子闪闪发光。令人怀念的潮湿大地的气息和地板蜡的气味舒服地融在一起。

我把打蜡用过的六片抹布洗好拿到外面晾之后，便在锅里烧点开水煮意大利面。放了一大堆鳕鱼子、黄油，还有白葡萄酒和酱油。好久没有这么舒服地慢慢吃一顿午餐了。听得见附近树林里有红啄木鸟叫的声音。

意大利面吃光，餐具洗好，再继续扫除。洗了浴缸和洗脸台，洗了马桶，擦了家具。因为老鼠的用心保持，所以并不怎么脏，用擦家具的喷雾剂一喷，立刻亮丽起来。然后我把长塑胶水管拉到屋子外面，把玻璃窗和百叶窗上的灰尘冲掉。就这样，建筑物整个焕然一新。回到屋里再把玻璃窗内侧擦一擦，打扫就此结束。到黄昏之前听了两小时左右的唱片打发时间。

傍晚我想上老鼠房间找一本新书看看，却发现楼梯口有一面大镜子非常脏，我用抹布和玻璃清洁剂喷了又擦。可是不管怎么擦都擦不干净。老鼠为什么只遗漏这面镜子让它脏着不管呢？我真不懂。我用水桶提了温水，用尼龙刷子刷镜子，把粘在上面的油脂刷掉之后，再用干抹布擦。镜子脏得一桶水都变黑了。

从精心制作的木框可以看出这镜子是很久以前的东西,而且似乎是高价的东西,擦过之后一点模糊的地方都没有。既不歪斜,也没有伤痕,从头到脚把人像映出来。我在镜子前站了一会儿,试着看看自己的全身。没有什么特别奇怪的地方。我就是我,脸上浮现的是那种每次都会浮现的不怎么起眼的表情,只是那面镜子里的映象清晰到没必要的程度。那里面缺少了通常映在镜子里的像所特有的平板。那与其说是我在看着映在镜子里的我,不如说我是镜子里映出的像,而身为映象的平板的我正在看着真正的我似的。我在脸前面举起右手,用手背试着擦擦嘴角。镜子那头的我也做了完全相同的动作。但那或许是镜子那头的我所做的事我重复一遍也说不定。我现在无法确信我是不是真的出于自由意志用手背擦嘴角的了。

我把"自由意志"这语言储存在头脑里,然后用左手的拇指和食指抓一下耳朵。镜子里的我也做了完全相同的动作。看起来他也好像把"自由意志"这语言储存在头脑里了。

我放弃地离开镜子前面。他也离开了镜子前面。

*

第十二天下了第三次的雪。我醒来时,雪就已经在下了。静得可怕的雪。既不硬,也没有黏黏的湿气。雪从空中慢慢飘舞下来,在积起来之前又融了。像悄悄闭上眼睛那样静悄悄的雪。

我从仓库拉出吉他来,辛苦地调好弦,试着弹弹旧曲子。一面听着本尼·古德曼的《Air Mail Special》,一面练习之间,不觉已经到了中午,于是在自己做的已经变硬的面包里夹了切得很厚的火腿吃,并喝了罐头啤酒。

大约练习了三十分钟吉他时,羊男来了。雪还继续安静地下着。

"如果打扰的话,我就出去噢。"玄关的门还开着,羊男说。

"不,没关系,我正无聊呢。"我把吉他放在地上这么说。

羊男和以前一样,先把脱下的鞋在门外敲落了泥巴再进屋里来。在雪中他那厚厚的羊的衣裳简直与身体合而为一。他在我对面的沙发坐下,两手放在扶手上,身体摆动了几次。

"还不会积雪吗?"我试着问他。

"还不会。"羊男回答,"雪分为会积的跟不会积的,这是属于不会积的。"

"噢。"

"会积的雪要下星期才来。"

"要不要喝点啤酒?"

"谢谢。不过如果有白兰地更好。"

我到厨房去预备了他的白兰地和我的啤酒,和起司三明治一起拿到客厅。

"你在弹吉他啊。"羊男似乎很佩服地说,"我也喜欢音乐哟。虽然乐器我一样也不会。"

"我也不会。已经将近十年没弹了。"

"不过没关系,你弹一点给我听好吗?"

我为了不让他失望,于是弹了一遍《Air Mail Special》的旋律,然后开始弹类似一组合弦和即兴曲之类的东西,后来由于弄不清小节数就停了下来。

"弹得很好啊。"羊男认真地赞美着,"会弹乐器一定很快乐吧?"

"如果能弹得好的话。不过要弹得好,耳朵就不能不好,而耳朵好的话,自己弹得不够好,听了又腻。"

"是这样子啊。"羊男说。

羊男把白兰地倒进玻璃杯小口小口地啜着喝,我把罐装啤酒拉环拉开,就那样喝起来。

"传话没传到呢。"羊男说。

我默默点点头。

"我只是来告诉你这个。"

我看看墙上挂的月历。离用红色签字笔做了记号的期限只剩三天。然而事到如今,已经都无所谓了。

"情况已经改变了。"我说,"我非常生气。生下来到现在从来没有这样生气过。"

羊男手上还拿着白兰地酒杯沉默着。

我拿起吉他,把背板使劲敲在壁炉的红砖上。随着一声巨大的不谐和音,背板被敲得粉碎。羊男从沙发跳起来,耳朵震动着。

"我也有权利生气。"我说。好像是说给自己听的一样。我也有权利生气。

"我觉得没帮上忙很抱歉。不过我希望你了解。我很喜欢你。"

我们两人暂时一起眺望着雪。简直就像从天上撕一些云下来落在地上一样柔软的雪。

我到厨房去拿新的啤酒罐头。走过楼梯前面时看见镜子。里面的另外一个我也正好要去拿新的啤酒。我们互相碰面,叹了一口气。我们住在不同的世界里,却想着相同的事情。简直就像《鸭羹》里面的格劳乔和哈勃一样。

我身后映着客厅。或者说他的对面是客厅。我后面的客厅和他对面的客厅是同一间客厅。沙发、地毯、钟、画、书柜,一切的一切都一样。虽然品味不是那么好,但却是相当舒服的客厅。只是有什么不对劲。或者说觉得好像有什么不对劲。

我从冰箱拿出新的卢云堡蓝色罐头,拿在手上走回来时再看了一次镜子里的客厅,然后又看了看真正的客厅。羊男坐在沙发上仍旧呆呆地望着雪。

我想确认一下镜子里羊男的身影。然而羊男的身影并没有在镜子里。在没有任何人的客厅里,只有一套沙发排在那里。镜子里的世界,只有我一个人孤零零的。我的背脊发出嘎吱的声音。

*

"你脸色不太好。"羊男说。

我在沙发上坐下,什么也没说,拉开罐头啤酒的拉环喝了一口。

"一定是感冒了。对不习惯的人而言,这里的冬天是很冷的。空气又湿。今天还是早点睡好了。"

"不。"我说,"今天我不睡觉。我会在这里一直等我朋友。"

"你知道他今天会来吗?"

"知道啊。"我说,"他今天晚上十点会来这里。"

羊男什么也没说地看着我。从面具里看出来的眼睛简直没有所谓表情这东西。

"今天晚上整理行李,明天就离开这里。如果你碰到他,请这样告诉他。不过我想大概没有必要吧。"

羊男表示知道了似的点点头。"你走掉以后,我会很寂寞噢。虽然我也知道这是没办法的事。对了,这起司三明治可以给我吗?"

"好啊。"

羊男用纸巾包了三明治,放进口袋,然后把手套戴上。

"希望见得到面。"临走时羊男说。

"见得到的。"我说。

羊男往草原的东方离去。雪的迷雾最后终于完全把他包起来。留下的只有沉默而已。

我在羊男的玻璃杯里倒进两公分左右的白兰地,一口气喝下去。喉咙热了起来,接着胃也热了起来。然后过了三十秒左右之后,身体才停止颤抖。只有挂钟刻画时间的声音夸张地在脑子里响着。

也许应该睡一觉。

我从二楼拿了毛毯下来，在沙发躺下。我像一个在森林里徘徊游走的孩子一样累得精疲力尽。眼睛闭上的下一个瞬间已经睡着了。

我做了一个讨厌的梦。非常讨厌，讨厌得令人想不起来的梦。

10　然后时间过去

黑暗像油一样从我的耳朵潜进来。有人正用一个巨大的铁锤敲打着冰冻的地球。铁锤准确地敲了地球八次。地球没有破。只是有一点裂痕而已。

八点，夜晚的八点。

我摇摇头醒过来。身体麻痹。头好痛。好像有人把我和冰块一起放进摇酒壶里，七上八下地乱摇乱晃一番似的。没有比在黑暗中醒来更讨厌的事。好像一切的一切都非要从头做起不可似的。刚醒来的时候，简直好像活在别人的人生里一样。要等那和自己的人生重叠在一起还需花一段时间。把自己的人生看成别人的人生也是一件很奇怪的事。甚至居然有这样的人物活着本身都令人觉得不可理解。

我用厨房的自来水洗脸，顺便喝了两杯水。水像冰一样冷，然而依然无法把我脸上的热潮洗掉。我重新坐回沙发，在黑暗和沉默之中一点一点地把自己人生的碎片搜刮起来。虽然也搜刮不到什么了不起的东西,不过至少那是我的人生。然后慢慢地我又回到我自己。我就是我自己这回事,是很难向别人说明清楚的。而且大概也引不起任何人的兴趣吧。

我试着想想细胞。正如妻所说的,结果什么都会失去。连自己都会失去。我试着用手掌压住我的脸。在黑暗中的手所感觉到的自己的脸,不像是自己的脸,而更像是采用我的脸形的别人的脸。连记忆都不明确。一切东西的名字都溶解了,被吸进黑暗中去了。

黑暗中八点半的钟声响起。雪已经停了,天空依然覆盖着厚厚的云。一片完全的黑暗。很久一段时间我沉在沙发里,咬着大拇指的指甲。连自己的手都看不清楚。由于壁炉火熄了,屋子里冷冷的。我把毛毯卷在身上,恍惚地望着黑暗的深处。好像蹲在深井底下一样的感觉。

时间流逝。黑暗的粒子在我的视网膜上画着不可思议的图形。被画出来的图形过一会儿无声地消失。别的图形又被画出来。像水银一般静止的空间里,只有黑暗在活动着。

我停止思考,任时间流过。时间继续流过我。新的黑暗描绘出新的图形。

钟敲了九点。第九声钟响慢慢被吸进黑暗之后,沉默便从那缝隙钻进来。

"可以谈一谈吗?"老鼠说。

"好啊。"我说。

11　住在黑暗中的人们

"好啊。"我说。

"比预定的时间早来了一个钟头。"老鼠似乎很抱歉地说。

"没关系。你看也知道我一直闲着。"

老鼠安静地笑了。他在我背后。感觉简直就像背对背坐着一样。

"觉得好像以前一样啊。"老鼠说。

"我想我们大概一定得在闲得无聊的时候,才能彼此坦白地谈话吧。"我说。

"似乎是这样啊。"

老鼠微笑着。即使在黑漆漆的黑暗中背对着背,我也还是知道他在微笑。只要一点点空气的流动和氛围,就可以知道很多事情。因为我们曾经是朋友。那已经是想不起来有多久的从前了。

"不过有人说过,能一起打发无聊时间的朋友是真心的朋友。"老鼠说。

"大概是你说的吧?"

"你的感觉还是那么灵,没错,是我说的。"

我叹了一口气。"可是关于这次的盲目瞎闯,我的灵感却坏透了。

真想死掉算了。你们给了我那么多的暗示,我还这样。"

"没办法。你还算做得不错呢。"

我们沉默下来。老鼠大概又在盯着自己的手看吧。

"我给你带来很多麻烦。"老鼠说,"我觉得真的很抱歉。可是我没别的办法。除了你,我没有别人可以拜托。就像信上也写过的那样。"

"我正想问你这件事。因为我实在搞不清楚。"

"那当然。"老鼠说,"我当然会说。不过在那之前喝点啤酒吧。"

我正要站起来,老鼠阻止我。

"我去拿。"老鼠说,"毕竟这是我家啊。"

老鼠在黑暗中以习惯的脚步走到厨房。我一面听着他从冰箱里抱出啤酒的声音,一面把眼睛闭起、张开。房间的黑暗和闭上眼睛时的黑暗,颜色有点不同。

老鼠回来在桌上放了几罐啤酒。我伸手摸索着拿了一罐,拉开拉环喝了一半。

"眼睛看不见,啤酒好像不是啤酒似的。"我说。

"很抱歉,不过不这样暗不方便。"

我们沉默地喝了一会儿啤酒。

"好吧。"老鼠说着干咳一声。我把喝空的啤酒罐放回桌上,身体还蜷在毛毯里安静等着他开始说话。然而接下来的话却没有继续。只听到黑暗中老鼠为了确定啤酒剩下的量而左右摇着罐头的声音。这是他平常的老习惯。

"好吧。"老鼠又再说一次。然后一口气把剩下的啤酒喝干,并发出咔当一声干干的声音把罐子放回桌上。"首先从我为什么会来这里说起。可以吗?"

我没回答。老鼠确定我没有回答的意思之后,继续说下去。

"我父亲是在一九五三年买下这块地的。那是我五岁的时候。为什么会特地到这样的地方来买土地呢,我也不太清楚。我想一定是从美军关系的路子便宜买下来的吧。正如你所看见的,事实上这里交通非常不方便,夏天还好,一旦积雪以后,简直就不能用了。占领军好像本来想把路整修好,用于雷达基地之类的,结果考虑到太费钱费力,也就作罢了。当然町上也穷,所以不能考虑修路的问题。何况就算把路整修好了,这地方也没什么太大的用处。所以这块土地就这样变成被遗弃的土地了。"

"羊博士难道不想回这里来吗?"

"羊博士一直住在记忆里。那个人并不想回到任何地方去。"

"也许是这样。"我说。

"再多喝点啤酒嘛。"老鼠说。

不用,我说。因为暖炉关掉的关系,身体好像要冻进骨髓似的。老鼠拉开拉环,一个人喝着啤酒。

"我父亲非常中意这块土地,自己把路修了一修,房子也整理了一番。我想是花了不少钱喏。不过也因为这样,只要有车子,至少夏天已经可以过一般正常的生活了。从暖气设备、抽水马桶、淋浴莲蓬头、电话到紧急自动发电设备等。我实在完全无法想象羊博士当年在这里是怎么过日子的。"

老鼠发出不知是打嗝还是叹息的声音。

"一九五五年到一九六三年左右,我们每到夏天就来这里住噢。父母亲、姐姐和我,而且还有帮忙打杂的女孩子呢。现在想起来,那是我的人生中最正常的时代。虽然现在也一样,因为出租当牧草地的关系,一到夏天,这里就会有好多町上的羊。到处都是羊噢。所以一说到我对夏天的记忆,总是和羊扯在一起。"

拥有别墅到底是怎么回事,我不太清楚。大概一辈子也不会知道吧。

"可是到了六〇年代中期之后,我家里人就不再来这里了。一方面因为我们在离家更近的地方有了另一幢别墅,另一方面因为姐姐结婚了,而我向来和家里人不怎么亲近、我父亲的公司有一阵子不太稳定也有关系,总之因为种种关系。反正就这样,这块土地又再度被遗弃了。我最后一次到这里大概是一九六七年吧。那时候我是一个人来的噢。一个人在这里住了一个月。"

老鼠说到这里好像想起什么似的暂时闭上嘴。

"不寂寞吗?"我试着问。

"一点也不寂寞啊。如果可能的话,我还想一直住在这里呢。可是不行。因为这是我父亲的房子。我不想让我父亲照顾。"

"现在还是这样吗?"

"是啊。"老鼠说,"所以我原来并不打算来这里的。可是在札幌的海豚饭店门厅偶然看见这张相片时,却无论如何想来看一眼。说起来还是为了有点感伤的理由呢。我相信你也会有这种情形吧?"

"嗯。"我说。随后想起了被埋掉的海。

"而且在那里听到羊博士的事。有关背上有星星记号的梦中之羊的事。这件事你知道吧?"

"知道啊。"

"后来的事情我就简单说吧。"老鼠说,"我听了那番话,就忽然想在这里过冬。只有这种心情无论如何也丢不掉。不管父亲怎么样,都已经没关系了。于是我备齐了各种装备来到这里。简直就像被什么引诱了似的。"

"然后遇到了那头羊对吗?"

"对。"老鼠说。

*

"要说接下来发生的事,实在很痛苦。"老鼠说。

"那种痛苦不管怎么说,我想你都没办法了解。"

老鼠把喝空的第二个啤酒罐用手捏扁。

"能不能由你来发问?大概的情况我想你也多少知道一些了吧?"

我默默点点头。"问题的顺序也许会很乱,没关系吧?"

"没关系呀。"

"你已经死了对吗?"

老鼠在能够回答之前,花了长得可怕的时间。虽然或许只有几秒钟也不一定,但那对我来说,却是长得可怕的沉默。嘴巴干干渴渴的。

"是啊。"老鼠安静地说,"我已经死了。"

12　为钟上发条的老鼠

"我在厨房的横梁上吊。"老鼠说,"羊男把我埋在车库旁。死这回事并不怎么痛苦噢。如果你在为我担心这个的话。不过其实这并不重要。"

"什么时候?"

"你到这里来的一星期前。"

"你那时给钟上了发条,对吗?"

老鼠笑笑。"真是不可思议。在长达三十年的人生里,最后的最后所做事,竟然是给钟上发条啊。都要死的人了,为什么还要给钟上什么发条呢?真奇怪啊。"

老鼠不说话时四周便静悄悄的,只听见钟的声音。雪把除此之外的一切声音都吸掉了。简直就像宇宙之中只剩下我们两个人似的。

"如果……"

"少来了。"老鼠把我的话堵住,"已经没有什么如果了。你应该也知道的,对吗?"

我摇摇头。我真的不知道。

"如果你早一星期到这里来,我还是会死的。那么,或许我们可以在更明朗而温暖的地方见面也说不定。可是,也一样。我不能不死的事实还是没有改变。那只有更痛苦而已。而且那样的痛苦我是一定受不了的。"

"为什么不能不死呢?"

黑暗中听得见搓手的声音。

"关于这个我不太想说。因为那样会变成在自我辩护。你不觉得没有比死人在做自我辩护更难堪的事了吗?"

"可是你不说我就不懂啊。"

"再多喝一点啤酒吧。"

"好冷啊。"我说。

"已经没那么冷了。"

我用颤抖的手拉开拉环喝了一口啤酒。喝起来确实已经没那么冷了。

"我简单说吧。如果你能答应我不告诉任何人的话。"

"就算我说了,到底有谁会相信呢?"

"这倒是真的。"老鼠说完笑起来。

"一定没人会相信的。实在太笨了。"

钟敲了九点半。

"能不能把钟停下来?"老鼠问我,"好吵啊。"

"当然可以呀。这是你的钟嘛。"

老鼠站起来打开挂钟的门,把钟摆停下。所有的声音和所有的时间便从地表消失了。

"简单地说,我是把羊吞进去,然后就那样死掉的。"老鼠说,"我等羊睡熟之后就在厨房的横梁上用绳子上吊。那家伙来不及逃出来。"

"你真的不得不这样做吗?"

"真的不得不这样做。如果再迟一些的话,羊可能就完全支配住我了。那是最后的机会呀。"

老鼠又再搓了一次手掌。"我本来希望以我自己正常的样子和你见面的。以拥有我自己的回忆和我自己的弱点的我自己。寄给你像暗号似的照片也是为了这个。我想如果偶然能够把你引导到这块土地上来,那么最后我就可以得救了吧。"

"后来你得救了吗?"

"得救了啊。"老鼠安静地说。

*

"关键就在软弱。"老鼠说,"一切都是从这里开始的,你一定没办法了解那种软弱。"

"人都很软弱。"

"这是一般论哪。"说着老鼠扳响了几次手指,"不管搬出几种一般论,人也去不了什么地方。我现在说的是非常私人的事。"

我沉默。

"所谓软弱,是身体里面逐渐腐败的东西。简直就像烂疮一样。我从十五岁前后开始一直持续有那种感觉。所以我总是很焦躁。自己体内确实有什么在腐败中,或者说自己可以持续地这样感觉,你知道这到底是怎么回事吗?"

我仍然蜷在毛毯里沉默着。

"我想你大概不会了解吧。"老鼠继续说,"因为你没有这样的一面哪。可是,总而言之,那就是软弱。所谓软弱,就和遗传的病一样噢。不管你有多么了解,却无法靠自己治好。也不会因为某种契机而消失。只会越来越恶化而已。"

"是对什么的软弱呢?"

"对一切呀。道德上的软弱,还有存在本身的软弱啊。"

我笑了。这次笑得出来了。"可是如果照你这样说的话,岂不是没有一个人不软弱了?"

"我们不谈一般论好吗?我刚才也已经说过了啊。当然,人都有弱点。可是所谓真正的软弱是和真正的坚强一样稀有的东西哟。一种对于不断被黑暗拉进去的软弱你是不会了解的。而且这种东西实际上就存在于这个世界上。并不能把一切事情都用一般论来解决。"

我沉默着。

"所以我才会离开以前那个地方。因为我不想把如此堕落的自己暴露在别人面前。包括你在内。只要自己一个人到陌生的土地去的话，至少可以不必增加别人的麻烦。结果，"说着，老鼠一度沉进黑暗的沉默中，"结果，我没有能够从羊的阴影之下逃出来也是因为这软弱。我自己一点办法也没有啊。那时候就算你立刻赶来，我想我大概也没什么办法吧。就算假定我决心下山也一样噢。因为我一定还会再回来。所谓软弱，是这样一种东西哟。"

"羊对你要求什么呢？"

"一切呀。一切的一切呀。我的身体、我的记忆、我的软弱、我的矛盾……羊最喜欢这些东西了。这家伙有好多触手，这些触手伸进我的耳洞啦，鼻孔啦，像用吸管吸一样地把我榨干。一想到这里就恶心吧？"

"那代价是什么？"

"是对我来说好得太奢侈的东西哟，尽管羊并没有以很清楚的形式向我显示，我只不过看到其中的很少一部分而已。虽然如此……"

老鼠沉默。

"虽然如此，我还是被折磨得半死噢。我一点办法也没有。这我无法用语言来说明。那就好比把一切都吞进去的坩埚一样。美得让人发晕，又邪恶得令人讨厌。如果身体被埋进里面，一切就消失了。意识也好，价值观也好，感情也好，痛苦也好，一切都消失了。很接近所有生命的根源出现于宇宙中的一点时的动力一样的东西哟。"

"可是你拒绝这个对吗？"

"对。一切都随着我的身体一起被埋葬。接下来只要再做一件事，就永远被埋葬了。"

"再做一件事?"

"再做一件事。那是以后要你帮我做的事。不过现在不谈这个。"

我们同时喝啤酒。身体稍微暖和了一些。

"血瘤是不是像鞭子一样的东西?"我问,"羊为了控制宿主的工具。"

"没错。如果得了那个,就没办法逃离羊了。"

"先生所追求的目标到底是什么?"

"他疯掉了。一定是对那坩埚的风景无法忍受吧。羊利用他组成一个强大的权力机构。羊就是为了这个而进到他体内的。换句话说,就是用完就丢掉。思想上那个男人是零。"

"然后先生死了以后,想利用你继续支配那个权力机构对吗?"

"是啊。"

"那以后会发生什么?"

"一个完全无政府主义的观念性王国啊。在那里所有的对立都一体化了。而我和羊则在那中心。"

"你为什么拒绝呢?"

时间死绝了,在死绝了的时间之上,雪无声地堆积着。

"我喜欢我的软弱。也喜欢痛苦和难过噢。我喜欢夏天的光、风的气息和蝉的声音,我喜欢这些东西。毫无办法的喜欢。和你一起喝的啤酒啦……"老鼠说到这里把话吞回去,"我不知道。"

我试着找话说,可是找不到话说,我还是蜷在毛毯里注视着黑暗的深处。

"我们好像是用相同材料做出完全不同的东西似的啊。"老鼠说。

"你相信世界会变好吗?"

"谁知道什么是好的、什么是坏的呢?"

老鼠笑了。"真的,如果有所谓一般论的国家的话,你可以当那里的国王噢。"

"不包括羊的话。"

"是不包括羊啊。"老鼠把第三罐啤酒一口气喝干,空罐子咔当一声放在地板上。

"你还是早点下山好。在还没被雪困住之前。你不会想在这种地方过一个冬天吧?恐怕再过四五天就要开始积雪了。要穿过冰冻的山路简直要人的命。"

"你怎么办?"

老鼠在黑暗的深处似乎很乐地笑着。"我已经没有以后这回事了啊。只有花一个冬天消失掉而已。至于这一个冬天到底有多长,我也不知道。反正一个冬天就是一个冬天哪。能够见到你,我很高兴。虽然本来是希望能在更温暖更明亮的地方见面的。"

"杰要我问候你。"

"你能不能也帮我问候他?"

"我也见到她了。"

"她怎么样了?"

"很好啊。还在同一家公司上班。"

"那么还没结婚啰?"

"嗯。"我回答,"她想问你,到底是结束了,还是没结束?"

"结束了啊。"老鼠说,"就算以我一个人的力量没办法结束,总之还是结束了。我的人生是没有任何意义的人生。可是当然如果借用一下你所喜欢的一般论的话,任何人的人生也都没有什么意义。对吗?"

"是啊。"我说,"最后还有两个问题。"

"好啊。"

"第一个是关于羊男。"

"羊男是个好家伙。"

"到这里来的时候,羊男就是你对吗?"

老鼠回转着脖子弄出咔吱咔吱的声音。"是啊。我借了他的身体。你都知道得很清楚啊。"

"从中途开始。"我说,"起先还不知道呢。"

"说真的,你把吉他敲破时我吓了一跳。我从来没看过你生这么大的气,而且那是我第一次买的吉他啊。虽然是个便宜货。"

"对不起。"我道歉,"我只是想把你吓出来而已。"

"没关系呀,一到明天,反正一切都要消失的。"老鼠很干脆地这样说,"然后,另外一个问题,是关于你的女朋友对吗?"

"对呀。"

老鼠沉默了很久。听得见他搓着手,然后叹一口气。"关于她的事,如果能够的话,我想尽量少说。因为她是我估计之外的因素。"

"估计之外?"

"对。对我来说,我本来打算这是一个只有自己人的派对。可是她却夹进来了。我们不应该把她卷进来。你也知道那女孩子拥有过人的能力。能够把各种东西拉到一起的能力。可是她不该来这里。这是一个远超过她能力的地方。"

"她怎么样了?"

"她没问题,她很好啊。"老鼠说,"只是她大概已经没有吸引你的地方了。虽然我觉得很悲哀。"

"为什么?"

"消失了啊。她体内有些什么已经消失了。"

我沉默不语。

"我了解你的心情。"老鼠继续说,"不过那是迟早都会消失的东西呀。不管我也好,你也好,还有各种女孩子也好,身体里似乎都有什么会消失掉噢。"

我点点头。

"我差不多要走了。"老鼠说,"不能待太久,一定还会在什么地方见面吧。"

"对呀。"我说。

"可能的话,最好能在比较亮的地方,季节是在夏天噢。"老鼠说,"最后只有一件事要麻烦你。明天早晨九点把挂钟时间调好,然后把钟后面凸出来的电线接上。绿色的电线接绿色的电线,红色的电线接红色的电线。然后我希望你九点半离开这里下山去。十二点我有一个普通朋友会到家里来喝茶。可以吗?"

"我会这样做。"

"见到你真的很高兴。"

沉默暂时包围了我们两人。

"再见。"老鼠说。

"下次再见。"我说。

我依然蜷在毛毯里,安静闭着眼睛侧耳倾听。老鼠的鞋子发出干干的声音慢慢横越过屋子,打开门。好像快要冻结的冷气进入屋里来。没有风,而是慢慢渗透进来似的沉重的冷气。

老鼠让门开着,在门口伫立了一会儿。他好像并没有看外面的风景,没有看屋子的内部,也没有看我,而是一直注视着完全不同的其他什么东西。那种感觉就好像在注视着门的把手或自己的鞋尖似的。然后好像把时间的门关上似的,发出一声小小的咔吱声,把门关上了。

后面只留下沉默。除了沉默什么也没留下。

13 绿色的电线和红色的电线·冻僵的海鸥

老鼠消失之后过一会儿,来了一阵难以忍受的恶寒。我在洗脸台好几次想吐,但除了沙哑的声音之外,什么也吐不出来。

我走上二楼,脱掉毛衣钻进床上。恶寒和高烧交替地出现。每次这样,房间都跟着一下扩大一下缩小。毛毯和内衣被汗渗得湿湿的,汗湿凉了之后,就变成绞紧般的寒冷。

"九点给钟上发条。"有人在我耳边低语,"绿色的电线接绿色的电线……红色的电线接红色的电线……九点半离开这里……"

"没问题。"羊男说,"你会很好的。"

"细胞会新陈代谢哟。"妻说。她右手抱着白色的蕾丝衬裙。

头无意识地往左右摇动十公分。

红色的电线接红色的电线……绿色的电线接绿色的电线……

"你简直什么都不知道嘛。"女朋友说。对呀。我什么都不知道。

听得见浪的声音。冬天的沉重的浪。铅色的海和衬衫领一般的白浪。冻僵的海鸥。

我在密闭的水族馆展示室里。鲸鱼的阴茎排列了好几根,非常热,空气非常闷。应该有人把窗户打开的。

"不行。"司机说,"一旦打开就再也关不上了。这样一来,我们大家都会死掉。"

有人打开窗户。非常冷。听得见海鸥的声音。它们尖锐的声音割裂了我的肌肤。

"你记得猫的名字吗?"

"沙丁鱼。"我回答。

"不对,不是沙丁鱼。"司机说,"名字已经改了。名字很快就变了。你不也忘记自己的名字了吗?"

"非常冷。而且海鸥的数目也太多了。"

"凡庸要走很长的道路。"穿黑衣服的男人说,"绿色的电线接红色的电线,红色的电线接绿色的电线。"

"你听到战争的事吗?"羊男问。

本尼·古德曼乐队开始演奏《Air Mail Special》。查理·克里斯蒂安唱很长的独唱。他戴着奶油色的软帽子。那是我所记得的最后印象。

14 再度走过不祥的弯路

鸟在叫着。

太阳光从百叶窗的缝隙变成横条状照在床上。掉在地板的手表指着七点三十五分。毛毯和衬衫好像倒翻一桶水一般湿答答的。

头脑还迷迷糊糊钝钝重重的,热度却退了。窗外是一大片白色雪景。在新鲜的早晨的光线下,草原闪耀着银色光辉。冷气令皮肤觉得很舒服。

我走下楼冲了个热水澡。脸色白得可怕。一个晚上下来,脸颊肉都削落了。我在整个脸上涂了比平常多三倍的刮胡膏,仔细地刮胡子。而且解了连自己都难以相信的小便量。

小便完力气都没了。身上还包着浴巾,就在长沙发上躺了十五分钟之久。

鸟继续叫着。雪开始融化,从屋顶啪吱啪吱滴落下来,偶尔远远的有一声尖锐的哔哩声。

八点半之后我喝了两杯葡萄汁,啃了一整个苹果。然后整理行李。从地下室拿了一瓶白葡萄酒、一大块好时巧克力,还有两个苹果。

行李整理好之后,屋子里飘散着一股哀伤的空气。一切的一切都要结束了。

我确认手表已经九点之后,把挂钟的三块砝码卷上去,时针对好九点。然后把沉重的钟挪开一些,把后面伸出的四根电线接上。绿色的电线……接绿色的电线,然后红色的电线接红色的电线。

电线从背板上用钻子钻成的四个洞伸出外面。从上方伸出一组,从下方伸出一组。电线用和吉普车上一样的铁丝牢牢地固定在钟上。我把钟移回原位,然后站在镜子前面向自己打最后一次招呼。

"希望一切都顺利噢。"我说。

"希望一切都顺利噢。"对方说。

*

我和来的时候一样,横切过草原的正中央。脚底下发出雪嘎吱嘎吱的声音。没有一个脚印的草原看起来就像银色的火山口湖一样。回头看看,我的脚印连成一排,一直连到房子那边。脚印出乎意料地弯曲。要走得笔直还不是一件简单的事。

从远远看起来,房子简直就像一个生物一样。房子好像不自在似的扭动了一下,复式斜屋顶上的雪就被抖落下来。雪块发出声音滑过屋顶的斜面,落在地上粉碎掉了。

我继续走,横切过草原。然后穿过长长的长长的白桦树林,跨过桥,沿着圆锥形的山绕了一圈,走出令人讨厌的弯路。

弯路上积的雪,并没有冻得很牢。可是不管怎么小心地把雪牢牢地踩上去,都好像要被地狱的无底洞往下拉似的,无法挣脱那种可怕的感觉。我好像紧紧抓住纷纷崩塌的悬崖边缘一般地走完那段弯路。腋下冷汗湿淋淋的,好像小时候做的噩梦一样。

右手边看得见平原。平原也还覆盖在雪中。在那正中央,十二泷河正一面炫目地闪着光辉,一面流着。感觉远方好像听得见汽笛声。天气非常晴朗。

我喘过一口气之后,背起背包,走下和缓的下坡路。转过下一个弯角的地方,停着一辆从来没见过的新吉普车。吉普车前面站着那位穿黑衣服的秘书。

15　十二点的茶会

"我在等你。"穿黑衣服的男人说,"不过只等了二十分钟左右。"

"你怎么知道的?"

"你是指地点,还是时间?"

"我指时间哪。"我说着把背包放下来。

"你以为我是怎么当上先生的秘书的?靠努力?IQ?要领?没这回事。理由在于我有能力呀。灵感啊。如果依你们的说法来说的话。"

男人穿着米黄色的羽毛夹克和滑雪裤,戴着绿色雷朋太阳眼镜。

"我和先生之间曾经有很多地方是共通的。例如对于超越理性、理论或伦理之类的东西。"

"曾经?"

"先生在一星期之前去世了。举行了非常盛大的葬礼。现在东京正为了选出他的后继者而手忙脚乱。凡庸的家伙们正忙得鸡飞狗跳团团转。实在辛苦啊。"

我叹了一口气,男人从上衣口袋拿出银色烟盒,从里面取出无滤嘴香烟点上火。

"抽不抽?"

"不抽。"我说。

"你做得实在很好。比我想象的还好噢。说真的,我实在吓了一跳。本来,如果你遇到困难的话,我还打算一路给你一些暗示的。而且和羊博士的相遇实在是绝妙。如果你肯的话,我还想请你在我下面工作呢。"

"从一开始你就知道这地方了对吗?"

"那当然。你到底以为我是什么?"

"可以问你问题吗?"

"可以呀。"男人好像心情很好地说,"不过要长话短说噢。"

"为什么不一开始就把地方告诉我?"

"因为你希望自动自发地凭自由意志来到这里。而且希望把他从洞穴里拉出来。"

"洞穴?"

"精神上的洞穴啊。人变成羊的附身之后,会有暂时性的自失状态。就像弹震症一样的情形。把他从那里拉出来就是你的任务啊。可是要让他信任你,必须你是一张白纸才行。就是这么回事。怎么样,很简单吧?"

"是啊。"

"谜只要一解开都是很简单的。只是要设计程序比较难。因为电脑无法连人的感情的动摇都计算进去,所以要靠手来做。可是当费尽心血所设计的程序能够按照计划去执行时,实在没有比这个更令人快乐的了。"

我耸耸肩。

"好吧。"男人继续说,"寻羊冒险记已经接近尾声。由于我的计划和你的天真,我终于得到他了,对吗?"

"好像是吧。"我说,"他在那里等着。听说十二点整有个茶会。"

我和男人同时看看手表。十点四十分。

"我差不多要走了。"男人说,"让人家等不太好。你可以让吉普车送你下去。还有这是你的酬劳。"

男人从口袋拿出支票交给我。我没看金额就塞进口袋。

"你不确认一下吗?"

"没那必要吧。"

男人很乐似的笑着。"能跟你一起工作蛮愉快的。还有,你的搭档把公司解散了。真可惜呀。本来前途很远大的嘛。广告产业今后会更有发展哪。你只要一个人做就行了。"

"你疯了啊。"我说。

"下次再见吧。"男人说。然后朝着台地的弯路走过去。

*

"沙丁鱼过得很好噢。"司机一面开着吉普车一面说,"胖得圆嘟嘟的。"

我坐在司机旁边。他和开那部怪物般的车子时好像变了一个人似的。他说了很多关于先生的葬礼还有照顾猫的事,可是我几乎都没在听。

吉普车到车站时是十一点半。町上像死掉了一样静。一个老人正用铲子把环形交叉口上的雪铲开。瘦瘦的狗在他身边摇着尾巴。

"谢谢你。"我向司机说。

"哪里。"他说,"还有,那个神的电话号码你有没有试试看?"

"没有,没时间哪。"

"先生去世以后,就不通了。不晓得怎么回事。"

"一定很忙吧。"我说。

"也许吧。"司机说,"那么,保重了。"

"再见。"我说。

*

上行列车十二点整开车。月台上没有人影,列车上的乘客连我在内才四个。虽然如此,好久没看见的人们的姿态还是让我觉得松了一口气。不管怎么说,我总算是回到有生气的世界来了。就算这是一个充满无聊的凡庸世界也好,那毕竟是我的世界啊。

我一面咬着巧克力,一面听着开车的铃声。铃声响完之后,列车发出咔当一声时,我听见远处有爆炸的声音。我使劲把窗户推上去,头伸出外面。隔了十秒钟左右再听到第二声爆炸声。列车开始跑起来。三分钟之后,看得见圆锥形的山一带冒出一缕黑烟。

一直到列车转过右边的弯路之前,我凝视了那烟三十分钟。

后　记

"一切的一切都结束了啊。"羊博士说,"一切的一切都结束了。"

"结束了。"我说。

"我想这一定应该感谢你才行。"

"我失去了很多东西。"

"不。"羊博士摇摇头,"你不是才刚刚开始活吗?"

"说得也是。"我说。

我走出房间时,羊博士正伏在桌上失声痛哭。因为我把他失去的时间夺走了。那是正确的吗,我到最后都不知道。

*

"不知道到什么地方去了。"海豚饭店的老板好像很伤心地说,"她没说要去哪里。身体好像不太舒服。"

"没关系。"我说。

我领了行李,住进和以前同一个房间。从窗户可以看见那家和以前一样不知道在做什么的公司。没看见大乳房的女孩子。年轻的男职员有两个正在一面抽烟,一面做着桌上的工作。一个在念着数字,一个用尺在一张大纸上画着折线的图。由于大乳房的女孩子不在,公司看起来好像和以前完全不同的另一家公司似的。依然完全看不出是一家干什么的公司,只有这一点是相同的。六点一到全体下班,大楼变得一片黑暗。

我打开电视看新闻报导。没有关于山上的爆炸事件。对了,爆炸事件是昨天的事了。我到底这一天在什么地方做了什么?想要回想头却痛起来。

总之过了一天。

就这样我一天一天地离"记忆"远去。一直到某一天在漆黑之中再度听到遥远的声音为止。

我把电视关掉,没脱鞋子就往床上一躺。然后一个人孤零零地望着满是灰尘的天花板。天花板的灰尘痕迹令我想起在遥远的从前死掉的已经被遗忘的人们。

某种颜色的霓虹灯改变了房间的色调。耳朵边听得见手表的声音。我把表带松开丢到地板上。汽车的喇叭声柔和地互相重叠在一起。想要睡却睡不着。胸口抱着无法用言语表达的情绪是没办法睡着的。

我穿上毛衣走到街上,走进看见的第一家迪斯科舞厅,一面听着连续不断的灵魂乐曲,一面喝了三杯双份的威士忌,这样才恢复了正常。不恢复正常不行。因为大家都希望我能恢复正常。

回到海豚饭店时,三根手指的老板坐在长沙发上看着电视上最后一次的新闻报导。

"明天我九点出发。"我说。

"要回东京吗?"

"不。"我说,"在那之前还要先到一个地方。请你八点叫我。"

"好啊。"他说。

"很多事情要谢谢你。"

"哪里的话。"然后老板叹了一口气。

"我父亲不吃东西。那样下去会死掉的。"

"因为发生了让他难过的事情。"

"我知道。"老板伤心地说,"不过我父亲什么也没有告诉我。"

"以后一定都会变好的。"我说,"只要时间过去之后。"

*

第二天中午在飞机上吃的午餐。飞机经过羽田机场,然后再飞起来,左手边海一直闪着光。

杰还是在削着马铃薯。打工的年轻女孩在换换花瓶的水,擦擦桌子。从北海道回到这里,秋天还残留着。从杰氏酒吧的窗口看得见的山,红叶正红得漂亮。我坐在开店前的柜台喝着啤酒。用单手剥着花生壳,发出啪啦一声舒服的声音。

"要弄到能够剥得这么舒服的花生还很不容易呢。"杰说。

"噢。"我一面咬着花生一面说。

"怎么这次又放假了啊?"

"辞职了。"

"辞职?"

"说来话长啊。"

杰削完全部的马铃薯之后用一个大网篮洗,再把水分沥干。"那么以后有什么打算哪?"

"不知道啊。我的退休金加上出让共同经营权的部分还有一点钱进来。虽然不是什么大钱。另外还有这个。"

我从口袋拿出支票,不看金额就交给杰。杰看了看摇摇头。

"金额很吓人,不过总觉得好像有点可疑啊。"

"正如你说的。"

"不过说来话长对吗?"

我笑笑。"这个存在你这里,放在店里的金库里吧。"

"哪里来的金库呢?"

"那么就放在收银机里好了。"

"我到银行帮你租个保管箱放吧。"杰很担心地说,"可是这要干什么呢?"

"杰,你这家店搬过来的时候花了不少钱吧?"

"是啊。"

"贷款吗?"

"有啊。"

"那张支票还得完贷款吗?"

"还有得找呢。可是……"

"怎么样?能不能用这个让我和老鼠加进来当这里的合伙人?不拿红利也不用利息,只要挂名就行了。"

"可是这样怎么过意得去呢?"

"没关系,只要我和老鼠有困难的时候,这里能够接纳我们就行了。"

"过去不是一直都这样吗?"

我拿着玻璃杯不动,一直注视着杰的脸。"我知道,不过我想这样做。"

杰笑着把支票放进围裙的口袋里。"我还记得你第一次喝醉的事。那是几年前了?"

"十三年前。"

"已经这么久了啊?"

杰很难得地谈了三十分钟从前的事情。客人稀稀落落开始进来时,我站了起来。

"你不是才刚来吗!"杰说。

"有教养的孩子是不待太长的啊。"我说。

"你见到老鼠了吧?"

我两只手放在柜台上深呼吸一下。"见到了。"

"那也说来话长吗?"

"是你从来没听过的那么长的话噢。"

"不能长话短说简单地说吗?"

"简单说就没意思了。"

"他还好吗?"

"还好。他很想见你。"

"什么时候见得到?"

"见得到的。因为是合伙人嘛。那个钱是我跟老鼠一起赚来的。"

"我真的很高兴。"

我从柜台的椅子下来,吸一口令人怀念的店里的空气。

"不过以合伙人来说,我希望有弹珠玩具和点唱机噢。"

"下次来以前我会准备好。"杰说。

*

我沿着河走到河口,在最后留下的五十米的沙滩上坐下来。哭了两个钟头。有生以来第一次这样哭。哭了两个钟头之后才终于站得起来。虽然不知道要去哪里,但总之我站了起来,把沾在裤子上的细沙拍掉。

天完全黑了,开始走之后,听得见背后小小的海浪的声音。